《中国家庭基本藏书》

新闻出版总署优秀畅销书奖
全国优秀古籍图书普及读物奖
第十七届山西省优秀图书一等奖
第二届山西出版政府奖
山西出版集团2008年度十种好书

全套藏书累计销售500万册

中国家庭基本藏书（修订版）

诸子百家卷　《诗经》　《楚辞》　《论语·大学·中庸》　《孟子》　《老子》　《庄子》　《荀子》　《韩非子》　《孙子兵法·尉缭子·鬼谷子》　《墨子》　《周易》　《山海经》　《吕氏春秋》　《三十六计》

名家选集卷　《三曹诗集》　《陶渊明集》　《王勃集》　《孟浩然集》　《高适集》　《王维集》　《李白集》　《杜甫集》　《岑参集》　《韩愈集》　《白居易集》　《刘禹锡集》　《柳宗元集》　《元稹集》　《李贺集》　《杜牧集》　《李商隐集》　《李煜集》　《柳永集》　《欧阳修集》　《王安石集》　《苏轼集》　《黄庭坚集》　《秦观集》　《周邦彦集》　《李清照集》　《陆游集》　《范成大集》　《杨万里集》　《辛弃疾集》　《姜夔集》　《元好问集》　《文天祥集》　《唐伯虎集》　《李贽集》　《三袁集》　《张岱集》　《傅山集》　《纳兰性德集》　《郑板桥集》　《袁枚集》　《龚自珍集》

史著选集卷　《左传》《国语》《战国策》《史记》《汉书》《后汉书》《三国志》《资治通鉴》

综合选集卷　《唐诗三百首》《宋词三百首》《元曲三百首》《千家诗》《古文观止》《汉魏六朝小赋骈文选》《唐宋八大家文选》《明清小品文选》

笔记杂著卷　《蒙学六种——三字经·百家姓·千字文·增广贤文·幼学琼林·格言联璧》《颜氏家训·朱子家训》《世说新语》《曾国藩家书》《金刚经·坛经》《菜根谭·小窗幽记·幽梦影》《浮生六记》《闲情偶寄》《近思录》《徐霞客游记》《古代书信精选》

戏曲小说卷　《元杂剧精选》《西厢记》《牡丹亭》《长生殿》《桃花扇》《今古奇观》《三国演义》《水浒传》《西游记》《红楼梦》《聊斋志异》《儒林外史》《封神演义》《话本小说选》《文言小说选》

唐伯虎集

〔明〕唐伯虎 著　王早娟 解评

中国家庭基本藏书　名家选集卷

山西出版集团
三晋出版社

博学工作室

· 山西大学教授姚奠中先生为《中国家庭基本藏书》题词

前言

唐寅（1470—1523），字伯虎，又字子畏，号六如居士、桃花庵主等，吴县（今江苏苏州）人。出身于商人家庭。他不仅长于绘画，文学上亦富有成就。画与沈石田、文徵明、仇英齐名，史称"明四家"。诗词曲赋与文徵明、祝允明、徐祯卿并称"江南四大才子"（吴中四才子）。唐伯虎的一生，可分为四个阶段。

第一阶段（1470—1498）的唐伯虎，是一位有些狂放同时又颇具才华，怀抱政治理想的青年。唐伯虎自幼天资聪敏，熟读史籍，喜爱绘画。稍长拜名画家周臣为师，后又与文徵明同师沈周。19岁时娶徐延瑞次女为妻。遗憾的是25岁时，唐伯虎就失去了这位妻子。此期厄运连连降临唐家，唐伯虎的父亲、母亲、妹妹，相继于此期离开人世。年轻的诗人怎能经受如此的生活打击，常常与同里张灵一起放纵饮酒，不事生计，后经好友祝允明规劝，方闭户不出，致力于科举文章之业，举弘治十一年（1498）乡试第一。这一时期，唐伯虎品尝到了爱情的美好滋味，但同时他也尝到了失去所爱与至亲的辛酸与悲痛。29岁时南京乡试的成功又使诗人重新燃起了面对生活的希望。

第二阶段（1499—1504）的唐伯虎经受了来自生活的第二次沉重打击。弘治十一年戊午（1498），诗人赴京参加会试，不料牵涉进科场舞弊案，遂被下狱。牢狱中的生活令诗人痛苦万分，出狱后他被贬往浙江为吏，诗人耻于就官，归家后纵酒浇愁，傲世不羁。之后，继室与诗人反目，因而休掉继室，出游于名山大川之间。1503 年，诗人远游归来，以卖文卖画度日，时常流连于青楼妓馆之间。

第三阶段（1505—1513）的弘治十八年（1505），诗人建桃花庵别业，续娶沈氏，生活渐趋平稳。此期的诗人度过了生命中相对平静快乐的一段生活。这时的诗人，思想逐渐受到佛教文化的濡染。

第四阶段（1514—1523）的 1514 年，唐伯虎应宁王朱宸濠聘请到南昌，之后发现朱宸濠有谋反之意，因此装疯卖傻，才得以逃脱。这次事件对于已过不惑之年的诗人而言，是又一次沉重的心灵打击。在他的一生中，每每以其赤诚若孩童的心去付出时，却往往得到的是累累的心灵伤痕。晚年的唐伯虎更加看透世态人情，归心于佛。《金刚经》曰："一切有为法，如梦幻泡影，如露亦如电，应作如是观。"因而自号"六如居士"。由于要将心灵逃遁于佛禅，因又自称"逃禅仙史"。1523 年，唐伯虎在五十四岁的时候溘然长逝，并提笔自书一绝："生在阳间有散场，死归地府也何妨。阳间地府俱形似，只当漂流在异乡。"

唐伯虎的诗歌创作比较充分地反映了他的思想和生活状况。其早期风格体现出谨严讲法度的特点，而在后期则侧重于运用浅显直白的话语去解析和表现人生。王世贞在《艺苑卮言》中说唐伯虎的诗歌如"乞儿唱莲花落"，殊不知，隐藏在这些看似浅俗的作品下的却是一颗坦率而真诚的感悟生活的心。诗歌创作之贵，正在于此。钱谦益《列朝诗集小传·丙集》指出："外虽颓放，中实沉玄，人莫得而知也。"此评颇为中肯。

本书精选唐伯虎诗歌 170 首、词作 9 首、文 6 篇加以解评。作品底本及编次主要以中国美术学院出版社出版，周道振、张月尊辑校的《唐伯虎全集》为依据，并参校中国言实出版社出版，陈伉、曹惠民编注的《唐伯虎诗文书画全集》等书，评注主要参考了四川美术出版社出版，刘洪仁选注的《唐伯虎文集》，及岳麓书社出版，陈书良主编的《吴中四子》中唐伯虎部分，获益匪浅，在此谨致诚挚的谢意！末附"唐伯虎年谱简编"、"唐伯虎著作主要版本"、"唐伯虎研究主要著述"及"《唐伯虎集》名言警句"（正文中用着重号标注）等助读资料。限于水平，不当之处敬请指正。

王早娟

2008 年 6 月于西安

论唐寅诗的情志内容及其人格表现（代序）

名家选集卷 唐伯虎集·代序

孙植

一

唐寅，字伯虎，一字子畏，号六如，苏州吴县人，明代中期著名诗人、书画家。唐寅诗文潇洒，书画冠绝，才华横溢，风流倜傥，素以"江南第一风流才子"自诩，居"吴中四才子"之首。对大多数世人来说，如果知道唐寅，那么提及他首先就会想到"唐伯虎点秋香"的故事。在这个故事中，"风流才子唐伯虎"是最动人的喜剧形象，他才思敏捷，蔑视礼法，不拘小节，率性而为，在他身上，寄寓了人们向往自由、追求美好感情的理想。可是，纵观唐寅生平，我们却知道这位文坛奇才却是命运多舛，一生坎坷。唐寅早时与里中狂生聚集纵酒，不务正业，后经祝允明规劝点化才闭户攻书，苦学一年后便轻而易举地乡试夺魁；然而进京会试却因徐经科场舞弊案而折翅断羽。唐寅"耻就为吏"，从此绝意仕途，放浪形骸。其间，"宁王宸濠厚币聘之，寅察其有异志，佯狂使酒,露其丑秽,宸濠不能堪,放还"(《明史·列传·文苑二·唐寅传》)。此后,唐寅益发率性自为,卖画鬻文,终于落魄一生,贫病而亡。

  唐寅的生平经历是其文学艺术创作的现实基础和源泉。纵观唐寅诗,我们不难发觉其艺术风格之演变:早期多秾丽之作,中期追求平易,后期则纵放不拘成格。读其诗,我们可以看到这位外表风流倜傥的才子内心实际上充满了苦闷忧愁和悲哀愤懑,也可以看出他在社会压力和困难境遇中不断调适自身处世态度的思想轨迹。我们发现,充满于唐寅诗的情志内容紧密联系和解读着唐寅鲜明的人格特征。其中,兼济天下的理想与尔虞我诈的官场之间的矛盾,独善其身的愿望与世态炎凉的现实之间的冲突,归隐佛门的幻想与率性风流的性格之间的对立等等,无不深刻影响和制约唐寅诗的创作过程。"达则兼济天下,穷则独善其身"是封建时代读书人奉守的儒家准则。唐寅早年博取功名、光宗耀祖的仕进道路失败后,转而怀抱独善其身的愿望,在诗文书画中寻找慰藉,整理心灵。然而,世态炎凉促使唐寅认识到现实生活不可能成为心灵的避难所、理想的依托。于是,看破尘俗的唐寅开始幻想归隐佛门,寻找另一个能让他安定的精神庇护所。可是,事实上诗人生性活泼,心猿意马难以维系,放旷生活难以圈囿,清高自傲、率性风流而又不甘尘染的性格注定其寄托追求的失败。

  唐寅追求一生却处处碰壁,这不能不令其始终处于憧憬、失意与彷徨的怪圈里而难以自拔,诗人的心灵与人格也就备受痛苦的煎熬与折磨。"人生得意须尽欢",李白如是慨叹;但人生失意又当如何？唐寅不甘作茧自缚,他在痛苦与失意中寻求精神的自由和灵魂的解放。于是诗人以花为友,豪饮长醉,狎妓风流,举止怪异,为孤傲本真的心灵披上了一件磊落不羁、似真亦幻的风流外衣。所有这些,无不在唐寅诗中留下真实而又深刻的记录。

二

  对于封建时代的文人来说,进入仕途博取功名、光宗耀祖,乃人生第一要务,所谓"立功"者也。从春秋时代纵横天下周游列国的政客到后代皓首穷经冲击闱场的举子,都以之为梦寐以求的人生理想。唐寅也不例外,作为一个读书人,他也曾热烈地幻想功成名就平步青云飞黄腾达。"贫士家无负廓田,枕戈时着祖生鞭;中原一日澄清后,裂土分封户八千。""贫士灯无继晷油,常明欲把月轮收;九重忽诏谈经济,御彻金莲拥夜游。"在这首《贫士吟》中，诗人借祖逖、张良、贾谊、包拯等前代诸贤的故事，表达了抓住机遇施展才华、建功立业、名垂青史的强烈愿望。才气颖达的唐寅29岁时参加应天府乡试，一举夺魁。他踌躇满志，准备次年进京参加会试，希冀再接再励蟾宫折桂："秋月攀仙桂，春风看杏花；一朝欣得意，联步上京华。"在年轻的诗人看来，参加京试拔取头筹亦如探囊取物易如反掌。他曾在《题画鸡》中表露出这种志在必得一鸣惊人的心态："血染冠头锦作翎，昂昂气象羽毛新；大明门外朝天客，立马先听第一声。"然而，就在蟾宫之门渐渐开启之际，突如其来的徐经科场舞弊案却使得唐寅梦断京城。"天子震赫，召捕诏狱，身贯三木，卒吏如虎，举头抢地，涕泗横集。而后昆山焚如，玉石皆毁。""欲振谋策操低昂，功且废矣。"（唐寅《与文徵明书》）唐寅所处时期正是明王朝由盛转衰的历史转折期。这一时期的社会经济表面繁荣，而朝纲却日益败坏，统治阶层党争激烈，尔虞我诈，暴政推行，特务遍地，政治风气黑暗。徐经科场舞弊案其实只是政治黑暗的一个投影。正所谓希望愈高，失望则愈深。"仲尼悲执鞭，富贵不可求；杨朱泣路歧，彷徨何所投？"唐寅陷入了莫名而巨大的痛苦之中。

　　与功名失之交臂的唐寅在经过一番痛苦省察后，真实认识到了官场的黑暗，探触到了社会的各种痼疾。"狗监犹能荐才子，当时宰相是闲人。""谠言不用时事危，忠臣志士最堪悲。""身后碑铭徒自好，眼前傀儡任渠忙"。诗人慨叹人心不古时世龌龊，进而直言对时政的不满，"大禹宝鼎沉泥沙，宣王石鼓已剥落。世间耳目狃时俗，闻见安能免龌龊。""大禹宝鼎"、"宣王石鼓"是社稷重器、镇国之宝，诉说国家重器的斑驳沙沉，无异于指斥时局不稳江山动摇。绝望的诗人满腔悲愤怒气难消，他一方面埋怨心胸狭窄嫉贤妒能的小人暗做手脚坏人之事，"昭君偏遇毛延寿，高颖不怜张丽华"；一方面则对偏听偏信不恤贤才的大明皇帝心存腹诽，口吐橄词："李白才名天下奇，开元人主最相知；夜郎不免长流去，今日书生敢望谁。"正是深刻认识到了政治黑暗官场腐败与自己格格不入，尔虞我诈、玩云弄雨的宦海生活使自己深恶痛绝，唐寅才下定绝意仕途的决心。诗人笑傲权贵，握管濡翰，痛快淋漓地鞭挞势利小人，"不知朝市有公侯，只识烟波好风景"；"晃漾金银帆殿开，萧森杉柳隔粉埃；只容逋客骑驴到，不许朝官引骑来"；"当年孔圣今何在？昔日萧曹尽已休"。唐寅不仅对达官贵人表现出如此的冷漠和蔑视，就是对皇帝老儿也不愿摧眉折腰，强作欢颜："我也不登天子船，我也不上长安眠；姑苏城外一茅屋，万树桃花月满天。"

唐寅遭受功名失意的打击虽然非常沉重，而世态炎凉却更加使其眼酸心冷。唐寅少有奇才闻名遐迩，邻里乡党学中朋友无不仰慕其才，交口称赞，然而受徐经科场案牵连后，唐寅身边的世界已然面目全非：妻子离异，兄弟阋墙，朋友反目。"歧舌而赞，并口而称；墙高基下，遂为祸的。侧目在旁，而仆不知，从容晏笑，已在虎口……谗舌万丈，飞章交加。""僮奴据案，夫妻反目；旧有狞狗，当户而噬。"(唐寅《与文徵明书》)众叛亲离的惨象让诗人切切实实地领略到世态炎凉的滋味，使生性活泼、意气飞扬、惯于受宠的诗人痛苦难耐苦不堪言。"莫言四海皆兄弟，骨肉而今冷眼看"。"世间多少无情者，枕席深情比叶轻"。"亲知散去绨袍冷，风雪欺贫瓦罐冰"。在现实中失去精神寄托的诗人，只得到尘封网积的历史故事中去寻找慰藉："我观古昔之英雄，慷慨然诺杯酒中；义重生轻死知己，所以与人成大功。"但古人重感情轻利益、重信义轻死生的故事并不能让唐寅获得永久的慰藉，而只能在片刻间聊以自慰，暂且舒怀。回到现实的诗人更加感到空虚落寞，慨叹人心不古："我观今日之才彦，交不以心惟以面；面前斟酒酒未寒，面未变时心已变。""人心不古今非昨，大雅所以久不作。"

三

唐寅生性清高、恃才傲物，功名不就则怀独善其身之念，从不肯屈就王公贵族。"抱琴归去碧山空，一路松声两腋风；神识独游天地外，低眉宁肯谒王公？"一介布衣，无权无势，又不肯干谒王侯，要想保持独立的精神、纯真的品德、傲岸的人格，又怎能从污浊的"上流社会"分获一杯羹呢？而且，诗人生性豪放磊落，为人正直爽朗，谨守光明正道，深恶阴谋苟且，从不谋取不义之财。"闲来就写青山卖，不使人间造孽钱"。诗人只想靠自己的诗画文章来养活自己，做一个完全独立的文化人："百年障眼书千卷，四海资身笔一枝。"事实上唐寅既不屑让艺术染上铜臭，又耻为银子终日奔忙，加上不善经济，因而日子也就过得相当艰难，其命运可想而知：在穷苦的泥潭里痛苦挣扎，在凄惶的境遇中品味自尊，在潦倒的命运中感受精神与物质的强烈反差。"书籍不如钱一囊，少年何苦擅文章？十年掩骭青衫敝，八口啼饥白稻荒。草阁读经冰满砚，布衾栖梦月登床。""灯火萧萧岁又除，盘餐草草食无鱼。""山亭廖落接人稀，泥补柴门叶外衣。""十朝风雨苦昏迷，八口妻孥并告饥。"

何大成评唐寅诗文曰"卓然如野鹤之在鸡群"，此语用来形容唐寅的个性人格亦恰当不过。"世人皆醉我独醒"。自古以来，志行高洁的文人志士总是幻想进入到自己的理想国，于是屈原有香草美人的离骚之赋，陶渊明有清流赋诗的归去来辞，而唐寅则有花下醉眠的桃花之诗、伴鹤梦梅的昂藏之歌。"酒醒只在花前坐，酒醉还来花下眠"。"傲吏难容俗客陪，对谈惟鹤梦惟梅"；"日来养就昂藏志，不逐鸡群伍细儿"。"风摇丛筱萧疏响，雨湿残梅自在香"。寂寞中的诗人无人对语备感孤独，他把真诚待人的一片冰心和追求美好人性的强烈愿望化作悠扬的笛音，变成清幽的琴声，奏响在风清月明之夜。虽然曲高和寡，但诗人似乎并不企望他人的理解和欣赏。"一笛月明人不识，自家吹与自家听"。"尘埃不到市朝远，琴趣年来只自知"。"清风明月用不竭，高山流水情相投"。

在海外学者看来，中国古代文人总是用东方人特有的丰富而细腻的感情去拥抱自然："中国人喜爱自然，他们喜欢对着鲜花凝视，对着白雪沉思，对着云彩遐想。"（C·昂博尔·于阿里《中国古典诗歌的三个时期》）中国文人总是把表现自然作为文学的重要主题，其中关注自然的目光投向更多的则是花木草树，并借以表现理想，抒发情感，表达哲理，如夸父弃杖化为邓林，湘妃泪水变成斑竹等等；而梅兰菊竹更是号为"四君子"，为文人墨客们所激赏咏叹。花，是青春、美丽、生命的象征。古往今来有无数的中国古代诗人写下了无数的咏花诗，而唐寅却独领风骚——其有两成的咏花诗！在唐寅笔下，真可谓鲜花盛开四季飘香，争妍斗艳各领风骚：春天的桃花"独怜春色步芳邻，短杖堪扶路不遥；为问百花开未否？隔林已见破丹桃"；夏天的莲花"凌波仙子斗新妆，七窍虚心吐异香"；秋天的菊花"黄菊预迎重九节，短篱先放两三花"；冬天的梅花"溪桥突兀田塍裂，雪里梅开梅胜雪"。唐寅不仅爱花、寻花、赏花，把花作为客观描写的对象，更把花视若生命之物和有情之物。他把花视为知音，与花同欢乐共悲哀，"花发千枝月一轮，天将花月付闲身；或为月主为花主，才作花宾又月宾。月下花会留我酌，花前月不厌人贫"；"月转东墙花影重，花迎月魄若为容；多情月照花间露，解语花摇月下风"。他赞美花的节操、花的精神、花的品格，暗寓自身的人格形象："佳色含霜向日开，馀香冉冉覆莓苔；独怜节操非凡种，曾向陶君径里来。"他借花事遭遇抒发失意不遇的生命之叹和人生苦闷的寂寞情怀："黄花无主为谁容？冷落疏离曲径中；尽把金钱买脂粉，一生颜色付西风。""春尽愁中与病中，花枝遭雨又遭风；鬓边旧白添新白，树底深红换浅红。"他把美丽的桃花坞作为灵魂的寓所，借以保持自由的人身、独立的品格和不屈的精神："桃花坞里桃花庵，桃花庵里桃花仙；桃花仙人种桃树，又摘桃花换酒钱。酒醒只在花前坐,酒醉还来花下眠;半醒半醉日复日,花落花开年复年。但愿老死花酒间,不愿鞠躬车马前。"

四

寂寞独处时的唐寅寄意于花鹤琴笛、清风明月而聊以自慰,交游往来中的唐寅又该如何排解失意与苦闷呢?为了忘却世事的无常,抵抗死亡的压迫,驱赶人生如梦的迷幻,诗人无奈之中只好用风流的外表、放旷的言行来表示对统治阶级的藐视和拒绝,表示对当朝政治的不满和否定,表示对封建礼教的蔑视和反抗;同时也是对自身才华的肯定和赞扬,是真情真性的坦诚流露,是勃郁个性的勇敢张扬。他那惊世骇俗的言行实乃困兽犹斗的抗争,使世俗庸人道学先生们只能瞠目结舌深感忧惧!

唐寅的豪饮是名闻遐迩的。"治圃舍北桃花坞,日般饮其中,客来便共饮,去不问,醉便颓寝。"(祝允明《唐寅墓志铭》)唐寅诗文集中有上百首饮酒诗。"劝君一饮尽百斗,富贵文章我何有?空使今人羡古人,总得浮名不如酒。""饮如长鲸吸巨川,吞天吐月鼋鼍吼。""池塘春涨碧溶溶,醉卧香尘浅草中。"穷困落魄而又不善经济的诗人,家境贫寒常有衣食之虞,然而酒是不能不喝的,即使典衣当物也要喝。"无所不知方是富,有衣典酒未为贫";"沽酒衣频典,催花鼓自敲"。如果说这里还有一点苦中作乐诙谐调侃的意思,那么"衲衣结鹑何愁冷?醉眼模糊长不醒"就与李白"但愿长醉不复醒"相类了;如果说诗人在宁王宸濠那里"佯狂使酒"是为了保全个体生命的话,那么这里则是以"醉眼模糊"来抵制"闻见安能免醒酲"的社会丑恶了!从这个意义上看,唐寅的豪饮醉酒几乎都可以说是佯狂的一种方式。因此,即便是酒醒之后,诗人仍惦念着酒醉时的"狂":"坐对黄花举一觞,醒时还忆醉时狂。"能自言狂者必为佯狂,只是佯狂之因不足为外人道也。

唐寅狎妓的风流韵事在《风流逸响》、《乌衣佳话》等杂记、野史中记载较多,其中"三笑"的故事,晚明时冯梦龙改写成话本小说《唐解元一笑姻缘》,收入《警世通言》。唐寅本人也不讳言于此,他在许多诗中留下了与青楼女子交往的故事。"苦拈险韵邀僧和,暖簇熏笼与妓烘;寄向社中诸契友,心情可与我相同?"在封建社会,邀僧狎妓对士人来说本是行为不端、羞于启齿之事,但在唐寅看来却平常至极,对朋友谈起也坦坦荡荡毫无扭捏之态。尽管别人认为他纵情青楼是不入流品的"无行迹",但他本人却是十分认真多情重义的:"相思两地望迢迢,清泪临风落布袍。"

"明日河桥重回首,月明千里故人遥。"当与之情深义笃的妓女离世时,诗人哀痛欲绝:"清波双佩寂无踪,情爱悠悠怨恨重。""再托生来侬未老,好教相见梦姿容。"唐寅生前囊中羞涩,料想那些娼家女子看中的恐怕不是他口袋中的银子而是他的才气与名气;而被人赏识、受人爱戴也恰恰正是唐寅最缺乏和最需要的。唐寅真情所至恣意而为,心无防范口无遮拦,狎妓风流的描写真率自然毕露无遗,读来真让道学先生们大跌眼镜:"满树天香昼掩门,无端春意褪红;恩情只在牙床上,闲杀香闺两绣墩。""夜雨巫山不尽欢,两头颠倒玉龙蟠;寻常乐事难申爱,添出馀情又一般。"

唐寅行止放旷,与众不同。诗人或尽性而饮醉卧苔毡,或呼啸田园结伴浪游,或目空一切白眼对人:"六尺清苔骨,酣齁称醉眠;不受人荷锸,喜有叶如毡。白眼西风里,黄花小径边,啸声多伴侣,何惜一陶然。"为要看取杏花,虽已被主人家谢绝,诗人却死皮赖脸、软磨硬泡、非要人家兑酒给他喝不可:"绿水红桥夹杏花,数间茅屋似仙家;主人莫拒看花客,囊有青钱酒不赊。"诗人有时又俨然一个老顽童,高谈阔论、玩笑逗乐、嬉笑开颜:"能容缓颊村夫子,戏谑长眉老辩才。"

最后值得一提的是,唐寅也曾"归好佛氏"。"子畏罹祸后,归好佛氏,自号六如,取四句偈旨。"(祝允明《唐寅墓志铭》)"难寻萱草酬知己,且摘莲花供圣僧。"然而,唐寅虽看破红尘,其个性人格特征却又决定了他不可能潜心佛法艰苦修行,这就产生了思想上和行动上的矛盾冲突。在《醉时歌》里,诗人既说"贪嗔痴作杀盗淫,因缘妄想入无明;无明即是轮回始,信步将身入火坑",又说"种堪爱惜色堪贪,它家妻子自家男";既说"他人谋我我谋他,冤冤相报不曾差",又说"一念归空拔因果,坠落空见仍遭祸。禅人举有着空魔,犹如避溺而遭火"。诗人把这首诗题为《醉时歌》,实际上表现了他借酒伴狂的一种心态,为他在思想上皈依佛门而在行动上免受清规戒律束缚寻找合理的借口。在此基础上,诗人把"佛"归结为"自我"、"本真",认为"佛并非高居西天的如来",而是存在于自己心中的"真":"神仙福地是蓬莱,释迦天宫号兜率;不在西天与东海,只在人心方咫尺。"也正因把"佛"归于心中的本真,所以诗人也就能率性而为之了:"案上酒杯真故旧,手中经卷漫生涯。"诗人佛门取经的结果是获得了淡薄名利与世无争的理念:"世事与人争不尽,还他一忍是便宜。""万事由天莫强求,何须苦苦用机谋?饱三餐饭常知足,得一帆风便可收。"

五

综上所述,因为时代历史与社会的原因,唐寅率真颖达、清高自傲的人格特征通过一般象征寄托物和放旷的言行、风流的外表曲折反映在其诗歌的情志内容之中。困兽犹斗的抗争是其勃郁个性的勇敢张扬，率性自为的放旷是其横溢才华的充分流露。读唐寅诗，我们领略到诗人的才气、志气、豪气，感受到诗人可敬、可亲、可爱的个性品格，触摸到一个向往美好与自由、憧憬理想与本真的灵魂。唐寅50岁时作的《言怀》可视为诗人对自己一生的总结："笑舞狂歌五十年，花中行乐月中眠；漫劳海内传名字，谁论腰间缺酒钱？诗赋自惭称作者，众人多道我神仙；些须做得工夫处，莫损心头一寸天。"在《题自画渊明卷》中，诗人由衷而叹："南山多少悠然意，千载无人会此心。"

孙植，男，1971年生，江苏东台人，南京师范大学2003级高访学者，研究方向为唐宋元明清文学。

以上"代序"选自《重庆大学学报》2004年第10卷第2期。为行文需要，编者对原文稍作修改，并删掉原作摘要及注释。

目录

前言 /001
论唐寅诗的情志内容及其人格表现
　　(代序)(孙植) /001

◎ 诗

花下酌酒歌 /001
桃花庵歌 /002
一年歌 /004
一世歌 /005
把酒对月歌 /006
焚香默坐歌 /008
解惑歌 /009
世情歌 /011
妒花歌 /013
咏渔家乐 /015
怅怅词 /016
百忍歌 /017
烟波钓叟歌 /020
江南四季歌 /023
进酒歌 /027
三高祠歌 /029
登法华寺山顶 /031

目录

世寿堂诗 /033
短歌行 /035
相逢行 /037
出塞(二首选一) /038
紫骝马 /040
骢马驱 /041
侠客 /042
陇头 /043
陇头水 /044
白发 /045
伏承履吉王君以长句见赠,作此以答 /046
闻蛩 /047
夜中思亲 /048
伤内 /049
咏怀诗(二首选一) /050
送王履约会试 /051
游焦山 /052
送行 /053
桃花庵与祝允明、黄云、沈周同赋(五首选二) /053
题溪山叠翠卷 /055
听弹琴瑟 /056
赠寿 /056
题张梦晋画 /057
庐山 /058
霜中望月,怅然兴怀 /059
睡起 /060
赠南野 /061
江南送春 /062
登吴王郊台 /063
仲夏三十日陪宏农杨礼部、丹阳都隐君虎丘泛舟 /064
游金山 /065
严滩 /067
和沈石田落花诗(三十首选二) /068
元宵 /070
沈徵德饮予于报恩寺之霞鹜亭,酒酣赋赠 /071
散步 /072
松陵晚泊 /073
领解后谢主司 /074
长洲高明府过访山庄,失于迎迓,作此奉谢 /075
和雪中书怀 /076
雨中小集 /077
正德己卯,承沈徵德、顾翰学置酌禅寺,见招猬鄙,杯酒狼藉,作此奉谢 /078
春日城西 /079
别刘伯耕 /080
言怀(二首) /081
花月吟效连珠体(十一首选二) /083
阊门即事 /085
检斋 /086
漫兴(十首选三) /087
上宁王 /089
题沈石田先生后集 /090

花酒 /091
早起偶成 /092
戏题机山 /093
蒲剑 /094
叹世（六首选二）/095
齐云岩纵目 /096
白燕 /098
闻江声 /099
感怀 /100
赠徐昌国 /101
梦 /102
自笑 /103
桃花坞祓禊 /104
哭妓徐素 /105
夜读 /106
题辋川 /107
姑苏杂咏（四首）/108
咏梅次杨廉夫韵 /111
题五王夜宴图 /113
题浔阳送别图 /115
姑苏八咏（八首选三）/117
　洞庭湖 /117
　寒山寺 /118
　桃花坞 /119
警世（八首选二）/120
除夜坐蛱蝶斋中 /121
七夕赠织女 /122
题友鹤图为天与 /123
题枯木竹石 /124
美人蕉 /125

对菊 /126
题败荷脊令图 /126
题洞宾化女人携瓶图 /127
题周东村画 /128
咏美人（八首）/128
　文君琴心 /128
　昭君琵琶 /129
　绿珠守节 /130
　碧玉留诗 /130
　梅妃嗅香 /131
　太真玉环 /131
　薛涛戏笺 /132
　莺莺待月 /132
题竹 /134
闻读书声 /134
秋日山居 /135
为培芝俞君题 /136
题画陶谷 /136
题画白乐天 /137
题美人图 /138
题牡丹画 /139
题栈道图 /139
题东庄图 /140
题自画守耕图 /141
题子胥庙 /141
五陵 /142
马（二首选一）/143
题杏林春燕（二首）/144
椿萱图 /145
嗅花观音 /145

目录

题元镇江亭秋色 /146
题落花卷 /147
题桑 /148
题菊花(三首) /148
题自画墨菊 /150
题自画渊明卷(二首) /150
题自画和靖卷 /152
题自画高祖斩蛇卷 /152
题自画三顾草庐 /153
题自画相如涤器图 /154
题自画红拂妓卷 /155
题自画濂溪卷 /156
题自画卢仝煎茶图 /156
题自画桑维翰铁研卷 /157
题画 /158
题菊花图 /159
咏鸡诗(三首) /160
寻花 /161
题画 /162
伯虎绝笔 /163
言志 /164
咏莲花 /165
题画 /166
失题 /167
题东坡小像 /168

佳人插花 /169
荷花仙子 /170

◎ 词

望湘人(想盘铃傀儡) /171
过秦楼(潇洒才情) /172
一剪梅(二阕) /173
　其一(红满苔阶绿满枝) /173
　其二(雨打梨花深闭门) /174
黄莺儿(衣褪半含羞) /175
桂枝香(春情四阕) /176

◎ 文

祭妹文 /179
莲花似六郎论 /180
竹斋记 /184
菊隐记 /185
《作诗三法》序 /186
与文徵明书 /187

◎ 附录

唐伯虎年谱简编 /192
唐伯虎著作主要版本 /199
唐伯虎研究重要著述 /199
《唐伯虎集》名言警句 /201

◎诗

花下酌酒歌

此诗作于诗人生活后期。诗歌主要抒写人生易老,应及时行乐的主题。酌酒:斟酒。

> 九十春光一掷梭,花前酌酒唱高歌。
> 枝上花开能几日,世上人生能几何。
> 好花难种不长开,少年易过不重来。
> 人生不向花前醉,花笑人生也是呆。

九十春光一掷梭,花前酌酒唱高歌——这两句是说:在花前自斟自饮,放声高歌。想到了人生在世,九十年的光阴消失得快得如同织布梭的一掷。这两句直奔主题。

枝上花开能几日,世上人生能几何——这两句是说:花枝上的花朵能盛开几天?人生于世,又能有多长的寿命呢!此句将花期的短暂与人寿的不长并举,增添无数人生烦愁。

好花难种不长开,少年易过不重来——这两句是说:好看的花朵难以种植,而且开得时间很短,青年时期容易逝去,再也不会回来。

人生不向花前醉,花笑人生也是呆——这两句是说:人生在世,如若不及时行乐,连花也会嘲笑人的痴呆。

夸张和比喻及拟人的手法在这首作品中有着极大的作用。诗人首句中运用了夸张的手法,极言生命的短暂,接着又运用了比喻的手法,把人生比做枝头盛开的花朵,并以美丽的花朵既难种植,花期又短,比喻人生青年时期美好生活的重要。最后作者以拟人的手法告诫人们,应该得快乐时且快乐,若不及时行乐,连花都会嘲笑!作品腾挪有致,语言技法娴熟,意境圆润。

桃花庵歌

此诗作于弘治十八年乙丑(1505)三月。诗人在这首诗中借咏桃花庵中的桃花仙人抒写了自己安于贫贱,通达乐观的精神境界。

> 桃花坞里桃花庵,桃花庵里桃花仙。
> 桃花仙人种桃树,又摘桃花换酒钱。
> 酒醒只在花前坐,酒醉还来花下眠。
> 半醒半醉日复日,花落花开年复年。
> 但愿老死花酒间,不愿鞠躬车马前。
> 车尘马足贵者趣,酒盏花枝贫者缘。
> 若将富贵比贫者,一在平地一在天。
> 若将贫贱比车马,他得驱驰我得闲。
> 别人笑我忒疯癫,我笑他人看不穿。
> 不见五陵豪杰墓,无花无酒锄作田。

桃花坞里桃花庵,桃花庵里桃花仙——这两句是说:在美丽的桃花坞中有一座桃花庵,桃花庵中居住着一位桃花仙人。坞:四面高中间凹下的地方,这里指村落。桃花坞:在今苏州,景色秀美如画,诗人曾隐居于此。诗人在《姑苏八咏》中的《桃花坞》诗中有"花开烂漫满村坞,风烟酷似桃源古;千林映日莺乱啼,万树围春双燕舞"之句,描画出其间美妙出尘的景色。仙:神话中可以长生不死的人,这里暗指诗人自己。

桃花仙人种桃树,又摘桃花换酒钱——这两句是说:桃花仙人种下了桃树,用桃花换取沽酒的钱。一般人们种桃树是为了摘桃子,而桃花仙人却用桃花换取买酒的钱,小小的举动中包含着其高雅不俗的情怀。这两句与前两句连用两个顶真修辞手法,读来琅琅上口。

酒醒只在花前坐,酒醉还来花下眠——这两句是说:桃花仙人在酒醒的时候坐在花前欣赏桃花,酒醉的时候也要躺在花下睡眠。此承上句"酒"而来,写桃花仙人对桃花的热爱。

半醒半醉日复日,花落花开年复年——这两句是说:在半醒半醉中度过了一天又一天,花开花落过去了一年又一年。这两句中"日复日"、"年复年"的使用,赋予整首诗歌时间上的沧桑感。

但愿老死花酒间,不愿鞠躬车马前——这两句是说:桃花仙人只愿老死在美酒花坞之中,不愿委屈自己逢迎达官贵人。鞠躬:弯身行礼,以示恭敬。这里指逢迎拍马,泛指一切世俗之事。车马:指达官贵人。晋·陶渊明《饮酒·其五》:"结庐在人境,而无车马喧。"

车尘马足贵者趣,酒盏花枝贫者缘——这两句是说:富贵的人争先恐后地去应酬拍马,我这样的贫穷者却只喜欢饮酒赏花。趣,同"趋",追随。

若将富贵比贫者,一在平地一在天——这两句是说:如果拿富贵的人和贫穷的人在物质生活方面互相比较,则富贵者在天上,贫穷者在地上。

若将贫贱比车马,他得驱驰我得闲——这两句是说:如果拿贫贱的人与富贵的人在精神生活方面相比较,那么,那些富贵的人整天忙忙碌碌,我却自在悠闲,受用不尽。诗人认为富贵之人生活境界低,生活忙碌可怜;而贫穷之人生活境界高,精神不被拘束驱使,悠闲自在。这两句与前两句形成对比。

别人笑我忒疯癫,我笑他人看不穿——这两句是说:别人听到我的见解认为我太过疯癫,我却笑他们看不透生活的道理。忒:太。

不见五陵豪杰墓,无花无酒锄作田——这两句是说:你难道没有看到,那些在历史上曾经煊赫一时的英雄豪杰的坟墓前,再也见不到花酒的供奉,早已经被后人翻耕为农田了!五陵豪杰:泛指一切英雄豪杰。五陵,指历史上汉高祖刘邦的长陵、汉惠帝的安陵、汉景帝的阳陵、汉武帝的茂陵、汉昭帝的平陵。无花无酒:唐人李贺《将进酒》中有"酒不到刘伶坟上土",这里作者是对李贺诗句的化用。

在这首作品中诗人勾画出一位超凡脱俗的桃花仙人形象,他日日沉湎于美酒桃花,性情高雅通达,生活悠闲自在。接着诗人指出他选择流连花酒的原因在于不愿为世俗功名富贵而折节。最后,诗人告诫人们:人世间一切费尽心机所追求的东西都会随着时光的流逝而灰飞烟灭!

诗歌中的桃花仙人即为诗人自己。唐伯虎在写作这首诗歌时已遭遇了父母先后亡故,妻、妹相继去世及因科考舞弊案下狱等人生诸多痛苦。他已经领悟到了生活的真谛,因此,这首作品也正是作者面对苦难生活的态度自白。钱谦益评论唐伯虎诗时说:"外虽颓放,中实沉玄,人莫得而知也。"实深得个中三昧。

一年歌

题解

这首作品采用通俗的语言，指出一年之中良辰美景，赏心乐事四美难并的情况，奉劝人们珍惜美好时光，尽情享乐。

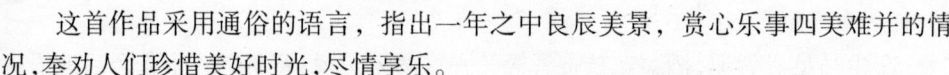

一年三百六十日，春夏秋冬各九十。
冬寒夏热最难当，寒则如刀热如炙。
春三秋九号温和，天气温和风雨多。
一年细算良辰少，况又难逢美景何。
美景良辰倘遭遇，又有赏心并乐事。
不烧高烛对芳樽，也是虚生在人世！
古人有言亦达哉，劝人秉烛夜游来。
春宵一刻千金价，我道千金买不回。

新解

一年三百六十日，春夏秋冬各九十——这两句是说：一年之中有三百六十天，四季各占九十天。

冬寒夏热最难当，寒则如刀热如炙——这两句是说：冬天天气寒冷，夏天天气炎热，都让人难以忍受。冷的时候像刀子在身上割，热的时候如同在火上烤。

春三秋九号温和，天气温和风雨多——春三：农历三月份的时候。秋九：农历九月份的时候。这两句是说：三月和九月的天气可以说很温和，天气温暖，可是却多风多雨。

一年细算良辰少，况又难逢美景何——这两句是说：仔细算来，一年之中美好的时光没有多少，更何况在这些时间中难以遇到美丽的风物。良辰：美好的时光。

美景良辰倘遭遇，又有赏心并乐事——这两句是说：偶遇良辰美景并且又有欢畅的心情和快乐的事情。倘：如果。赏心：欢畅的心情。

不烧高烛对芳樽，也是虚生在人世——这两句是说：若有良辰美景，赏心乐事，四美同现，此时要不高烧红烛，畅饮美酒，即使活在这世上也是白活。芳樽：精致的酒器，亦借指美酒。这两句承接前两句而来。

古人有言亦达哉，劝人秉烛夜游来——这两句是说：古人留下了非常有道理的话，让大家"秉烛夜游"，奉劝人们及时行乐。达：通达。秉烛夜游：拿着蜡烛晚上游乐,谓及时行乐。《古诗十九首》:"生年不满百,常怀千岁忧。昼短苦夜长,何不秉烛游!"

春宵一刻千金价,我道千金买不回——这两句是说:人们说春天的夜晚千金一刻,我认为用千金也难买如此的时刻。春宵:春天的夜晚。一刻:表示时间。古以漏壶计时,一昼夜分为一百刻,至清初定为九十六刻。今用钟表计时,一刻为十五分钟。这里指短暂的时间,犹片刻。苏轼《春宵》:"春宵一刻值千金,花有清香月有阴。"

唐伯虎是一位艺术化的诗人,他的生活也充满着艺术性,常常带着些如同李白一样的狂癫和浪漫。此诗前半部分写得谨慎实在而后半部分则出尘狂放,充分体现了诗人深刻认识到生活为何物之后的生活态度。诗歌以浅近通俗的语言出之,语言虽平易简朴,却也别有一番道理。

一世歌

这首作品也创作于诗人生活后期。诗歌表达了生命易老,而世人对于金钱、权利的追求永远没有满足的时候,这样会带来无尽的烦恼,因此应珍惜时光及时行乐的主题。

人生七十古来少,前除幼年后除老。
中间光阴不多时,又有炎霜与烦恼。
花前月下得高歌,急需满把金樽倒。
世人钱多赚不尽,朝里官多做不了。
官大钱多心转忧,落得自家头白早。
春夏秋冬捻指间,钟送黄昏鸡报晓。
请君细点眼前人,一年一度埋荒草。
草里高低多少坟,一年一半无人扫。

人生七十古来少,前除幼年后除老——这两句是说:人能活到七十岁自古以来就不多,除去幼年的时候和老年的时候,实际上能做些事情的就没有多少时间了。

中间光阴不多时,又有炎霜与烦恼——这两句是说:中间留下的壮年时期没有多长时间,其中又有太冷或太热的时候以及烦闷苦恼的时候。

花前月下得高歌,急需满把金樽倒——这两句是说:在美好的事物面前得以狂放高歌的时候,就一定要抓紧时间多饮美酒,及时行乐。花前月下:这里指美好的事物。樽:古代的盛酒器具。

世人钱多赚不尽,朝里官多做不了——这两句是说:世上的钱财多得赚也赚不完,朝廷里的官多得做也做不了。

官大钱多心转忧,落得自家头白早——这两句是说:官做得越大,心里的忧愁就越多,结果使得自己的头发很早就变白了。

春夏秋冬捻指间,钟送黄昏鸡报晓——这两句是说:一年四季时光流逝犹如弹指一挥。清晨雄鸡报晓,傍晚钟声催暮,一天天弃人而去。捻指:犹弹指。形容时间过得很快。此句言时间流逝之快。

请君细点眼前人,一年一度埋荒草——这两句是说:请你仔细看看眼前的人,都已经逐渐在时间的流逝中死去。

草里高低多少坟,一年一半无人扫——这两句是说:荒草之中不知道已经埋了多少坟墓,这些坟墓一年之中却有一半无人清扫。

唐伯虎作品中此类劝世诗多采用铺陈的手法,极言人生的短暂及其中充满的欲求之苦,让读者能够在残酷的现实世界中猛然惊醒,恰如当头棒喝,醍醐灌顶。此诗意思浅显直白,用最通俗的语言,表述最简单的道理,是唐伯虎向白居易诗歌学习的结果。

把酒对月歌

这首作品通过对浪漫主义诗人李白及其写月诗歌的追慕,写出了诗人狂放不羁、洒脱出尘、光风霁月的自由人格。把酒:手持酒杯。

李白前时原有月,惟有李白诗能说。
李白如今已仙去,月在青天几圆缺?
今人犹歌李白诗,明月还如李白时。
我学李白对明月,月与李白安能知!
李白能诗复能酒,我今百杯复千首。
我愧虽无李白才,料应月不嫌我丑。

> 我也不登天子船，我也不上长安眠。
> 姑苏城外一茅屋，万树桃花月满天。

　　李白前时原有月，惟有李白诗能说——这两句是说：李白之前就有月亮，但是只有李白的诗歌写月亮写得最好。惟有：只有。唐代伟大的浪漫主义诗人李白写过很多描写月亮的诗作，如《月下独酌》《把酒问月》《峨眉山月歌》等。这两句不仅是对李白诗歌的肯定，也是对其狂狷人格的肯定。

　　李白如今已仙去，月在青天几圆缺——这两句是说：李白如今已经去世了，明月在青天之中也不知道经过了多少次圆缺的变化。仙去：成仙而去。这里指去世，死的婉辞。李白当年初到长安造访贺知章，以《蜀道难》相示，贺知章看后赞叹不已，说："公非人世之人，可不是太白星精耶？"称李白为"谪仙"。几：几度，多少次。

　　今人犹歌李白诗，明月还如李白时——这两句是说：现在人们依然吟唱着李白的诗作，月亮也还是像李白那个时候那样皎洁。犹：依然。

　　我学李白对明月，月与李白安能知——这两句是说：我学习李白拿着酒杯，面向明月，月亮和李白怎么会知道有我这个人的存在呢？对：朝向，对着。安：怎么。

　　李白能诗复能酒，我今百杯复千首——这两句是说：李白既能喝酒又能作诗，我现在也可以喝上百杯酒，作千首诗。复：又。

　　我愧虽无李白才，料应月不嫌我丑——这两句是说：我为自己没有李白那样的才华而惭愧，但料想月亮应该不会嫌弃我文才的丑陋。料：料想，推知。

　　我也不登天子船，我也不上长安眠——这两句是说：我不像李白那样去登帝王的画船，也不去长安街头酒家醉眠。天子：古以君权为神所授，故称帝王为天子。此句化用杜甫《饮中八仙歌》"李白斗酒诗百篇，长安市上酒家眠，天子呼来不上船，自称臣是酒中仙"的诗意。

　　姑苏城外一茅屋，万树桃花月满天——这两句是说：我只在姑苏城外搭建一座小小的茅屋，欣赏无数的桃花和无边的风月。姑苏：今江苏苏州。茅屋：茅草搭建而成的小屋。这里指唐伯虎在苏州城外桃花坞所筑桃花庵。万树：概数，极言其多。

　　这是唐伯虎后期的一首作品。作品取意承唐代诗人李白而来。李白号称"谪仙人"，他的作品多写月亮，寄托洒落出尘的情怀。这首作品中诗人淋漓尽致地表达了对李白的仰慕之情，以此抒写自己希望在诗、酒、花、月中自在度日的超凡脱俗、潇洒出尘的浪漫情怀。

焚香默坐歌

题解

这首诗歌批判那些假道学者。诗歌中体现出较多的儒家伦理道德的说教影子。但同时也可使我们看到人的本性不可扭曲，指出应在提倡仁义道德的同时彰显人性本色，才能无愧于先贤。

> 焚香默坐自省己，口里喃喃想心里。
> 心中有甚害人谋？口中有甚欺心语？
> 为人能把口应心，孝悌忠信从此始。
> 其馀小德或出入，焉能磨涅吾行止。
> 头插花枝手把杯，听罢歌童看舞女。
> 食色性也古人言，今人乃以之为耻。
> 及至心中与口中，多少欺人没天理。
> 阴为不善阳掩之，则何益矣徒劳耳。
> 请坐且听吾语汝："凡人有生必有死，
> 死见先生面不惭，才是堂堂好男子。"

新解

焚香默坐自省己，口里喃喃想心里——这两句是说：在面前焚香一支，口中念佛，静坐默想，检查自己的所为所想。省（xǐng）：检查，察看。喃喃：象声词，低语声。

心中有甚害人谋？口中有甚欺心语——这两句是说：心里面有过什么害人的阴谋，口里面说出过什么言不由衷的话。

为人能把口应心，孝悌忠信从此始——这两句是说：做人只要能做到心口如一，就可以基于此而达到孝悌忠信的道德要求。孝悌忠信：孝，顺从父母。悌（tì），敬爱兄长。忠，赤诚无私，尽心尽力。信，诚实，不欺骗。孝悌忠信即指孝顺父母，尊敬兄长，忠于君主，取信于朋友的封建社会的应具备的道德标准。

其馀小德或出入，焉能磨涅吾行止——这两句是说：其它小的德行也许没有做到，这些小的德行怎么能影响我的行动呢？磨涅：比喻所经受的考验或外界的影响。语出《论语·阳货》。行止：指一举一动。

头插花枝手把杯，听罢歌童看舞女——这两句是说：头上插着花枝，手中高举酒杯，欣赏舞蹈和音乐。

食色性也古人言，今人乃以之为耻——这两句是说：古人说过，食欲和性欲都是人的本性，现在的人却以之为耻。食色性也：是说食欲和性欲都是人的本性。语出《孟子·告子上》。

及至心中与口中，多少欺人没天理——这两句是说：心口不一，完全不顾及伦理道德，欺骗别人。这里诗人指责那些假道学者，虽满口仁义道德，心中却有着赤裸裸的欲望。

阴为不善阳掩之，则何益矣徒劳耳——这两句是说：私下里做坏事，表面上却要遮掩，这样有什么好处呢？只是白白忙碌罢了。阴：私下里。为：做。不善：坏事情。阳：表面上。

请坐且听吾语汝："凡人有生必有死，死见先生面不惭，才是堂堂好男子。"——这四句是说：请坐下来，听我告诉你："但凡是人，有生就有死，死了以后见到古圣先贤，并不感到惭愧，这才是堂堂正正的男子汉。"先生：古圣先贤。

诗人在这篇带有说教性的作品中提出了一个重要的衡量道德的标准，就是为人应该"把口应心"。这是诗人极力提倡的做人原则，诗人认为这是儒家所有其他基本伦理道德的基础。只要一个人能够作到"把口应心"，其他对美食美色的要求都是合理的，没有什么错误。而现在的人却是舍本逐末，以对美食美色的追求为耻，虚伪地掩盖自己的追求，而这样恰恰是悖离了人的本性。怎样做人才是坦荡的呢？死了以后无愧于先贤就好。袁中郎评此篇："说尽假道学。"实在能够切中肯綮。

解惑歌

从作品内容看，应该是写于诗人欲求仕进时期，有板起面孔的说教意味，与诗人后期放诞洒脱的情怀相去甚远。

纷纷眼底人千百，或学神仙或学佛。
学仙在炼大还丹，学佛来寻善知识。
彼要长生享富豪，此要它生饶利益。
忠孝于其道不同，且把将来挂东壁。
我见此辈贪且痴，漫作长歌解其惑。
学仙学佛要心术，心术多从忠孝立。

惟孝可以感天地,惟忠可以贯金石。
天地感动金石开,证佛登仙如芥拾。
佛知过去未来事,仙有通天彻地力。
任你喽罗闪赚高,这两个人瞒不得。
神仙福地是蓬莱,释迦天宫号兜率。
不在西天与东海,只在人心方咫尺。

【新解】

纷纷眼底人千百,或学神仙或学佛——这两句是说:现在有成千上百的人在学习佛教教义或神仙法术。纷纷:很多的样子。眼底:目下,现时。

学仙在炼大还丹,学佛来寻善知识——这两句是说:学神仙术的人想要炼成起死回生的丹药;学佛学的人想要寻求教导自己修行善法的高僧。大还丹:道教丹药名,又称九还金丹,有神奇的起死回生功效。善知识:佛教语,梵语意译,即善友、好伴侣之意,后泛指能教导众生远离恶法和修行善法的高僧。

彼要长生享富豪,此要它生饶利益——这两句是说:学道教的人想要此生长生不老,永享富贵;学佛学的人欲求来生多降福祉,平安快乐。它生:来生。饶:多。

忠孝于其道不同,且把将来挂东壁——这两句是说:忠孝与道教、佛教都不相同,忠孝从不考虑将来的问题。忠孝:忠于君国,孝于父母。挂东壁:挂在东边的墙壁上,指放置在一边。

我见此辈贪且痴,漫作长歌解其惑——这两句是说:我见这些学佛与学道的人都是既贪婪又痴迷,因此即兴作了这首歌来解除他们的迷惑。漫:随意地,不受约束地。

学仙学佛要心术,心术多从忠孝立——这两句是说:学仙学佛都要有正直善良的本心,要有正直善良的本心首先应该有忠孝之心。心术:本心。这里指善良正直的本心。

惟孝可以感天地,惟忠可以贯金石——这两句是说:只有孝心才可以感动天地,只有忠诚才可以穿透金石。贯金石:贯,穿。谓金石虽坚,亦可穿透。形容精诚之力伟大无穷。前一句因《搜神记·东海孝妇》及元代关汉卿《感天动地窦娥冤》而来。这两则故事中都记载了媳妇因孝顺婆婆,含冤受死,感动天地,临刑前发下誓愿,结果一一应验的情节。后一句典出汉刘向《新序·杂事四》:"昔者楚熊渠子夜行,见寝石以为伏虎,弯弓射之,灭矢饮羽,下视知石也。却复射之,矢摧无迹,熊渠子见其诚心,金石为之开,况人心乎?"

天地感动金石开,证佛登仙如芥拾——这两句是说:有了忠孝之心,要想成仙成佛,就如同捡到一根小草一样容易。天地感动:这里指有孝心。金石开:这里指有忠心。证佛:得证佛果。登仙:成为神仙。芥:小草。

佛知过去未来事,仙有通天彻地力——这两句是说:佛陀可以知道已经发生和即将发生的事情,神仙也有通天彻底的能耐。

任你喽罗闪赚高,这两个人瞒不得——这两句是说:任凭人们欺瞒哄骗,佛和神仙是瞒不住的。喽罗:小人物,这里泛指人。闪赚:欺诳,哄骗。两个人:指佛和神仙。

神仙福地是蓬莱,释迦天宫号兜率——这两句是说:神仙居住在蓬莱仙宫,佛祖居住在兜率天宫。福地:道教指神仙居住的地方。蓬莱:古代传说中海上的仙山之一,也泛指仙境。释迦:佛祖释迦牟尼的简称。天宫:指天帝、神仙居住的宫殿。这里指佛的居所。兜率:即"兜率天"。梵语音译。佛教谓天分许多层,第四层叫兜率天。它的内院是弥勒菩萨的净土,外院是天上众生所居之处。

不在西天与东海,只在人心方咫尺——这两句是说:神仙和佛祖都不在遥远的地方,而存在于每个人的一念之间。西天:天竺在西方,故曰"西天"。《佛祖统记》卷五十三曰:"西天求法,东土译经。"东海:道教认为求仙要去东海,海上有蓬莱三山。方:才。咫尺:形容距离近。

这是一首宣扬儒家忠孝理论的诗歌作品,通过对学佛者与学道者追求此生富贵及来生受益态度的否定,指出要想成仙成佛,首先要尽忠尽孝,忠孝立,则仙佛自然成,不用远涉千里万里寻求佛法仙道,仙佛只在各人一念之间。此诗从本质上指出了要得大道,须从个人品德入手的道理。诗歌语言走浅显通俗一路,属劝世之类的诗作。

世情歌

此篇与唐伯虎作品集中《渔樵问答歌》意旨相近,体现了一种澹定自若,不求闻达,不求显贵,于平淡中求取生活真味的人生态度。

浅浅水,长长流,来无尽,去无休;
翻海狂风吹白浪,接天尾闾吸不收。
即如我辈住人世,何荣何辱?何乐何忧?
有时邯郸梦一枕,有时华胥酒一瓯。

古今兴亡付诗卷,胜负得失归松楸;
清风明月用不竭,高山流水情相投。
蓂荚自晦朔,兰菊自春秋;
我今视昔亦复尔,后来还与今时侔。
君不见,东家暴富十头牛;
又不见,西家暴贵万户侯;
雄声赫势掀九州,有如洪涛汹涌,世界欲动天将浮。
忽然一日风打舟,断蓬绝梗无少留。
桑田变海海为洲,昔时声势空喧啾。
呜呼,何如浅浅水,长长流?

浅浅水,长长流,来无尽,去无休——这四句是说:浅浅的溪水啊,长长地流淌,始终没有停歇的时候。首句以浅水起兴。

翻海狂风吹白浪,接天尾闾吸不收——这两句是说:狂风吹动海浪,大浪滔天,天边海水所归的地方都来不及吸收如此澎湃的海水。尾闾:古代传说中海水所归之处。宋代诗人卫宗武《过瓜洲》:"伟哉千里万里流,衮衮其来自巴蜀。奔腾澎湃入尾闾,势雄何啻吞百谷。"

即如我辈住人世,何荣何辱?何乐何忧——这两句是说:就好像我们生活在人世中一般,有什么荣辱忧乐呢?此句引入人生。

有时邯郸梦一枕,有时华胥酒一瓯——这两句是说:人生在世犹如一个虚无缥缈的梦。邯郸梦:典出唐沈既济《枕中记》。其中记载:卢生在邯郸客店中遇道士吕洞宾,用其所授瓷枕,睡梦中历数十年富贵荣华。及醒,店主炊黄粱未熟。后因以"邯郸梦"喻虚幻之事。华胥酒:《列子·黄帝》中记载:(黄帝)昼寝而梦,游于华胥氏之国。华胥氏之国在弇州之西,台州之北,盖非舟车足力之所及,神游而已。后因称一场幻梦为"一梦华胥"。瓯:杯,盅。

古今兴亡付诗卷,胜负得失归松楸——这两句是说:古往今来,国家虽有兴与衰但都终究只是历史,个人虽有胜败得失但最终也是难免一死。松楸:松树与楸树。墓地多植,因以代称坟墓。

清风明月用不竭,高山流水情相投——这两句是说:清风明月是欣赏不完的美景,高山流水和我的心灵有契合之处。

蓂荚自晦朔,兰菊自春秋——这两句是说:世界上万事万物自有其变化更替的规律。蓂荚:古代传说中的一种瑞草。它每月从初一至十五,每日结一荚,从十六至月终,每日落一荚。所以从荚数多少,可以知道是何日。一名历荚。晦:农历每月的最后一天。朔:农历每月的第一天。

我今视昔亦复尔,后来还与今时侔——这两句是说:我现在看过往的日子是这样,有它发展变化的规律,以后的日子也将是这样。复尔:如此。侔(móu):等同,相同。

君不见,东家暴富十头牛;又不见,西家暴贵万户侯——这四句是说:你难道没有看到,东家因得了十头牛而一时富有,西家因封了万户侯而一时尊贵。此句为长句,与下面三句一起,语气上一气呵成。

雄声赫势掀九州,有如洪涛汹涌,世界欲动天将浮——这三句是说:他们声势显赫像是要使九州为之震动,那状况似乎是洪涛汹涌,要把世界吹动,要把上天浮起。雄声赫势:雄壮的声音,显赫的气势。九州:传说中的我国上古行政区划分为九州,后用作"中国"的代称。

忽然一日风打舟,断篷绝梗无少留——这两句是说:忽然一天狂风吹断了船的桅杆,吹散了船帆,船只沉入海中就什么也没有了。篷:船帆。

桑田变海海为洲,昔时声势空喧啾——这两句是说:农田变成沧海,沧海变成陆地,以往煊赫的声势早已不见踪影。桑田变海:桑田:农田。农田成大海,比喻世上的事变幻莫测。洲:陆地。喧啾:即"煊赫",形容声势或权势盛大。

呜呼,何如浅浅水,长长流——这三句是说:哎,人生与其遭受起起落落,倒不如这浅浅的流水,平平淡淡,舒缓而长远。

这首诗歌语言一气而下,整散结合,音律和谐。

诗歌中运用了对比和象征的表现手法,用大起大落的富贵人家的生活与平淡闲适的安定生活做对比。以被吹断篷梗的船象征富贵人家势力的丧失;以吹断船的篷梗的风象征人生中意想不到的灾难。此外,诗歌还运用了多种修辞手段。如比喻,以长流之细水喻平淡的生活;以"邯郸梦一枕"及"华胥酒一瓯"喻人生的虚幻;如反问,使用"何荣何辱?何乐何忧"以及"何如浅浅水,长长流?"这样极有力量的反问句法。如对偶,以"东家暴富十头牛"对"西家暴贵万户侯"。这些表现手法和修辞手段的运用,增强了诗歌的文学性,提高了诗歌的艺术性,深化了诗歌的哲理性。

妒花歌

这首作品写夫妻间生活细节,描摹传神。虽然是在前人创作的基础上进行了再创作,却丝毫不失其艺术的生动鲜活性,在唐伯虎的作品中有着与众不同的情致和韵味。

　　昨夜海棠初着雨,数朵轻盈娇欲语。
　　佳人晓起出兰房,折来对镜比红妆。
　　问郎花好奴颜好,郎道不如花窈窕。
　　佳人见话发娇嗔,不信死花胜活人。
　　将花揉碎掷郎前,请郎今夜伴花眠。

　　昨夜海棠初着雨,数朵轻盈娇欲语——这两句是说:昨晚的海棠花初次遇到雨水的滋润,花朵轻盈地绽放,娇美地似乎要张开小嘴说话。首句用拟人笔法写海棠之娇美。

　　佳人晓起出兰房,折来对镜比红妆——这两句是说:美丽的女子早晨起来走出居所,折下娇美的海棠在镜子前放在自己的脸旁对比。佳人:美丽的女子。兰房:指女子的住所。红妆:本义指妇女的盛装,代指美女。

　　问郎花好奴颜好,郎道不如花窈窕——这两句是说:妻子问丈夫"是海棠花美呢还是我美呢?"丈夫故意回答:"你没有花漂亮。"窈窕:娴静貌,美好貌。这两句写人物之间的对话,袁宏道评前句"好"。

　　佳人见话发娇嗔,不信死花胜活人——这两句是说:妻子听到这话,佯装生气,说:"我不相信不会说话的花朵会比我这个大活人漂亮!"娇嗔(chēn):佯装生气的娇态。

　　将花揉碎掷郎前,请郎今夜伴花眠——这两句是说:妻子一把揉碎海棠花,扔到丈夫面前,说:"既然你这样说,今晚上你就和花一起睡觉吧!"掷:扔。这两句写人物的动作及语言极其传神。

　　号称"江南第一风流才子"的唐伯虎写夫妻二人日常生活琐事也能写得情趣盎然,极富生活情调。晚明文学领域公安派代表人物袁宏道评此诗:"竟能尽态。"

　　这样的生活短剧早在唐代无名氏的《菩萨蛮》中就已经写到:"牡丹含露真珠颗,美人折向庭前过。含笑问檀郎:花强妾貌强?檀郎故相恼,须道花枝好。一面发娇嗔,碎挼花打人。"唐寅此作与原作略有不同,女主人公多了一句:"请郎今夜伴花眠!"仅此一句的增添,便使作品更增添无数风致。作品中的女子正是以其娇憨的动作,机敏的对答,显现出诗人对前人作品的超越。古人称美丽的女子为解语花,她们的兰心惠质为其美丽增色不少。此作中的女子可谓当之矣!

咏渔家乐

题解

此作歌颂渔家生活的闲适自在。通过详细描写渔家生活状况,寄托了诗人淡泊名利富贵,只求简单快乐的生活态度,这也是唐伯虎中年以后,面对人生的主要态度。

世泰时丰刍米贱,买酒颇有青铜钱。
夕阳半落风浪舞,舟船入港无危颠。
烹鲜热酒招知己,沧浪迭唱仍扣舷。
醉来举盏酹明月,自谓此乐能通仙。
遥望黄尘道中客,富贵于我如云烟。

新解

世泰时丰刍米贱,买酒颇有青铜钱——这两句是说:正赶上世事太平的丰收时节,草料和粮食都很便宜。手头上还会有一些买酒的钱。此句写渔家生活社会背景。刍(chú):喂牲畜的草。青铜钱:即铜钱。是用青铜铸成,因此称青铜钱。

夕阳半落风浪舞,舟船入港无危颠——这两句是说:夕阳西下的时候,海浪在海风的吹拂下起舞,小船驶入港湾之中,收起了高高的桅杆。此句写景。危:高也。

烹鲜热酒招知己,沧浪迭唱仍扣舷——这两句是说:煮好鲜味和热酒招待朋友。反复地敲打船舷来伴奏,一遍又一遍地高唱《沧浪歌》。沧浪:本为古水名,在今湖南省境内。另外在苏州有沧浪池。这里指《沧浪歌》。该曲早在春秋时期已经传唱,歌词是"沧浪之水清兮,可以濯我缨;沧浪之水浊兮,可以濯我足"。古人认为是一首歌颂隐逸生活的歌。迭唱:反复地唱。仍:重复。

醉来举盏酹明月,自谓此乐能通仙——这两句是说:喝醉了就举起酒杯把酒洒在地上来祭奠明月。他们认为这样的快乐与神仙相似。酹(lèi):把酒洒在地上表示祭奠。

遥望黄尘道中客,富贵于我如云烟——这两句是说:远远看着那些为名利而奔波的人,富贵对于我来说就如同天空中飘过的云烟一样。末句暗用《论语·述而》"不义而富且贵,于我如浮云"之意。黄尘道中客:指尘世为名利而奔波的人。

作品前两句写当时渔家生活的社会背景,国泰民安,老百姓都能够安居乐业。接下来的两句写渔人生活的自然环境,营造出一派恬淡安宁的气氛。"烹鲜热酒招知己,沧浪迭唱仍扣舷"、"醉来举盏酹明月,自谓此乐能通仙"四句写渔家生活的具体情景。最后两句写诗人、渔家对待世间名利富贵的态度。"遥望黄尘道中客,富贵于我如云烟"句,不仅写出了渔人对待生活的态度,同时也是诗人但愿贫贱简朴、不求富贵显达的生活理想的显现。

怅怅词

唐伯虎一生命运多舛,25 岁时(弘治七年甲寅,1494),父、母、妻、妹已相继去世,29 岁时(弘治十一年戊午,1498)虽举应天府(南京)乡试第一,然而好景不长,于 30 岁时(弘治十二年己未,1499),因科场舞弊案被累下狱,这对唐伯虎打击极大,以至日后多年做梦都为之心惊胆战。此后唐伯虎以卖画为生,纵情声色,落拓不羁。为调理身心,此时他开始潜心学佛,寻求精神的解脱。下面这首作品应作于这一时期。

怅怅莫怪少时年,百丈游丝易惹牵。
何岁逢春不惆怅,何处逢情不可怜。
杜曲梨花杯上雪,灞陵芳草梦中烟。
前程两袖黄金泪,公案三生白骨禅。
老后思量应不悔,衲衣持钵院门前。

怅怅莫怪少时年,百丈游丝易惹牵——这两句是说:失意不快,不要埋怨生命的短暂,春天里飘在空中长长的蛛丝容易牵惹起人无限的春愁。怅怅:失意不快的样子。百丈:极言其长。游丝:飘荡在空中的蜘蛛丝。

何岁逢春不惆怅,何处逢情不可怜——这两句是说:哪一年到了春天会不惆怅?什么地方惹起情愁能不让人哀怜。

杜曲梨花杯上雪,灞陵芳草梦中烟——这两句是说:春日杜曲盛开的梨花零落于酒杯之上若飘飞的雪片。在梦中,灞陵旁边的芳草已经凄凄如烟。此二句写长安的景象,引起下面诗人对未来功名的感伤。杜曲:地名。在今陕西省西安市东南,唐大姓杜氏世居于此,故名。灞陵:古地名。本作霸陵。故址在今陕西省西安市东。唐代岑参有诗"忽如一夜春风来,千树万树梨花开"。以梨花喻雪,这里作者以雪喻梨花,意境优美凄寒。

前程两袖黄金泪,公案三生白骨禅——这两句是说:想想前程功名,我不禁流下伤心的泪水。参佛学禅,佛教公案已经告诉我们,人的前生、今生和来生都是幻像。黄金泪:指极饱含辛酸的泪水。公案:本指官府判决案件的文书,禅宗用来指禅师在言语或动作上所作的垂示,因它可以用来勘验学人悟境的深浅。三生:佛教语。指前生、今生、来生。白骨禅:佛教认为身体是幻像,通过观想,人身不过是白骨而已。此句读之让人黯然伤神。诗人此时功名无望,寄情于佛禅之中。

老后思量应不悔,衲衣持钵院门前——这两句是说:老了以后想想现在做出的选择应该不会后悔,从此以后就要出家为僧了。衲衣:僧衣。钵:僧侣所用的食具,像碗,底平,口略小。

前四句写惆怅的来由,因春景而生起无限伤感。此中连用两个反问句,写出诗人逢春而愁的时间之久,程度之深。其次两句以长安景物暗指诗人心中求取功名之意。虽写春天景象,造境却衰飒孤寒。接下来两句写作者对功名的无奈及对人生的看法,已有看破红尘之意。最后两句是诗人对日后生活的打算,决定远离俗世,孤灯伴佛影。作品能以乐景衬哀情,倍增其哀痛。

百忍歌

这首诗是诗人在遭受了人生之中种种苦难,从生活中彻悟而总结出的道理,也是诗人学习禅法的心得记录。作品中诗人提倡以一种宽宏和大度的心态去包容一切苦难和不平,只有这样才能得到人生之中的大智慧。

百忍歌,百忍歌,人生不忍将奈何?
我今与汝歌百忍,汝当拍手笑呵呵!
朝也忍,暮也忍。耻也忍,辱也忍。
苦也忍,痛也忍。饥也忍,寒也忍。
欺也忍,怒也忍。是也忍,非也忍。
方寸之间当自省,道人何处未归来,痴云隔断须弥顶。
脚尖踢出一字关,万里西风吹月影。

　　天风冷冷山月白,分明照破无为镜。
　　心花散,性地稳,得到此时梦初醒。
　　君不见如来割身痛也忍,孔子绝粮饥也忍,
　　韩信胯下辱也忍,闵子单衣寒也忍,师德唾面羞也忍。
　　刘宽污衣怒也忍,不疑诬金欺也忍,张公九世百般忍。
　　好也忍,歹也忍,都向心头自思忖。
　　囫囵吞却栗棘蓬,恁时方识真根本!

【新解】

　　百忍歌,百忍歌,人生不忍将奈何——这三句是说:百忍歌啊,百忍歌,人生在世要是不忍让可怎么办呢?起句运用叠唱的手法,造成语气上一泻而下的气势。
　　我今与汝歌百忍,汝当拍手笑呵呵——这两句是说:我现在为你唱一首百忍歌,你听完以后一定会高兴地拍手称好。
　　朝也忍,暮也忍。耻也忍,辱也忍——这四句是说:一天早晚要忍耐,耻辱时刻要忍耐。此句及以下几句都是讲要在哪些情况下忍。
　　苦也忍,痛也忍。饥也忍,寒也忍——这四句是说:痛苦的时候要忍耐,饥寒的时候要忍耐。
　　欺也忍,怒也忍。是也忍,非也忍——这四句是说:被欺负发怒的时刻要忍耐,被肯定或指责的时候要忍耐。
　　方寸之间当自省,道人何处未归来,痴云隔断须弥顶——这三句是说:人应该好好反省自己,为什么不能成为有极高道德修养的人呢?就是因为人的心性被事理所迷惑,因而不能成为有大智慧的人。方寸:指内心。自省:自我反省。道人:有极高道德的人。痴:三毒之一。又曰无明。须弥顶:即须弥山,或称妙高山。这里指道德的最高境界。
　　脚尖踢出一字关,万里西风吹月影——这两句是说:人只要勇猛地参透禅关,就会识见本心,恰似西风吹开浮云,显露出朗朗明月。一字关:指云门一字关。指云门宗之祖云门文偃化导学人时,惯常以简洁之一字说破禅之要旨,禅林乃美称为云门一字关,又称一字关。
　　天风冷冷山月白,分明照破无为镜——这两句是说:风清月白,天地在向我们诉说着一切皆空的大智慧。无为:无因缘的造作,即真如的别名。
　　心花散,性地稳,得到此时梦初醒——这三句是说:得到了清净的本心,认识到一切皆空的道理,此时你就开始有了清醒的人生。心花:佛教以清净的本心譬为莲花,故名"心花"。

君不见如来割身痛也忍,孔子绝粮饥也忍——这两句是说:你难道没有听说过如来割身饲鸽的故事吗?痛,他忍了;你难道不知道孔子在陈地绝粮的故事吗?饿,他忍了。如来割身:据《菩萨本论》中记载,有苍鹰追捕一只鸽子,鸽子藏在如来怀中。如来为救鸽子,从身上割下肉来给苍鹰,以此换取鸽子的性命。孔子绝粮:见于《论语·卫灵公》。孔子"在陈绝粮,从者病,莫能兴。子路愠见曰:'君子亦有穷乎?'子曰:'君子固穷,小人穷斯滥矣!'"

韩信胯下辱也忍,闵子单衣寒也忍,师德唾面羞也忍——这三句是说:韩信忍受了胯下之辱,闵子忍受了单衣之寒,师德忍受了唾面之羞。韩信胯下辱也忍:《史记·淮阴侯列传》记载,汉代初年大臣韩信少年时跟一些同伴玩耍,别人欺负他性格懦弱,说:"你不怕死,就刺我;怕死,就从我胯下爬过去。"韩信想了很久,就从他的胯下爬了过去,那些少年们都嘲笑他。但他后来却在楚汉相争中成就了功业。闵子单衣寒也忍:闵子,名损,字子骞,春秋鲁国人,孔子弟子,名列七十二贤之首,德与颜渊齐名。闵子以孝名天下,据《孝子传》记载,闵子曾受到后母的虐待,衣不保暖,父亲知道之后要休掉继室,此时子骞有兄弟二人,继母又生二子,于是子骞劝阻说:"母在一子寒,母去四子寒。"其父遂宽恕了继母。师德唾面羞也忍:据《新唐书·娄师德传》记载,唐代娄师德,为人善忍,曾教他的弟弟说:凡事都要忍耐。弟弟说:"有人把唾沫吐到我的脸上,我把他揩干净就是了。"师德说:"不行,揩干净了没法让别人发泄愤怒,应该让唾沫自己干掉。"这里选取了历史上几个有名的以忍为生存法则的故事。

刘宽污衣怒也忍,不疑诬金欺也忍,张公九世百般忍——这三句是说:刘宽忍住了污衣之怒,直不疑忍受了怀疑偷金的欺辱,张公九忍受了诸多琐事才得以九世同居一个屋檐之下。刘宽污衣怒也忍:典出《后汉书·刘宽传》,东汉灵帝时太尉刘宽(120—185),为人宽和,有一次他的夫人想看他是否真的不会生气,于是在宴会中故意让奴婢把肉汤洒到刘宽的官服上,刘宽不但不生气,反而对奴婢说:"肉汤烫着你的手了吗?"不疑诬金欺也忍:典出《汉书·直不疑传》。直不疑,汉文帝时为郎官,其时同舍郎官中有一人告假回家,误拿同舍郎之金而去,失金人怀疑是直不疑所窃,不疑竟然承认,并予以偿还。后误持金者归,还失主金,失主大惭,以此称直不疑为长者。张公九世百般忍:典出《旧唐书·孝友传·张公艺》,郓州寿张人张公艺,九代同居。唐高宗去泰山祭祀,路过郓州,亲至其家问是如何做到,于是张公艺写了百馀"忍"字给高宗,高宗为之感动流涕,赐缣帛而去。

好也忍,歹也忍,都向心头自思忖——这三句是说:好事情要容忍,坏事情更要容忍,要多在自己的心里考虑考虑。此为总结性话语。

囫囵吞却栗棘蓬,恁时方识真根本——这两句是说:当你参透了玄妙的禅机,你就会得到没有善恶分别的大智慧。囫囵:整个儿。栗棘蓬:有刺而难吞,禅宗用来比喻禅机、公案难以透过。恁时：那时候。根本：指根本心，即无分别之心。

作品语言结构紧凑，语句整散结合，韵律和谐。"忍"是贯穿全诗的线索，其中选用大量古代关于忍的生动事例，使作者的论点有理有据，生动明了。作品一气贯之，颇具气势。讲出的不仅仅是朴素的生活道理，同时也包含着诗人太多面对生活时的无奈与隐忍。

烟波钓叟歌

此诗通过渔翁生活的环境、渔翁的形象及其精神境界的描写，勾画出一位超凡脱俗的渔翁形象，诗歌也描写了诗人与渔翁相识之后的尽兴与挥洒。在这位渔翁身上实则寄托着诗人对人生的理想。烟波：雾气迷茫的水波。这里代指太湖。太湖烟波浩淼，中国第三大淡水湖，古称"震泽"。浩淼的太湖中，漂浮着七十二座山峰，其中最大的就是东西两洞庭，它们如黛似翠，隐没于烟波之中，充满着灵秀之气。钓叟：钓翁，渔翁。

太湖三万六千顷，渺渺茫茫浸天影。
东西洞庭分两山，幻出芙蓉翠翘岭。
鹧鸪啼语烟竹昏，鲤鱼吹风浪花滚。
阿翁何处钓鱼来，雪白长须清凛凛。
自言生长江湖中，八十余年泛萍梗。
不知朝市有公侯，只识烟波好风景。
芦花荡里醉眠时，就解蓑衣作衾枕。
撑开老眼恣猖狂，仰视青天大如饼。
问渠姓名何与谁？笑而不答心已知。
元真之孙好高士，不尚功名唯尚志。
绿蓑青笠胜朱衣，斜风细雨何思归？
笔床茶舍兼食具，墨筒诗稿行相随。
我曹亦是豪吟客，萍水相逢话荆识。
飘飘敞袖青幅巾，清谈卷雾天香生。
两舟并泊太湖口，我吟诗兮君酌酒。

酒杯到我君亦吟,诗酒赓酬不停手。
大瓢小杓何曾干,长篇短句随时有。
饮如长鲸吸巨川,吞天吐月鼋鼍吼。
吟似行云流水来,星辰摇落珠玑走。
天长大纸写不尽,墨汁蘸干三百斗。

新解

太湖三万六千顷,渺渺茫茫浸天影——这两句是说:太湖水面浩浩荡荡,横无际涯,蓝天荡漾在这一片广阔的碧波中。第一句是夸张的说法,极言太湖的广阔。渺渺茫茫:辽阔无际貌。

东西洞庭分两山,幻出芙蓉翠翘岭——这两句是说:太湖中矗立着两座高山,倒影映在水中,幻化出形似荷花和翠翘的山岭。东西洞庭:太湖中有洞庭东山和洞庭西山,是太湖中最大的两个岛屿。翠翘:古代妇女头上的一种首饰。状似翠鸟尾上的长羽,故名。

鹧鸪啼语烟竹昏,鲤鱼吹风浪花滚——这两句是说:傍晚,薄薄的云雾笼罩着茂密的竹林,林中传出鹧鸪鸟的啼鸣。水面上浪花翻滚,鲤鱼跃出水面来透透气。烟竹:因竹林多雾气,故称。

阿翁何处钓鱼来,雪白长须清凛凛——这两句是说:不知阿翁从哪里钓鱼回来,他那雪白的长须是那样有威严。清凛凛:严肃而使人敬畏的样子。

自言生长江湖中,八十余年泛萍梗——这两句是说:阿翁自己说从小就生活在江河湖泊中,八十多年来一直在水面上生活。萍梗:浮萍断梗。因漂泊流徙,故以喻人行止无定。

不知朝市有公侯,只识烟波好风景——这两句是说:阿翁并不知道有朝廷和官员,只知道有这一片美妙的水域仙境。此境地颇似水上桃花源。朝市:朝廷与市肆。泛指名利场。公侯:公爵与侯爵,泛指有爵位的贵族和官高位显的人。

芦花荡里醉眠时,就解蓑衣作衾枕——这两句是说:阿翁喝醉了酒,就解开身上的蓑衣来做被子和枕头,在芦花荡中睡眠。此写阿翁生活的惬意。荡:浅水湖。蓑衣:用草或棕制成的,披在身上的防雨用具。

撑开老眼恣猖狂,仰视青天大如饼——这两句是说:他睁开双眼,率性放纵,仰起头来,面对头顶那如大饼一般的天空。恣:放纵,无拘束。猖狂:行为无所顾忌。

问渠姓名何与谁?笑而不答心已知——这两句是说:问他的高姓大名,他爽朗地以笑做答,我便心领神会。渠:他。

元真之孙好高士,不尚功名唯尚志——这两句是说:原来这渔夫是张志和的后代,不愧为高士!他一生并不热衷功名,只喜欢养其淡泊之志。元真:即玄真子,唐代诗人张志和。字子同,初名龟龄,号烟波钓徒,又号玄真子,婺州金华(今属浙江)人。唐肃宗时待诏翰林。不久遭贬谪,遂隐居江湖。今存《渔歌子》五首,为早期文人词名作。

绿蓑青笠胜朱衣,斜风细雨何思归——这两句是说:在朝廷作官哪里有在江面上打鱼自在,沐浴着和风,欣赏着微雨,陶醉得忘记了归家。此句化用唐代张志和《渔歌子》:"西塞山前白鹭飞,桃花流水鳜鱼肥。青箬笠,绿蓑衣,斜风细雨不须归。"朱衣:红颜色的官服。这两句采用了借代的手法,蓑衣、斗笠代指自由自在的渔翁生活,朱衣代指在朝廷做官。

笔床茶舍兼食具,墨筒诗稿行相随——这两句是说:在水面上行走时,阿翁总是随船载着笔架、烹茶用的炉灶、饮食用的器具、装墨汁的竹筒和诗卷。笔床:放置毛笔的笔架。茶舍:烹茶的房舍,这里指烹茶的小炉灶。食具:饮食用的器具。诗稿:诗集。墨筒:放置墨水的竹筒。

我曹亦是豪吟客,萍水相逢话荆识——这两句是说:我们都是喜欢舞文弄墨的人,在这里初次相识。我曹:我辈,我们。萍水相逢:浮萍随水漂泊,聚散无定。比喻素不相识的人偶然相遇。荆识:即"识荆",是对久闻其名而初次相逢的朋友的敬词。荆,指韩荆州,即唐代韩朝宗,曾任荆州长史,因善于提拔后进而为时人所推重。

飘飘敞袖青幅巾,清谈卷雾天香生——这两句是说:阿翁宽大的衣袖随风飘举,头上戴着青色的头巾。他谈笑之间机锋显现,云舒雾卷,天降异香。敞袖:宽大的衣袖。幅巾:古代男子以全幅细绢裹头的头巾,这是一种极随便的装束。清谈:又称为清言、谈玄、共论、共谈、讲论,起源于东汉的太学清议,内容主要是玄学。这里指清议而不谈政事。天香:指特异的芳香。

两舟并泊太湖口,我吟诗兮君酌酒——这两句是说:两艘小船并排停泊在太湖边,我们一起吟诗喝酒,我吟诗时你倒酒。并泊:并排停泊。口:口岸。酌:倒。

酒杯到我君亦吟,诗酒赓酬不停手——这两句是说:酒杯到我手上的时候你来吟诗,一边喝酒,一边吟诗,不要停下来。赓(gēng)酬:以诗歌与人相赠答。

大瓢小杓何曾干,长篇短句随时有——这两句是说:酒杯不曾干,诗句如泉涌。大瓢小杓:杓,同"勺"。大瓢小杓通指酒杯。长篇短句:指诗歌。

饮如长鲸吸巨川,吞天吐月鼋鼍吼——这两句是说:豪饮恰似巨鲸吸江,吞吐天月,鼋鼍怒吼。鼋鼍(yuántuó):大鳖和扬子鳄。鼋,大鳖。鼍,爬行动物,穴居江河岸边,皮可以蒙鼓。亦称"扬子鳄"、"鼍龙"、"猪婆龙"。这两句采用了夸张的手法表现作者和阿翁饮酒时的豪气。前一句语出杜甫《饮中八仙歌》:"左相日兴费万钱,饮如长鲸吸百川。"

吟似行云流水来,星辰摇落珠玑走——这两句是说:吟唱诗歌恰似行云流水,随手拈来,左右逢源。写出的诗篇,文若锦缎,字字珠玑。珠玑:珠玉,比喻美好的诗文。李白《江上吟》:"兴酣落笔摇五岳,诗成笑傲凌沧州。"这两句同样采用了比喻的手法,表现了两人吟诗的景象。

天长大纸写不尽,墨汁蘸干三百斗——这两句是说:文思如泉,即使有天一样长大的纸也写不完,用掉的墨汁有三百斗之多。蘸(zhàn):沾湿。这两句采用了夸张的手法,写二人畅吟诗歌的情景。

唐伯虎此作才情毕现,充分体现了其狂放洒落的情怀。诗歌前六句勾画太湖美景,以水、山、岭、鹧鸪、烟竹、鲤鱼为主要意象,描画了一个渺茫、迷离,犹如神仙境界的太湖,突出了景色之美。接下来用"阿翁何处钓鱼来"至"墨筒诗稿行相随"十八句叙写渔翁形象。在写渔翁形象时,作者的笔墨主要集中在对渔翁出尘不俗的精神的描写上。八十多岁的渔翁"雪白长须清凛凛",划着一叶小舟,恰似仙境太湖中走出的一位神仙。他不知功名,整日吟赏烟霞,自在狂放。最后从"我曹亦是豪吟客"至诗歌结束,铺陈渲染二人相见之欢,可谓酒逢知己,棋逢对手,吟酒作诗,俱皆尽兴。

作品兼具婉约与豪放之美。婉约如对太湖景色的描写,渺远清新。豪放如对二人豪饮豪吟的铺陈,狂放恣肆。整首作品在诗性的叙写中展现出画面的优美,语言清新典雅,字字珠玑,文采斐然。

江南四季歌

此作应为唐伯虎早年时期所创作。这是一首以赋体笔法写出的诗歌,作品极尽铺陈渲染之能事,写了江南四季景色的变换及人民的美好生活。

> 江南人住神仙地,雪月风花分四季。
> 满城旗队看迎春,又见鳌山烧火树。
> 千门挂彩六街红,凤笙鼍鼓喧春风。
> 歌童游女路南北,王孙公子河西东。
> 看灯未了人未绝,等闲又话清明节。
> 呼船载酒竞游春,蛤蜊上巳争尝新。

吴山穿绕横塘过,虎丘灵岩复元墓。
提壶挈榼归去来,南湖又报荷花开。
锦云乡中漾舟去,美人鬓压琵琶钗。
银筝皓齿声继续,翠纱汗衫红映肉。
金刀剖破水晶瓜,冰山影里人如玉。
一天火云犹未已,梧桐忽报秋风起。
鹊桥牛女渡银河,乞巧人排明月里。
南楼雁过又中秋,悚然毛骨寒飕飕。
登高须向天池岭,桂花千树天香浮。
左持蟹螯右持酒,不觉今朝又重九。
一年好景最斯时,橘绿橙黄洞庭有。
满园还剩菊花枝,雪片高飞大如手。
安排暖阁开红炉,敲冰洗盏烘牛酥。
销金帐掩梅梢月,流酥润滑钩珊瑚。
汤作蝉鸣生蟹眼,罐中茶熟春泉铺。
寸韭饼,千金果,鳖裙鹅掌山羊脯。
侍儿烘酒暖银壶,小婢歌阑欲罢舞。
黑貂裘,红氍毹,不知蓑笠渔翁苦!

【新解】

　　江南人住神仙地,雪月风花分四季——这两句是说:江南一带的人们居住在神仙一般的福地,一年四季分明,时令美好。雪月风花:分别指四季。宋代无门慧开禅师有一首诗偈:"春有百花秋有月,夏有凉风冬有雪;若无闲事挂心头,便是人间好时节。"此两句总述江南之美好。

　　满城旗队看迎春,又见鳌山烧火树——这两句是说:满城之中旗帜飘飘,人们跟着这些队伍观看迎春的仪式。元宵佳节到来的时候,彩灯堆叠成山,焰火灿烂辉煌。鳌山:堆成巨鳌形状的灯山。旧时元宵节夜晚,堆叠彩灯成山形,因而叫鳌山。烧火树:指放彩灯。火树,元宵夜灯景。形容灯光和焰火灿烂辉煌。这两句写迎春仪式的盛大及元宵夜的热闹景象。

　　千门挂彩六街红,凤笙鼍鼓喧春风——这两句是说:家家户户门前挂满了五色的绸子,每条街道都飘动着喜庆的红色。春风中笙管齐鸣,鼍鼓喧天。千、六:都是概数。彩:五色的绸子。凤笙:形状像凤凰的笙管乐器。鼍鼓:即用扬子鳄皮制成的鼓。

歌童游女路南北,王孙公子河西东——这两句是说:路上、河边上,到处都是男男女女出门游玩的人。歌童:亦作"歌僮",以歌唱为生的儿童。游女:出游的女子。《诗经·周南·汉广》:"汉有游女,不可求思。"王孙公子:泛指贵家子孙。这句用了互文的手法。

看灯未了人未绝,等闲又话清明节——这两句是说:元宵佳节的灯还没有看完,很快就到了清明节。等闲:轻易,随便。清明节:在每年公历四月五日前后。这一天,民间有上坟扫墓、插柳、踏青、春游等活动。这两句承上启下。

呼船载酒竞游春,蛤蜊上巳争尝新——这两句是说:上巳时节,人们雇请船只,装载美酒,争先恐后地去观赏春天的美景,上巳日开始品尝新鲜的蛤蜊。上巳:古代节日名。汉以前以阴历三月上旬巳日为"上巳",魏晋以后多改为三月三日。这一天人们都到水边洁身或嬉游,以去除不祥。

吴山穿绕横塘过,虎丘灵岩复元墓——这两句是说:人们前去游玩的场所,有吴山、横塘堤、虎丘山、灵岩山以及元墓。吴山:在杭州西湖东南,春秋时期为吴国南界,因而得名。横塘:古堤名。在江苏省吴县西南。虎丘:山名。位于江苏省苏州市西北。相传春秋时期吴王阖闾葬于此,三日有虎踞其上,因而得名。灵岩:山名,位于江苏省吴县西北。

提壶挈榼归去来,南湖又报荷花开——这两句是说:提着已空的酒壶和篮子刚刚回家,却又听说南湖的荷花盛开了。挈(qiè):用手提着。榼(kē):古代盛酒的器具,泛指盒一类的器物。归去来:回去。南湖:位于浙江省嘉兴县城东南。这两句由春景写到夏景,转换自然。

锦云乡中漾舟去,美人鬓压琵琶钗——这两句是说:在盛开如彩云一般的荷花丛中泛舟,那些美丽的女子们发髻上插着形似琵琶的首饰。锦云:彩云。琵琶钗:古时候女子头上带的形似琵琶的首饰。这两句写荷塘游乐的情景。

银筝皓齿声继续,翠纱汗衫红映肉——这两句是说:弹筝的女子轻启朱唇,露出洁白的牙齿,唱出美妙动听的歌,歌声不绝于耳。她们身上穿着翠绿的薄衫,隐约可以看见衣服下面粉红色的皮肤。银筝:用银装饰的筝或用银字表示音调高低的筝。皓齿:洁白的牙齿。这两句写女子。

金刀剖破水晶瓜,冰山影里人如玉——这两句是说:用贵重的刀切开名贵的瓜果,在水的倒影中看到的美人温雅得如同一块美玉。水晶瓜:指名贵的瓜果。

一天火云犹未已,梧桐忽报秋风起——这两句是说:夏天的炎热还没有过去,梧桐树就已经开始落叶,告诉我们秋天到了。火云:炽热的红云。这两句承上启下。

鹊桥牛女渡银河,乞巧人排明月里——这两句是说:七夕时节天上牛郎织女喜相会,地上乞巧的人则排成长长的队伍。鹊桥:民间传说中每年农历七月七日,即七夕时,会有飞雀在银河上架起桥梁,让牛郎和织女得以相见,称作鹊桥。牛女:牛郎和织女。乞巧:旧时风俗,农历七月七日夜(或七月六日夜)妇女在庭院向织女星乞求智巧。

南楼雁过又中秋,悚然毛骨寒飕飕——这两句是说:中秋来临,大雁又一次飞过南楼,飞向南方。寒风阴冷,侵入毛骨。悚然:惧怕的样子,这里指寒冷的样子。飕飕:阴冷貌。

登高须向天池岭,桂花千树天香浮——这两句是说:秋日去天池岭上登高。桂花开放,香气浮动。登高:农历九月初九有登高的习俗。千树:极言其多。天香:芳香的美称,此指桂香。

左持蟹螯右持酒,不觉今朝又重九——这两句是说:左手拿着蟹钳,右手拿着美酒,不知不觉就到了重阳佳节。蟹螯(áo):螃蟹的第一对脚,形状像钳子。"左持蟹螯右持酒"句用《晋书·毕卓传》典,毕卓性格放荡不羁,嗜酒如命。他常对人说:"得酒满数百斛船,四时甘味置两头,右手持酒杯,左手持蟹螯,拍浮酒船中,便足了一生矣。"重九:重阳日,农历九月初九。

一年好景最斯时,橘绿橙黄洞庭有——这两句是说:一年之间这个时候的景色是最美的。太湖周围出产有绿色的橘子和黄色的橙子。斯时:此时。洞庭:指太湖。太湖有东、西洞庭山,故称。苏轼《赠刘景文》:"一年好景君须记,最是橙黄橘绿时。"

满园还剩菊花枝,雪片高飞大如手——这两句是说:整个园子里只剩下菊花在枝头开放,漫天飞舞的雪片有手掌那么大。此句自然而然地由秋景过渡到冬景。

安排暖阁开红炉,敲冰洗盏烘牛酥——这两句是说:准备好房间,放好烧得很旺的火炉。在炉边融化冰块,清洗杯盏,烘煮从牛奶中提炼出来的酥油。暖阁:设炉取暖的小阁。红炉:烧得很旺的火炉。牛酥:从牛奶中提炼出来的酥油。

销金帐掩梅梢月,流酥润滑钩珊瑚——这两句是说:夜晚时分,精美的罗帐遮掩了已经升到梅树之上的月光,罗帐的流苏太过光滑,珊瑚做成的帘钩滑落在地。销金帐:镶嵌金色线的精美的帷幔、床帐。流酥:即流苏。一种下垂的以五彩羽毛或丝线等制成的穗子。钩珊瑚:即珊瑚钩。

汤作蝉鸣生蟹眼,罐中茶熟春泉铺——这两句是说:煮沸的水泛起气泡,形如蟹眼,响声如同秋蝉的鸣叫。罐子里的茶已经煮好了,茶水从罐中喷发出来。汤:热水。蟹眼:螃蟹的眼睛。比喻水初沸时泛起的小气泡。春泉:茶水。铺:铺腾,喷发。

寸韭饼,千金果,鳖裙鹅掌山羊脯——这三句是说:桌上放满饼子、水果、鳖裙、鹅掌、山羊肉干。千金果:珍稀的水果。鳖裙:鳖甲周边的软肉。脯:肉干。这两句写食物。

侍儿烘酒暖银壶,小婢歌阑欲罢舞——这两句是说:侍女拿着精美的酒壶为主人温酒,婢女已经唱完歌曲,舞蹈也即将结束。阑:结束,完毕。

黑貂裘,红氆氇,不知蓑笠渔翁苦——这三句是说:富贵人家穿着黑色的貂裘衣服,盖着红色的羊毛毯子,哪里体会得到此刻江边穿着蓑衣,戴着笠帽的渔翁生活的艰辛。氆氇(pǔlu):藏族地区出产的一种羊毛织品。蓑笠:蓑衣和笠帽。

这篇作品可谓词采华茂。全诗可以分为五个部分来理解。第一部分即前两句,总写江南景象。"满城旗队看迎春"至"虎丘灵岩复元墓"为第二部分,写江南之春。这一部分的描写色彩浓艳,热闹非凡,充分刻画出江南春季万物复苏,欣欣向荣的景象。"提壶挈榼归去来"至"冰山影里人如玉"为第三部分,通过乘舟赏荷这一具体行为写江南夏日熏人欲醉的景色。"一天火云犹未已"至"橘绿橙黄洞庭有"是第四部分,铺陈秋日之景。重点写了秋天的七夕节和重阳节两个有代表性的节日。其馀内容是写冬季生活状况的,气氛舒适慵懒。诗歌最后一句写道"黑貂裘,红氆氇,不知蓑笠渔翁苦"正是典型的赋体笔法,可谓曲终奏雅。

作品辞藻华美,寓情于景,能抓住一年四季中最有代表性的节日来写,有浓郁的民族文化气息。

进酒歌

此作为作者年轻时期创作,其中饱含书生意气,有横槊赋诗的气概和气吞山河的气势。进酒歌:劝人饮酒的歌。

吾生莫放金叵罗,请君听我进酒歌。
为乐须当少壮日,老去萧萧空奈何!
朱颜零落不复再,白头爱酒心徒在。
昨日今朝一梦间,春花秋月宁相待?
洞庭秋色尽可沽,吴姬十五笑当垆。
翠钿珠络为谁好?唤客那问钱有无!
画楼绮阁临朱陌,上有风光消未得。
扇底歌喉窈窕闻,尊前舞态轻盈出。
舞态歌喉各尽情,娇痴索赠相逢行。
典衣不惜重酩酊,日落月出天未明。
君不见,刘生荷锸真落魄,千日之醉亦不恶。
又不见毕君,拍浮在酒池,蟹螯酒杯两手持。

劝君一饮尽百斗,富贵文章我何有?
空使今人羡古人,纵有浮名不如酒!

【新解】

吾生莫放金叵罗,请君听我进酒歌——这两句是说:诸位请不要停下手中的酒杯,请听我为大家吟唱一首进酒歌!生:对同辈的敬爱之称。金叵罗:金制酒器。叵罗,一种敞口的浅酒杯。此句颇似李白《将进酒》中"岑夫子,丹丘生,将进酒,杯莫停!与君歌一曲,请君为我侧耳听"句。

为乐须当少壮日,老去萧萧空奈何——这两句是说:寻找快乐就应该趁着年轻的时候,等到老了,头发白了,就没有办法了。萧萧:指头发稀疏貌。空:没有。奈何:办法。

朱颜零落不复再,白头爱酒心徒在——这两句是说:韶华易逝,青春不再,等到头发变白的时候,想喝酒也不能喝了。朱颜:青年时期的容颜。徒:白白地。

昨日今朝一梦间,春花秋月宁相待——这两句是说:时光流逝只在一梦之间,美好的事物哪里会等待我们?宁:岂,难道。此句中"昨日今朝"指时光变迁。"春花秋月"指美好的事物。

洞庭秋色尽可沽,吴姬十五笑当垆——这两句是说:太湖中的秋色都可以买来,美丽的十五岁吴地女子笑吟吟地站在酒店中卖酒。洞庭:指太湖。沽:买。吴姬:姬,古代对女子的美称。吴姬指吴地的美女。垆:旧时酒店里安放酒瓮的土台子,亦指酒店。

翠钿珠络为谁好?唤客那问钱有无——这两句是说:那些戴着漂亮的头饰的女子们是为谁而打扮呢?她们召唤客人哪管对方有没有钱。翠钿:用翠玉制成的首饰。珠络:缀珠而成的网络,一种头饰。

画楼绮阁临朱陌,上有风光消未得——这两句是说:雕饰华丽的楼阁下临一条分岔路,眼前的景色旖旎迷人。画楼:雕饰华丽的楼房。绮阁:华丽的楼阁。朱陌:即"杨朱陌",指歧路。风光:风景。消未得:无法除去,言风光之旖旎。

扇底歌喉窈窕闻,尊前舞态轻盈出——这两句是说:扇下传出美好的歌声,在酒杯前看到舞者袅娜轻盈的姿态。窈窕:娴静、美好的样子。尊:酒器。

舞态歌喉各尽情,娇痴索赠相逢行——这两句是说:尽情地展示了她们的歌喉和舞姿以后,她们娇痴地索要观赏者赠予诗文。娇痴:撒娇。索:索要。相逢行:古乐府名,内容写初次相见。这里泛指诗文。

典衣不惜重酩酊,日落月出天未明——这两句是说:抵押衣服直喝到酩酊大醉,离开的时候太阳已落,月亮尚未升起。典:抵押。酩酊:大醉貌。

君不见,刘生荷锸真落魄,千日之醉亦不恶——这三句是说:你们难道不知道西晋时期的刘伶,乘车喝酒随身带锸,时刻准备醉死道旁,但他却能大醉一千多日也不呕吐。刘生荷锸:刘生,西晋时"竹林七贤"中的刘伶。刘伶嗜酒成癖,纵酒放诞,常乘鹿车,携酒一壶,使人荷锸随之,说:"死便埋我。"事见《晋书·刘伶传》。落魄:不受拘束。恶:恶心、呕吐。

又不见毕君,拍浮在酒池,蟹螯酒杯两手持——这三句是说:大家难道不知道有个晋代的毕卓,他但愿能拍浮在酒池之中,右手持酒杯,左手持蟹螯,以度过他的一生。毕君拍浮:毕君,指晋代毕卓。毕卓性格放荡不羁,嗜酒如命。他常对人说:"得酒满数百斛船,四时甘味置两头,右手持酒杯,左手持蟹螯,拍浮酒船中,便足了一生矣。"见《晋书·毕卓传》。

劝君一饮尽百斗,富贵文章我何有——这两句是说:奉劝各位尽情畅饮,一饮千升,我们要富贵和文章干什么呢!斗:容量单位,十升为一斗。

空使今人羡古人,纵有浮名不如酒——这两句是说:现在的人们一味追求名利,只是白白地羡慕古人,即使有了虚名也不能如美酒那样能让人沉醉快乐啊!浮名:虚名。

这首作品风格直追李白,颇似李白《将进酒》。诗歌以人们年轻时期风花雪月,尽情享乐的美好生活与年老时期想要追寻快乐而不得的状况互相对比,指出及时行乐态度的合理性。作品始终不脱离"酒"这个中心,以刘伶和毕卓嗜酒如命,生活洒脱不羁为例,奉劝同饮者看轻功名,开怀畅饮。作品节奏明快,风格豪放,句式整散结合,颇具气势。

三高祠歌

三高祠:在江苏吴江县。三高指春秋时期的越国范蠡、晋代张翰、唐代陆龟蒙。宋代龚明之《中吴纪闻》:"越上将军范蠡,江东步兵张翰,赠右补阙陆龟蒙,各有画像在吴江鲈乡亭。苏轼尝有吴江三贤画像诗。后易其名曰三高。"

君不见洛阳记室双鬓皤,不忍荆棘埋铜驼。
西风忽忆鲈鱼多,归来江上眠秋波。
又不见甫里先生心更苦,河朔生灵半黄土。
夕阳蓑笠二顷田,口诵羲皇思太古。

二生隐沦岂得已，一生不及鸱夷子。
吴宫鹿走越山高，脱缨竟濯沧浪水。
丈夫此身系乾坤，岂甘便老菰蒲根？
古今得失一卮酒，我亦起酹沙鸥魂。

【新解】

君不见洛阳记室双鬓皤，不忍荆棘埋铜驼——这两句是说：西晋张翰两鬓斑白，不忍看见世事巨变，生灵涂炭。洛阳记室：指张翰。皤(pó)：白色。荆棘埋铜驼：比喻世事巨变。铜驼，宫门外铜做的骆驼。典出《晋书·索靖传》："(靖)知天下将乱，指洛阳宫门铜驼，叹曰：'会见汝在荆棘中耳。'"

西风忽忆鲈鱼多，归来江上眠秋波——这两句是说：张翰在江上因见秋风起而思念故乡的美食，回到家乡，在秋日的江波中优悠度日。《晋书·张翰传》载，张翰，字季鹰，吴郡吴(今苏州)人。西晋末年在洛阳的司马冏齐王府中任职。晋惠帝太安元年(302)秋天，正是司马冏权势高涨，独揽朝政的时候。张翰清醒地认识到若继续追随齐王，必将不能善终，为避祸患，急欲南归，"因见秋风起，乃思吴中菰菜、莼羹、鲈鱼脍，曰：'人生贵得适志，何能羁宦数千里以要(邀)名爵乎！'遂命驾而归"。后不久，司马冏果然遭祸，人皆谓张翰有先见之明。

又不见甫里先生心更苦，河朔生灵半黄土——这两句是说：唐代陆龟蒙更是用心良苦，河朔一带的老百姓大都因苦难而死。甫里先生：唐代诗人陆龟蒙。陆龟蒙，姑苏人，字鲁望，自号江湖散人，又号天随子，曾任湖、苏二州从事，后隐居松江甫里(今江苏吴县)，故又号甫里先生。

夕阳蓑笠二顷田，口诵羲皇思太古——这两句是说：陆龟蒙在风雨中耕作自己的田地，口中默念着先圣伏羲氏，心中追思着那个民风淳朴的上古时代。蓑笠：雨具，指蓑衣和笠帽。羲皇：即伏羲氏。太古：远古，上古。陆龟蒙有《甫里先生传》，写到自己耕作的情况，因有此语。

二生隐沦岂得已，一生不及鸱夷子——这两句是说：张翰和陆龟蒙的隐居都是不得已而为之，他们的一生都比不上范蠡活得洒落自在。鸱夷子：指春秋时期越国名臣范蠡。时人称："在越为范蠡，在齐为鸱夷子皮，在陶为朱公。"

吴宫鹿走越山高，脱缨竟濯沧浪水——这两句是说：他们的国家当时已呈现出破败之象，张翰和陆龟蒙只能无奈地选择了隐居。"脱缨竟濯沧浪水"句出自楚地流传久远的《孺子歌》："沧浪之水清兮，可以濯我缨；沧浪之水浊兮，可以濯我足。"此句中"鹿走"、"山高"均暗指政权旁落，国将不国。

丈夫此身系乾坤，岂甘便老菰蒲根——这两句是说：大丈夫这一辈子，是为了天下兴亡而生的，怎么可能甘愿平庸到老呢？乾坤：天下。菰(gū)蒲根：指微小的地位。菰蒲，菰和蒲。两种野草。

古今得失一卮酒，我亦起酹沙鸥魂——这两句是说：在杯酒之间讨论古往今来的得与失，我也站起来为这些看似渺小，实则始终心怀天下的伟大人物祭奠一番。卮(zhī)：古代一种盛酒器，圆形。酹(lèi)：将酒倒在地上，表示祭奠。沙鸥：栖息于沙滩、沙洲上的鸥鸟。这里象征着那些貌似隐居而心怀天下的人。

新评

这篇作品用语雅正，高古清逸。因见三高祠，因而作品紧紧围绕着历史上的范蠡、张翰和陆龟蒙。全诗可分为两大部分来理解。第一部分使用与三人有关的典故对三人的基本情况做了简要介绍。第二部分对三人做了总体评价，并提出自己的人生见解。歌颂了三位貌似隐居，实则心系天下的大丈夫。

登法华寺山顶

题解

这是一首诗人后期的作品。法华寺：位于浙江湖州，原名石斗山，又名白雀寺，山因寺名，湖州四大名刹之一。法华寺缘起于南朝齐尼道迹，始建于南朝梁代梁大同元年(535)。齐尼道迹号总持，系禅宗东土初祖达摩的弟子。曾在弁山昼夜诵读《法华经》二十年不下山。"诵经时，有白雀旋绕，若听法状"。梁初，道迹圆寂于石斗山。梁大同元年(535)，藏道迹灵骨的宝龛忽生出青莲花，梁武帝萧衍于是下诏，敕建法华寺。

昔登铜井望法华，葱茏螺黛浮蒹葭。
今登法华望铜井，湖水迷茫烟色暝。
法华铜井咫尺间，今昔登临隔五年。
湖山依旧齿发落，五年一瞬浑如昨。
城中离山半日程，予辈好事多友生。
耳闻二山眼未识，欲谋一行不可得。
我于二山有宿缘，彼此登临尽偶然。
法华看梅借僧屐，洞庭游山随相国。
两山俯仰迹成陈，得来反羡未来人。
来游固难去不易，未拟重来酒深酹。

昔登铜井望法华,葱茏螺黛浮蒹葭——这两句是说:以前我登上铜井山眺望法华山,山上植物葱茏茂密,山中生长着片片芦苇。铜井:山名。明隐客徐枋《铜井山记》云:"石磴盘行,拾级而上,陟其顶,有巨峰横偃,大如十间屋,其高几丈,嵌空嶙峋,作势其妙。下有泉二,俱在石缝中,石皆碧色,其质细润如古铜器,而泉深如井。一云泉底有铜,故水味常涩。"螺黛:喻指高耸盘旋的青山。蒹葭:水边的芦苇。

今登法华望铜井,湖水迷茫烟色暝——这两句是说:现在我登上法华山远望铜井山,极目所见只有迷茫的湖水和杳暗的天色。暝:天色昏暗。

法华铜井咫尺间,今昔登临隔五年——这两句是说:法华山和铜井山相距不远,但我在登铜井之后的第五年才得以登临法华山。

湖山依旧齿发落,五年一瞚浑如昨——这两句是说:五年之隔,湖山没有什么大的变化,而我的头发牙齿却都落了,五年时间只是一眨眼,好像还是昨天的事情。瞚:睫毛,这里指眨眼。

城中离山半日程,予辈好事多友生——这两句是说:城中离山大约有半天的路程,我们这些喜欢游玩的人不只我一个。友生:朋友。

耳闻二山眼未识,欲谋一行不可得——这两句是说:朋友们只是听说了这两座山但是还没有亲眼看过,想要和我一起登山,人却总凑不齐。

我于二山有宿缘,彼此登临尽偶然——这两句是说:我和这两座山似乎是有前生注定的缘分,能登上这两座山都是偶然的机缘巧合。宿缘:佛教谓前生的因缘。

法华看梅借僧屐,洞庭游山随相国——这两句是说:去法华寺看梅花因为天气不好还借了僧人的木鞋,到太湖这边来爬铜井山是跟随着丞相来的。屐(jī):木头鞋,泛指鞋。相国:宰相的尊称。

两山俯仰迹成陈,得来反羡未来人——这两句是说:爬这两座山的事情很快就会成为往事了,到现在反而羡慕那些没有来过的人。俯仰:低头和抬头,指时间短暂。语出王羲之《兰亭集序》:"俯仰之间,已为陈迹。"

来游固难去不易,未拟重来酒深酹——这两句是说:到这里来游玩固然不易,要离开了同样依依不舍,我还没有打算要再来,因此还是把酒洒在地上祭奠一番吧。酹(lèi):把酒洒在地上表示祭奠或起誓。

在这首作品中作者更多地表达了世事无常、光阴难留的思想,有极深的人生感慨包含其中。诗歌主要采用了对比的手法,以山水的永恒与人生之多变做比较,诗人"湖山依旧齿发落,五年一瞚浑如昨"的感叹恰似北宋大文学家苏轼《前赤壁赋》

中"哀吾生之须臾,羡长江之无穷"的哲思。

世寿堂诗

此为唐伯虎年轻时期的作品。唐伯虎绘有《贞寿堂图》,此诗当与此图作于同一时期。温肇桐著《明代四大画家》载:吴一鹏题《贞寿堂图卷》为周母致祝题云:"岁丙午(1486),子畏年止十七,而山石树枝如篆籀,人物衣褶如发丝,少诣若是,岂非天授?"

长山大谷出寿木,雨露沾濡元气足。
大枝为天立四极,小枝为君作重屋。
太平熙皞出寿人,皇风蒸煦寿城春。
鸡窠小儿是鼻祖,鸠枝老子为耳孙。
我朝列圣传仁义,仁覆义载同天地。
六合捴归寿域中,寿木寿人同出世。
木为明堂坐轩虞,人为老聃歌康衢。
固然圣德陶甄就,亦是君家积庆馀。
周君四世为人瑞,曾元耆耋祖百岁。
从此堂将世寿名,庞眉皓发宜图绘。
愿人同德复同心,同心同德助当今。
天下同归仁寿域,方显君王德泽深。

长山大谷出寿木,雨露沾濡元气足——这两句是说:在绵延的群山和幽深的山谷中长着一棵古老的参天大树。它接受雨露的浸润,枝繁叶茂,郁郁葱葱。寿木:传说中的仙木,生长年岁长久的树木。沾濡:浸湿。元气:指人的精神,精气。

大枝为天立四极,小枝为君作重屋——这两句是说:大的枝可以立起做擎天之柱。小的枝丫也可以为你盖建高楼大厦。四极:古代神话传说中四方的擎天柱。重屋:指高楼。

太平熙皞出寿人,皇风蒸煦寿城春——这两句是说:太平盛世,民生和乐,容易出长寿之人。皇风浩荡,普泽万物,使小城如沐春风。熙皞(hào):和乐,怡然自得。皞同"皡"。蒸煦:熏蒸和煦。

鸡窠小儿是鼻祖，鸠枝老子为耳孙——这两句是说：鸡窠小儿可以说是在历史上有记载的长寿之人的祖先，后来的老子，也可谓是长寿的典范。鸡窠小儿：据《洞微志》记载：琼州杨遐举父叔连，百二十岁，祖宗卿，百九十五岁，九世祖居鸡窠中，形如小儿，不知其年。鼻祖：祖先，创始人。鸠枝老子：拄着拐杖的老子，亦指长寿之人。老子，即老聃，名耳，字伯阳，世称老子，春秋时期陈国人。耳孙：指远代子孙。

我朝列圣传仁义，仁覆义载同天地——这两句是说：我朝历位皇帝皆以仁义传天下，他们的仁德和道义与天地一般布德天下苍生。列圣：指诸皇帝。

六合捻归寿域中，寿木寿人同出世——这两句是说：天下之德同归此处，因此不但有长寿之木，也有长寿之人。六合：东、南、西、北、天和地，意指天下。捻归：同处。

木为明堂坐轩虞，人为老聃歌康衢——这两句是说：寿木如果用来搭建明堂，就可以出像轩辕和虞舜那样贤明的人。如果出了一个像老子那样长寿的人那一定是天下太平，政通人和了。轩虞：传说中的古代帝王轩辕和虞舜的并称。康衢：宽阔平坦的大路。比喻政通人和。

固然圣德陶甄就，亦是君家积庆馀——这两句是说：这固然是皇上至高无上的德行所然，同时也显示了你的先世那泽被后世的德行和善举。圣德：至高无上的道德。多用于古之圣人及帝王。陶甄(zhēn)：比喻陶冶、教化。庆馀：谓先世积善的遗泽。语出《周易》："积善之家，必有馀庆。"

周君四世为人瑞，曾元耆耋祖百岁——这两句是说：周君家中四代均为长寿之人，曾元在年老的时候他的祖先都已经一百多岁了，还仍然活着。人瑞：人事方面的吉祥征兆。亦指有德行的人或年寿特高者。耆耋(qídié)：指老人。

从此堂将世寿名，庞眉皓发宜图绘——这两句是说：从此以后就把这里叫做"世寿堂"，应该把这位老者阔眉白发的样子画下来。庞眉：阔眉。

愿人同德复同心，同心同德助当今——这两句是说：希望大家都努力培养自己的仁德之心，成为长寿之人。同心同德：指思想统一，信念一致。同德，为同一目的而努力。

天下同归仁寿域，方显君王德泽深——这两句是说：只有天下的人都成为仁德长寿之人，才能够显示出君王那深广的恩德泽被。

诗作把咏颂长寿与歌颂仁德的主题合而为一，巧妙灵活。以"长山大谷出寿木，雨露沾濡元气足"句入题，采用比兴手法，引出歌颂长寿的主题。接着寻求寿木寿人出现的原因，一方面在于皇恩浩荡，一方面在于世积善德。最后诗人号召大家一起培养仁德之心，安居乐业，尽显皇上的恩泽。诗歌中也列举了部分历史上有名的长寿者,如鸡窠小儿、鸠枝老子、周君、曾元等,这些人物的出现突显了诗歌的主题,也增加了诗歌神异的色彩。

短歌行

这是一首乐府旧题诗,有三国时期曹操《短歌行》的韵味。是诗人中年时期的作品,诗人在作品中表达了时不我待的感伤情绪。短歌行:乐府古题。

樽酒前陈,欲举不能。感念畴昔,气结心冤。
日月悠悠,我生告遒。民言无欺,秉烛夜游。
昏期在房,蟋蟀登堂。伐丝比簧,庶永忧伤。
忧来如丝,纷不可治。纶山布谷,欲出无歧。
颍颍若穴,荧荧莫绝。无言不疾,鼠思泣血。
霜落飘飖,鸦栖无巢。毛羽单薄,雌伏雄号。
缘子素缨,洒扫中庭。踯踯躅躅,仰见华星。
来日苦少,去日苦多。民生安乐,焉知其它。

樽酒前陈,欲举不能——这两句是说:虽然面前放着斟满美酒的杯子,我却没有心思举起酒杯饮酒。这里的两句是从前人诗句中化用而来。南朝宋鲍照《拟行路难》其五有"对案不能食,拔剑击柱长叹息",唐代李白《行路难三首(其一)》中有"金樽清酒斗十千,玉盘珍羞直万钱。停杯投箸不能食,拔剑四顾心茫然"的诗句。

感念畴昔,气结心冤——这两句是说:怀想起已经逝去的岁月,内心郁结着忧伤的情感。畴昔:过去,以前。结:郁结。

日月悠悠,我生告遒——这两句是说:岁月不知不觉地流逝,我的生命也即将完结。悠悠:自由自在,这里指岁月逝去貌。遒:终竟,完结。

民言无欺,秉烛夜游——这两句是说:人们说得没错,珍惜时光就应该及时行乐。秉烛夜游:谓执烛照亮,夜间游玩,形容人生苦短,应及时行乐。《古诗十九首》:"昼短苦夜长,何不秉烛游。"

昏期在房,蟋蟀登堂——这两句是说:黄昏时分我呆在房中,蟋蟀也爬上厅堂。昏期:傍晚时分。

伐丝比簧,庶永忧伤——这两句是说:我弹奏丝簧,以此消解内心的忧伤,无奈忧伤郁积于心，不可消解。伐：弹奏。

忧来如丝，纷不可治——这两句是说：忧郁笼罩心头，千头万绪，如丝线一般凌乱得无法整理。治：理。

纶山布谷，欲出无歧——这两句是说：思绪混乱，布满高山深谷，找不到一条排遣的路径。歧：路。

颎颎若穴，荧荧莫绝——这两句是说：烦恼的时候心头似乎有一把火，它或亮或暗，没有熄灭的时候。颎颎：(jiǒng音"炯")，火光明亮的样子。荧荧：火光微弱的样子。这两句形容烦恼的样子。

无言不疾，鼠思泣血——这两句是说：没有哪句话不让人嫉恨，忧郁地哭出血来。鼠，通"癙"，忧。鼠思，忧思。《诗经·小雅·雨无正》："鼠思泣血，无言不疾。"

霜落飘飖，鸦栖无巢——这两句是说：霜花随风飘落，乌鸦没有栖息的地方。飘飖：同"飘摇"，随风摆动。

毛羽单薄，雌伏雄号——这两句是说：寒风中的乌鸦羽毛单薄，雌鸟伏在树枝上，雄鸟盘旋鸣叫。

缘子素缨，洒扫中庭——这两句是说：穿上简朴的衣服，打扫院落。这两句由物写到人。

踯踯躅躅，仰见华星——这两句是说：我徘徊不前，仰头看见满天明亮的星斗。踯躅：徘徊不前的样子。

来日苦少，去日苦多——这两句是说：往后的日子越来越少，逝去的岁月实在太多。曹操《短歌行》："对酒当歌，人生几何？譬如朝露，去日苦多。"

民生安乐，焉知其它——这两句是说：人们的生活只要安定快乐就好，不要去理会那些烦心的事情。这是总结全诗的句子。

古来文人墨客多慨叹时光飞逝之作，孔子慨叹"逝者如斯夫"，曹操《短歌行》说："对酒当歌，人生几何？譬如朝露，去日苦多。"李白高歌："弃我去者昨日之日不可留；乱我心者今日之日多烦忧。"唐伯虎这首作品也是一首伤时的作品，诗人以深细委婉的笔法，描绘了深秋时节，自己从黄昏到深夜，内心因为感叹时光流逝而产生的愁痛。诗作一开始便慷慨而多气，引出慨叹年华老去的主题，接着诗人以蟋蟀的声音、乌雀的飞动渲染自己内心的烦忧，并以乱丝、忧愁之火来使自己的愁绪具体化，再加上对时令的渲染，使整首作品情绪低沉浓重。但在诗歌的最后，作者笔锋一转，情绪有所回升，让自己从痛苦的感情中解脱了出来。作品以四言出之，颇具古风。

相逢行

【题解】

此诗是诗人在年轻时期所创作的作品。这是一首写爱情的诗歌。诗人以清新的笔调写出了一段一见钟情的姻缘。相逢行：乐府古题。

相逢狭邪间，车室马不旋。虽言异乡县，岂非往世缘。
脱毂且卷鞭，高揖问君廛。女弟新承宠，阿大李延年。
何以结欢爱，渠碗出于阗。女萝与青松，本是当缠绵。

【新解】

相逢狭邪间，车室马不旋——这两句是说：在小街曲巷中和你相遇，车马阻塞不通。狭邪：指小街曲巷。室：阻塞不通。这里点出相逢的地点。

虽言异乡县，岂非往世缘——这两句是说：虽然我们来自不同的地方，但我们在这里的相逢难道不是前世注定的缘分吗？往世缘：前世命中注定的缘分。

脱毂且卷鞭，高揖问君廛——这两句是说：停下车，放下马鞭，高高地拱手施礼，询问你是何处人。毂(gǔ)：车轮中心有窟窿可以插轴的部分。揖：拱手礼。廛(chán)：本指一户人家的住房、田产。这里指住处、乡里。

女弟新承宠，阿大李延年——这两句是说：我的妹妹刚刚得到皇上的宠幸，我的哥哥就是李延年。女弟：即妹妹。阿大：大哥。李延年：汉代音乐家，汉武帝李夫人兄。善歌又善创新声，为《汉郊祀歌》十九章配乐，又作《横吹曲》，李夫人死后被杀。这里的两句，作者借用历史人物来表现男方身份，是说自己身份显赫。

何以结欢爱，渠碗出于阗——这两句是说：用什么作为定情的信物呢？用于阗那里出产的漂亮的大玉碗。渠：大。于阗：汉代西域国名，在今新疆和田县一带，以产美玉而闻名。

女萝与青松，本是当缠绵——这两句是说：你我应该如同女萝与青松一般，常相厮守。女萝：女萝草为地衣类植物，有很多细枝，古人常以女萝喻女子，女萝一般附生在松柏树皮上，因与松柏共倚而被喻作如胶似漆的夫妻。这里的女萝指诗人遇到的女子，青松指自己。

这首五言乐府的前两句点出主人公所处的地点，两人在小街曲巷中相遇，男主人公对迎面而来的女主人公一见钟情，于是"脱毂且卷鞭，高揖问君廛"，恭敬地询问对方的籍贯,接下来的两句是向女主人公介绍自己的家庭状况,最后四句向女主人公剖白心迹。作品造境清新,如同一副点染而成的图画,着墨不多,但画中之人神情毕现。

出塞(二首选一)

【题解】

这是在唐伯虎诗歌中占少数的边塞作品之一。钱谦益《列朝诗集小传·丙集》中有"伯虎诗少喜秾丽,学初唐;长好刘(禹锡)、白(居易),多凄怨之词;晚益自放,不计工拙,兴寄烂漫,时复斐然"。这样的评价的确允当。但此首作品却有独到之处,诗作风格沉雄雅健,颇得老杜诗歌三昧。

烽火照玄菟,嫖姚召仆夫。朱家荐逋虏,刁间出黠奴。
六郡良家子,三辅弛刑徒。茄度乌啼曲,旗参虎落图。
宝刀装韡琫,名驹被镂渠。掞金出孤竹,飞旌掩二榆。
妖云压亡塞,珥月照穷胡。勒兵收日逐,潜军执骨都。
姑衍山重禅,燕然石再刻。功成肆郊庙,雄郡却分符。

【新解】

烽火照玄菟,嫖姚召仆夫——这两句是说:边塞要地有了战事,将军开始招募士卒。烽火:古时边防报警点的烟火。比喻战火或战争。玄菟:古郡名。汉武帝置。辖境相当我国辽宁东部及朝鲜咸镜道一带。后亦泛指边塞要地。嫖姚:指守边立功的武将。汉霍去病曾为嫖姚校尉,后人称其为"霍嫖姚"。《史记·卫将军骠骑列传》作"剽姚",《汉书·霍去病传》作"票姚"。仆夫:指供役使的人,这里指士卒。

朱家荐逋虏,刁间出黠奴——这两句是说:善于用人的人从各处拔取人才。朱家:汉初鲁地侠士。《史记·游侠列传》:"鲁朱家者,与高祖同时。鲁人皆以儒教,而朱家用侠闻。所藏活豪士以百数,其馀庸人不可胜言……专趋人之急,甚己之私。既阴脱季布将军之厄,及布尊贵,终身不见也。自关以东,莫不延颈愿交焉。"后以朱家泛指侠士。荐:推荐。刁间:汉初人。《史记·货殖列传》记载:"齐俗贱奴虏,而刁间独爱贵之。桀黠奴,人之所患也,唯刁间收取,使之逐渔盐商贾之利。"出:使动用法,使……显露。逋虏、黠奴:逃寇,流寇。指流离失所之人。

六郡良家子,三辅弛刑徒——这两句是说:无论是好人家的子弟还是有过不良记载的青年都可以参军打仗。六郡:指汉的陇西、天水、安定、北地、上郡、西河六郡。良家子：谓清白人家的子女。汉时，指从军不在七科谪内者或非医、巫、商贾、百工之子女，为良家子。后世以奴仆及娼优隶卒为贱民，以平民为良民，遂用以称良民子女。区分良贱是重要的等级界线。"良家"，也叫"好人家"。三辅：旧指京城附近的地方。西汉时本指治理京畿地区的三位官员，京兆尹、左冯翊、右扶风为三辅，后指这三位官员管辖的地区。弛刑徒：解除枷锁的刑徒。是指那些已然判刑但又因赦令或其他原因而去除了刑具和囚服的刑徒。据《汉书·宣帝纪》载，神爵元年（前61）平定羌乱时，曾调发三辅、中都官的弛刑徒从军。后来这些弛刑徒与募兵及淮阳、汝南步兵万馀人一起留屯湟中。

笳度乌啼曲，旗参虎落图——这两句是说：吹奏着哀怨的曲子，举着出征的大旗。度：谱写乐曲，这里指吹奏。乌啼曲：指《乌夜啼引》或《乌啼引》，泛指悲伤哀怨的曲子。这两句写战士们出征时的景象。

宝刀装韠琫，名驹被镂渠——这两句是说：宝刀装进带有装饰品的刀鞘，宝马配上华美的马鞍。韠琫（bìběng）：韠，蔽膝，古代一种遮蔽在身前的皮制服饰，这里指刀鞘。琫，古代刀鞘上端的装饰。被：同"披"。镂渠：马鞍名。这两句是细节描写，写战士们的装束。

摐金出孤竹，飞旌掩二榆——这两句是说：敲着锣我们出了边地，旗子在边塞的土地上飞扬。摐（chuāng）：敲击。金：古代军队中用于指挥停止或撤退的锣。孤竹：商周时国名，在今河北省卢龙县，这里泛指边地。二榆：古地区名。大榆谷、小榆谷的合称，也称"大小榆谷"。在今青海一带，这里指边塞。这两句写战士行军的情况。

妖云压亡塞，珥月照穷胡——这两句是说：黑云在边塞上空翻滚，偶尔从云缝中洒下的月光照射着边远的胡人营地。妖云：黑云。珥月：珥，日、月两旁的光晕。珥月，指暗淡的月光。穷：边远，偏僻。这两句写战地的环境。

勒兵收日逐，潜军执骨都——这两句是说：采取正面攻打及偷袭的方法，擒获敌军将领。勒兵：治军，操练或指挥军队。收：逮捕，拘押。日逐：匈奴王号。后亦以泛称古代北方少数民族首领。潜军：偷袭敌军。执：捕捉，逮捕。骨都：汉时匈奴官名，借指匈奴官员或异姓大臣。冒顿单于设置，分左右，由异姓贵族担任，位在谷蠡王之下，是单于的辅政近臣。

姑衍山重禅，燕然石再刓——这两句是说：战争取得了伟大的胜利，于是再一次在姑衍山举行祭地之礼，在燕然山上刻石记功。姑衍山：山名。在蒙古大漠以北。匈奴人奉之为神山，每年都要在姑衍山祭祀地神。汉骠骑将军霍去病破匈奴，封于狼居胥山，禅姑衍，临瀚海而还。重：再一次。禅（shàn）：帝王的祭地之礼。燕然石：东汉窦宪破北匈奴，登燕然山，刻石记功。后以"燕然石"指建立边功的记功碑。刓（kū）：刻。这两句写战争之后。

功成肆郊庙，雄郡却分符——这两句是说：战争胜利以后祭祀宗庙，泱泱大国就可以罢却战事了。肆：祭祀宗庙。郊庙：古帝王祭天地的郊宫和祭祖先的宗庙。雄郡：地势险要，辖境辽阔，人阜物丰的大郡。却：罢却。分符：犹剖符。谓帝王封官授爵，分与符节的一半作为信物。这里指战事。

【新评】

这首诗歌以时间的发展为顺序，记述了一次战事的经过。全诗可以分为三个部分来理解。前六句是一个部分，在这一部分中诗人记述了此次战事的初期准备状况。这是一次大规模的战争，各个阶层的人被充分动员起来，他们都乐于为国家效力。接下来的十句是一个部分，这一部分可分为两层来理解。"笳度乌啼曲"至"飞旌掩二榆"是第一个层次，点明出征的仪仗、装束及行军情况。后四句是第二个层次，直接写战场的环境和战争的结果。最后四句是作品的最后一部分。是对整场战事的总结。诗歌叙事有条不紊，张弛有度。

紫骝马

【题解】

紫骝(liú)马：乐府古题，内容多写骏马。为乐府横吹曲辞，横吹曲辞在汉武帝时由西域传入，它以鼓角为伴奏，在马上横吹，于行军时使用，后来发展成为边塞行军曲词。紫骝，古骏马名，黑鬣、黑尾巴，身上毛呈紫红色。这是唐伯虎青年时期的作品。诗歌整饬且颇有生气。体现了年轻人的风发意气。

紫骝垂素缰，光辉照洛阳。连钱裁璧玉，障泥图凤凰。
夜赴期门会，朝逐羽林郎。阴山烽火急，展策愿超骧。

【新解】

紫骝垂素缰，光辉照洛阳——这两句是说：紫骝马带着素色的缰绳，它雄健光辉的形象在洛阳城中是如此引人注目。这两句赞赏紫骝马俊逸的姿态。

连钱裁璧玉，障泥图凤凰——这两句是说：骏马身上的花纹如同用上等美玉刻成的连在一起的铜钱。马鞯上有华贵的凤凰图案。连钱：花纹似相连的铜钱。上等美玉。障泥：马鞯，垫在马鞍下，垂于马腹两侧，用于遮挡尘土的东西。

夜赴期门会，朝逐羽林郎——这两句是说：骑上这匹马，晚上在殿门前等待皇上约见，早上跟随羽林郎一起保卫皇宫。期门会：官名。汉武帝时设置，掌执兵扈从护卫。武帝喜微行，多与西北六郡良家子能骑射者期约在殿门会合，故称。羽林郎：汉代所置官名，是皇家禁卫军军官。

逆,所到,衣冠怀之,唯恐在后。时列侯有与遵同姓字者,每至人门,曰陈孟公,坐中莫不震动,既至而非,因号其人曰陈惊坐云。"郭解:汉代侠客。横行:行动无所顾忌。

相将李都尉,一夜出平城——这两句是说:侠客们愿意跟随李陵去战场杀敌,一夜之中攻出平城击杀匈奴。相将:相偕,相随。李都尉:李陵,汉武帝时任骑都尉。平城:汉代县名,在今山西大同市东。

这首诗歌是唐伯虎作品中少见的豪放作品,风格刚健雄浑。前两句主要写侠客的豪情壮志。他们看重功名,希望能在战场上杀敌立功。接下来两句写他们娴熟的技艺及为朋友两肋插刀的英风豪气。"孟公"、"郭解"两句以点带面,写出两位历史上有名的侠客,他们是侠客中的佼佼者。最后两句写侠客们的希望,他们愿意为国家的荣誉而战。这首作品体现了年轻人对未来毫不畏惧的精神和希求实现自我人生价值的渴望。

陇　头

此诗创作于诗人青年时期。这是一首写边塞风物和战争生活的作品,充溢着战斗精神和英勇的大无畏精神。陇头:陇山,借指边塞。

陇头寒多风,卒伍夜相惊。转战阴山道,暗度受降城。
百万安刀靶,千金络马缨。日晚尘沙合,虏骑乱纵横。

陇头寒多风,卒伍夜相惊——这两句是说:边塞地区的夜晚,天气寒冷,刮来阵阵冷风,行军的队伍中士兵们互相惊吓对方。卒伍:古代军队编制,五人为伍,百人为卒。这里指士兵。

转战阴山道,暗度受降城——这两句是说:士兵们在阴山中转战,偷偷地经过受降城。阴山:山脉名。即今横亘于内蒙古自治区南境、东北接连大兴安岭的阴山山脉。山间缺口自古为南北交通孔道。受降城:城名。汉唐时筑,以接受敌人投降,故名。汉故城在今内蒙古乌拉特旗北。唐筑有三城,中城在朔州,西城在灵州,东城在胜州。

百万安刀靶,千金络马缨——这两句是说:士兵们的刀把和马缨都非同一般,非常贵重。刀靶:即"刀把"。马缨:挂于马颈的带饰。这两句写士兵武器的贵重。

日晚尘沙合,虏骑乱纵横——这两句是说:傍晚时分,尘沙四起,与敌人在战场上厮杀,被我军击溃的敌兵四散逃跑。虏骑:胡人的骑兵。

这是一首写边塞生活和边塞战争的作品。诗歌前四句写士兵们夜晚行军的状况,自然环境"寒多风",但这丝毫也没有影响到士兵们行军的脚步。他们连夜行军,携带着精心准备的武器,在与敌人正面交锋时奋勇杀敌,击溃了敌人的队伍,取得了胜利。作品虽短,但叙事有条不紊,充分表现了战士们为国杀敌的英勇和无畏。

陇头水

这首诗歌主要描写了陇山一带的恶劣环境和艰苦生活。陇头水:乐府古题,为乐府横吹曲辞,主要记载边关一带的景物事件。

> 陇水分四注,陇树杂云烟。磨刀共敛甲,饮马并投钱。
> 朔地风初合,交河冰复坚。寒禁不能语,乌孙掠酒泉。

陇水分四注,陇树杂云烟——这两句是说:陇水分成四条支流,陇树笼罩在一片云烟之中。陇水:河流名。源出陇山,因而得名。陇树:陇山一带的树木,泛指边塞之树。

磨刀共敛甲,饮马并投钱——这两句是说:下马住宿,磨砺兵刃,收敛铠甲,让马饮水并付给店家费用。

朔地风初合,交河冰复坚——这两句是说:北方刚刚开始刮起了寒风,交河中又一次结上了厚厚的冰。朔地:北方。交河:位于新疆吐鲁番附近。

寒禁不能语,乌孙掠酒泉——这两句是说:寒冷使人不能说话,就在这个时候,乌孙国军队前来侵犯酒泉。乌孙:中国西北古代国名,在今甘肃境内敦煌祁连间游牧。酒泉:地名。位于河西走廊西端,西汉设郡,为河西四郡之一。因传说霍去病倒御酒于金泉,与将士共饮而得名。

作品以写意的手法描写了边地的生活状况。前两句写景悠远阔大。"磨刀共敛甲,饮马并投钱"两句则主要写了战士在边地的住宿和补给。"朔地风初合,交河冰复坚"两句写战争即将开始时的天气状况。最后两句对战争一笔带过。这篇作品意境孤寒,重在写边地战士生活中自然条件的艰苦。

白　发

【题解】

这是诗人青年时期的作品,写诗人因揽镜见白发而兴起的悲伤情绪,同时告诫自己应努力求取功名。

清朝揽明镜,元首有华丝。怆然百感兴,雨泣忽成悲。
忧思固逾度,荣卫岂及衰？夭寿不疑天,功名须壮时。
凉风中夜发,皓月经天驰。君子重言行,努力以自私。

【新解】

清朝揽明镜,元首有华丝——这两句是说:清晨取镜自照,头上竟生出了花白的头发。揽:取。元首:头。华丝:花白头发。华,通"花"。

怆然百感兴,雨泣忽成悲——这两句是说:心里难过百感交集,泪如雨下,悲伤不已。怆然:悲伤的样子。兴:起。

忧思固逾度,荣卫岂及衰——这两句是说:忧虑本来是有些过度,但是身体也不至于达到衰弱的地步。固:本,原来。荣卫:中医学名词。荣指血的循环,卫指气的周流。荣气行于脉中,属阴,卫气行于脉外,属阳。荣卫二气散布全身,内外相贯,运行不已,对人体起着滋养和保卫作用。泛指气血、身体。

夭寿不疑天,功名须壮时——这两句是说:人寿命的长短无疑是由上天主宰的,想要求取功名还是应该趁着年轻的时候。

凉风中夜发,皓月经天驰——这两句是说:半夜吹起凉风,明亮的月亮在天空中徐徐运转。中夜:半夜。

君子重言行,努力以自私——此两句是说:君子注重言行一致,要努力达成自己内心的想法。自私:自己内心的想法。

【新评】

这首作品是诗人早年所作。诗歌前四句写诗人因看到自己头上已生白发而伤感不已,接下来四句写作者因白发而联想到的时不我待及求取功名等问题。诗人想到这些问题时晚上久久难以入眠,最后四句写作者在夜深时面对清朗月光而暗下决心,要努力实现心中的宏伟抱负。由此诗作可以看出,江南第一风流才子唐伯虎并非放浪终生,其早年时期也曾看重功名,只是后来生活之中颇多磨难,才成就其风流才子形象。

伏承履吉王君以长句见赠,作此以答

题解

这首作品是唐伯虎写给王履吉的一首回赠诗,写于诗人晚年时期。履吉王君:即王宠(1494—1533),明代长洲(今苏州)人,字履吉,别号雅宜。屡试不第。工书法,精小楷,尤善草书,疏秀出尘,妙得晋人法度。诗作尚风骨,薄轻靡。与唐伯虎往来甚密,后结为儿女亲家。与文徵明、祝允明齐名。长句:指七言古诗或七言律诗。见赠:赠送给我。

岁月信言迈,吾生已休焉。春滋未淹晷,暑退大火流。
洒扫庭户间,整饰衣与裘。元鸟乐高荫,攀援聊淹留。
仲尼悲执鞭,富贵不可求。杨朱泣路歧,彷徨何所投?

岁月信言迈,吾生已休焉——这两句是说:我的年龄的确已经老大了,这一辈子也即将要完了!信:的确。

春滋未淹晷,暑退大火流——这两句是说:春天来了还没有多长时间,夏天就快要过去了。淹晷(guǐ):久时。大火:星宿名,即心宿。夏天结束时,此星宿逐渐向下运行。

洒扫庭户间,整饰衣与裘——这两句是说:匆匆忙忙地打扫房间,整理秋冬要穿的衣物。

元鸟乐高荫,攀援聊淹留——这两句是说:燕子喜欢高处的树荫,它们在树枝上聊做停留。元鸟:即玄鸟,燕子的别名。

仲尼悲执鞭,富贵不可求——这两句是说:可悲啊,当年的孔子想做个执鞭之士都没能做成,那是因为没有机会呀。仲尼悲执鞭:这里是说有才能的人怀才不遇。仲尼,孔子。执鞭,指赶车。泛指低贱的差事。孔子有言曰:"富而可求也,虽执鞭之士,吾亦为之;如不可求,从吾所好。"

杨朱泣路歧,彷徨何所投——这两句是说:杨朱曾因为面临歧路而悲伤不已,他彷徨往复,不知该作出怎样的选择。杨朱:战国初哲学家,魏国人。泣路歧:对世道崎岖,担心误入歧途的感伤忧虑。《淮南子·说林训》:"杨子见逵路而哭之,为其可以南,可以北。"

新评

这是一首赠答诗歌。前八句以"岁月信言迈,吾生已休焉"作为领起句。主要抒写时不我待的感伤情绪。后四句运用孔子和杨朱的典故,说明大丈夫生于世间,当有所为有所不为。表现了诗人面对生活的无奈和失意,眼看着光阴似箭,心中的宏图却不得一展。

闻 蛩

题解

这是一首伤时之作,造境萧索,抒发了诗人在时节变迁时内心兴起的思念亲人、功名未就的复杂情感。蛩(qióng):蟋蟀。

> 孟夏蟋蟀鸣,白露零蔓草。四时序相代,候物兴何早。
> 游子尚寒襦,伫听伤怀抱。隙景无淹晷,壮志坐衰老。

新解

孟夏蟋蟀鸣,白露零蔓草——这两句是说:刚入夏季就听到了蟋蟀的鸣叫,蔓草上已经有了秋天才有的露珠。孟夏:夏季的第一个月,农历四月。白露:秋天的露水。蔓草:蔓生的草。

四时序相代,候物兴何早——这两句是说:一年四季时序更替,秋季特有的东西怎么这么早就出现了!四时:四季。序:时序。候物:应候之物,某一时令特有之物。

游子尚寒襦,伫听伤怀抱——这两句是说:冬天穿的衣服对出门在外的人很重要,听到蟋蟀的声音我内心伤感不已。游子:离家远行或长年客居外乡的人。唐代诗人孟郊有"慈母手中线,游子身上衣"句。襦:短衣,短袄。

隙景无淹晷,壮志坐衰老——这两句是说:想要留住匆匆逝去的岁月却没有办法,只能满怀壮志一天天老去。隙景:景,同"影"。过隙的阳光,喻易逝的时光。淹晷(guǐ):久时,这里指能留住时间的器具。淹,滞留,留住。晷,日影。

新评

秋天是一个容易让人悲伤的季节。楚宋玉《九辩》"悲哉!秋之为气也。萧瑟兮,草木摇落而变衰",开启了古代文人"悲秋"之先河。后世又有宋代欧阳修《秋声赋》铺陈渲染秋天的衰飒之气。在这首作品中,诗人从蟋蟀、白露两个最具秋天代表性的意象入手,兴起季节变换的慨叹。后四句点出诗人身份,此时诗人正是一位远行他方、壮志未酬的游子,见到时序更替,内心更是感慨万千。作品气韵与《古诗十九首》颇相似。

夜中思亲

【题解】

这是一首唐伯虎追思亡妻的作品。唐伯虎二十五岁时父、母、妹、妻就已相继去世,他曾作《祭妹文》、《伤内》等诗寄托自己对亲人的思念,表达失去亲人的孤苦与伤感。唐伯虎在十六岁时与徐延瑞次女完婚,几年后,妻子亡故。唐伯虎后来娶了继室,二人感情不合,唐伯虎于三十一岁时休掉继室。三十六岁时续娶沈氏,于桃花庵建别业居住,二人感情甚笃,然不久沈氏亦亡故。从这篇作品的语言运用及内容来看,应该是青年时期写给徐氏的。

　　元序潜代运,秾华不久鲜。仰视鸿雁征,俯悼丘中贤。
　　迅驾杳难追,庭上念周旋。杀身良不惜,顾乃二人怜。
　　嘉时羞芰枣,涕泗徒留连。

【新解】

元序潜代运,秾华不久鲜——这两句是说:冬天悄悄地来临,那些繁盛的花朵即将凋零。起句包含无限哀愁。元序:指冬天。秾华:繁盛艳丽的花朵。

仰视鸿雁征,俯悼丘中贤——这两句是说:我抬起头来看到天空中鸿雁南翔,低下头哀悼那些已经逝去的亲人。此句意境悲凉。

迅驾杳难追,庭上念周旋——这两句是说:你们那么快就离开了这个世界,我追赶不上你们的脚步,只能在庭堂之上徘徊往复,深深地思念你们。

杀身良不惜,顾乃二人怜——这两句是说:死了也没有什么值得遗憾的,因为起码两个人可以互相疼爱。顾乃:却,反而。

嘉时羞芰枣,涕泗徒留连——这两句是说:回想起在我们成亲的美好时刻里,共同享用进献上来的芰枣等婚庆嘉果,现在却物是人非,只有我孤身一人,为你泪流满面。嘉时:这里指两人成婚的时候。

这是一首祭奠亡妻的作品。首两句以"元序潜代运,秾华不久鲜"起兴,引出悼亡的主题。秾华不久鲜,暗示妻子正当青春年华却不幸香销玉殒。接下来四句进入主题,写对阴阳异路人的追思和怀念。"杀身良不惜,顾乃二人怜"两句情感最为沉痛,诗人愿意舍弃生命换取两人的欢爱。最后"嘉时羞芰枣,涕泗徒留连"句,则以回忆往昔美好的生活与现在孤单寂寞的一人生活作对比,读之令人潸然泪下!

伤 内

【题解】

这首作品抒写诗人面对天气转凉、秋露已降、百卉凋谢、满目衰飒的景象时,自己内心升起的无限的忧伤和迷惘的情感。

凄凄白露零,百卉谢芬芳。槿花易衰歇,桂枝就销亡。
迷途无往驾,款款何从将。晓月丽尘梁,白日照春阳。
抚景念畴昔,肝裂魂飘扬。

凄凄白露零,百卉谢芬芳——这两句是说:天气转凉,秋露屡降,草木凋落了往日娇艳的花朵。凄凄:形容寒凉。白露:秋天的露水。这两句写秋天到来的景色。

槿花易衰歇,桂枝就销亡——这两句是说:木槿花这么快就凋谢了,桂花也即将开完。槿花:木槿花,朝开夕凋。衰歇:衰落,止息。就:即将。销亡:消失。

迷途无往驾,款款何从将——这两句是说:迷了路没有向前行进的车辆。缓慢地行走,不知道将要去什么地方。款款:缓,轻缓。这两句写诗人的内心活动。

晓月丽尘梁,白日照春阳——这两句是说:拂晓的残月洒在屋梁上。白天阳光和煦,天气依然明媚。丽:这里指照耀。

抚景念畴昔,肝裂魂飘扬——这两句是说:看着眼前的景色,让人回忆起往昔光景,肝肠寸断,灵魂失所。畴昔:往昔。

【新评】

这首作品以五言出之,颇具早期文人五言诗《古诗十九首》的风貌。尤其是能够将悲凉的情感寄托在衰飒的秋景之中,并采用与今昔对比的方法,越发使得诗人的伤痛情感深沉而难以排遣。但是诗人到底是为什么而悲伤,作品并没有做明确的交代,可谓"心思不能言,肠中车轮转",这更增添了诗歌的抒情张力,引起读者的情感共鸣。

咏怀诗（二首选一）

题解

这首五言古诗以比兴寄托的手法，写了诗人对那些有远大志向、才华出众但终不为所用的贤才们命运的悲叹，同时也是对自己身世的慨叹。

郁郁梁栋姿，落落璠玙器。空山岁历晚，冰霰交如至。
朽腐何足论，壮哉风云气。书生空白头，三叹横流涕。

郁郁梁栋姿，落落璠玙器——这两句是说：贤能的人如同能做大梁的树木一般郁郁葱葱，如同山中美玉一样潇洒出尘。郁郁：枝叶繁茂的样子。梁栋：屋宇的大梁。比喻担负国家重任的人才。落落：潇洒的样子。璠玙器：指贤才。璠、玙都是美玉。此两句运用比喻，赞赏贤才。

空山岁历晚，冰霰交如至——这两句是说：能成为贤才的树木和美玉在深山之中度过了漫长的时间却无人赏识。他们时常遭受恶劣天气的洗礼。岁：年，此指时间，光阴。晚：时间靠后，接近终了。冰霰：下雪前或下雪时降落的白色小冰粒。交如：交接貌。

朽腐何足论，壮哉风云气——这两句是说：在深山之中腐朽了并不值得一提，它们的英雄之气是多么雄壮呀！朽腐：犹腐朽。何足：哪里值得。风云气：犹言英雄气。

书生空白头，三叹横流涕——这两句是说：饱读诗书的书生没有为国家贡献自己的力量，一生至老，无所作为，深深地为之慨叹，留下悲痛的眼泪。三叹：多次感叹，形容慨叹之深。

这首五古，饶有兴致，以深山中的树木与美玉喻饱经世事艰难而郁郁不得其志的贤良人才，饱含作者的人生感喟：空有才华满腹，怎料时世弄人，终不得一展鸿鹄之志。

送王履约会试

这是一首送朋友上京赶考的诗歌。王履约:与王履吉为兄弟,唐伯虎之友,明代名士。会试:明清两代各省举人参加的科举考试,每三年在京城举行一次。

雨雪关河晚,风沙鸿雁来。送君将宝剑,携手上金台。
锦绣三千牍,天人第一才。扬雄新赋就,声价重蓬莱。

雨雪关河晚,风沙鸿雁来——这两句是说:傍晚时分,雨雪笼罩着关河,大风扬起尘沙,鸿雁迎着凛冽的寒风中飞来。此两句写景,阔大深远,有"风萧萧兮易水寒"的意境。

送君将宝剑,携手上金台——这两句是说:我送你一把宝剑,与你携手登上黄金台。将:拿着。金台:指黄金台。故址在今河北易县东南。相传燕昭王筑台于此,置千金于台上,延请天下贤能之士,因此得名。

锦绣三千牍,天人第一才——这两句是说:王履约写了无数文采飞扬的文章,可谓是最有才华的人。锦绣:华采的文章。牍(dú):古代写字用的木片。

扬雄新赋就,声价重蓬莱——这两句是说:王履约的文章就如同汉代扬雄写的辞赋一样,一写好就有极好的声誉和身价。扬雄:字子云,成都人,汉代著名辞赋家。声价:名誉身价。蓬莱:古代传说中海上的仙山之一。蓬莱在传说中多藏宝典秘。东汉时称国家藏书处为蓬莱阁。

这首五言律诗是送别朋友王履约赴京考试的作品。首联气象深远,又包含有对朋友的不舍,奠定整首作品的抒情气氛,融情于景。颔联以物赠友,并预祝朋友此去能取得好的结果。颈联及尾联赞誉王履约文才之高。虽是送别诗歌,但诗中并没有难分难舍的情感,仅在首联以景衬托离别的忧愁,但之后语言均洒落大气,正是呼应了"会试"的主题。袁宏道在此诗后评曰:"自在。"

游焦山

【题解】

焦山：在江苏省镇江市区东北长江中。因汉末著名学者焦光隐居山中而得名。又因满山树木葱茏，宛如江中浮玉，所以又名"浮玉山"。山上苍松翠竹，风景秀丽。白墙青瓦之屋舍掩映于苍松翠柏茂林修竹之中，故有"焦山山裹寺"之说。

乱流寻梵刹，洒酒泻襟期。西北分天堑，东南缺地维。
高台平落鹜，清磬起潜螭。千年基王业，来游有所思。

【新解】

乱流寻梵刹，洒酒泻襟期——这两句是说：乘着船横渡长江，去寻找焦山上的寺庙。在长江中我洒酒于江，以此倾泻胸中的抱负。乱流：横渡江河。梵刹：寺院。洒酒：把酒浇洒在地上，表示祭奠。泻襟期：抒发胸中的抱负。泻，发泄、抒发。襟期，情怀、抱负。

西北分天堑，东南缺地维——这两句是说：焦山东西走向，阻隔了长江，隔断了东南方向维系大地的绳子。天堑：天然形成的隔断交通的大沟，这里指长江。地维：维系大地的绳子。古人以为天圆地方，天有九柱支持，地有四维系缀，故亦指地的四角。

高台平落鹜，清磬起潜螭——这两句是说：高台耸立挺拔，与落霞中飞舞的禽鸟野鸭相齐平。清脆的钟磬声唤起了水下的潜龙。鹜(wù)：野鸭。磬(qìng)：佛寺中使用的一种钵状物，用铜铁铸成，既可作念经时的打击乐器，亦可敲响集合寺众。螭(chī)：传说中一种没有角的龙。

千年基王业，来游有所思——这两句是说：这里是可以建立千年帝王之业的形胜之地，来到这里，使人不由得发思古之幽情。

这首五言律诗是一首记游的作品。首联写途中景象，诗人横渡长江，面对茫茫江景，临江祭酒。颔联写焦山的地理位置，它正好位于长江的中央。全诗只有颈联是正面写焦山景色的。作者只选取了"高台"和"清磬"两个有代表性的意象，写出了焦山庄严肃穆的特点。颔联和颈联对仗工稳。尾联以己推人，地理形胜使来游之人生起无限的怀想与惆怅。

送 行

【题解】

这是一首写送别的诗歌。诗人要送的是一位和自己非常要好的朋友,离别正是冬季,诗人对这位朋友的离去感到异常伤感,诗中情绪低落,百无聊赖。

牢落三杯酒,飘摇一叶舟。行人还远路,寒色上貂裘。
此日伤离别,还家足唱酬。萧斋烦扫榻,为我醉眠谋。

【新解】

牢落三杯酒,飘摇一叶舟——这两句是说:人生啊真是像一叶江中的小船一般四处飘摇,在寂寞的时候我还可以找你喝上几杯酒。牢落:孤寂,无所聊赖。

行人还远路,寒色上貂裘——这两句是说:现在你这个即将离开的人就要踏上征途了,此时虽然你身着貂裘,似乎依然挡不住天气的严寒。

此日伤离别,还家足唱酬——这两句是说:今天因为离别而感伤,回家以后就好好地为我写诗,告诉我你的情况。唱酬:作诗词互相酬答。

萧斋烦扫榻,为我醉眠谋——这两句是说:你离开了,我就回家去清扫干净书斋里的灰尘,打算天天喝酒睡觉。萧斋:书斋的别称。扫榻:扫去床上的灰尘。

【新评】

这是一首送别诗,诗作以慨叹人生居无定所和知己难求入题,点明题旨。首联采用了对仗。颔联中道出送别的环境,此时正是深冬时节。这里的"寒"字不仅仅是写外界自然环境,同样也是对诗人面临送别时内心感受的刻画。寄情于景。颈联是分别之际朋友间的殷殷寄语。希望此别之后能经常得到老朋友的问候。尾联是诗人对自己日后生活的打算。身边没有了知己,诗人准备日日醉眠,以酒浇愁,以酒遣兴。整首作品情感氛围寂寥伤感,充满着朋友即将离去的失意和落拓。

桃花庵与祝允明、黄云、沈周同赋(五首选二)

【题解】

这些作品是诗人与祝允明、黄云、沈周一起在桃花庵中畅饮观景时写下的诗歌。祝允明(1460—1527):字希哲,号枝山,任过南京应天府通判,所以又有"祝京兆"之称。长洲(今江苏吴县)人,与唐寅、文徵明、徐祯卿齐名,史称"吴中四才子"。有家学渊源,能诗文,工书法。黄云:字应龙,苏州昆山县人。能诗文,善书法。沈周

(1427—1509):明代画家,字启南,号石田,晚号白石翁,江苏长洲(今苏州吴县)人。

茅茨新卜筑,山木野花中。燕婢泥衔紫,狙公果献红。
梅梢三鼓月,柳絮一帘风。匡庐与衡岳,仿佛梦相通。

茅茨新卜筑,山木野花中——这两句是说:桃花庵刚刚在选择好的地方建成,坐落于青山翠木、苍林野花的环绕之中。茅茨:茅屋,指唐伯虎在苏州桃花坞所筑桃花庵。卜筑:选择地点建筑房屋。这两句写桃花庵的建成和周围环境。

燕婢泥衔紫,狙公果献红——这两句是说:茅屋周围燕子翻飞,衔着紫泥修筑它们的爱巢,猴子听话地将鲜红的山果献给主人。燕婢:燕子。泥衔紫:燕子衔紫泥筑燕巢。狙(jū)公:本指养猴子的人,这里指猴子。

梅梢三鼓月,柳絮一帘风——这两句是说:三更时分,春月的光华从梅梢洒落,春风拂动门帘,飘进片片柳絮。三鼓:三更。

匡庐与衡岳,仿佛梦相通——这两句是说:桃花庵中的生活是如此畅快,似乎与庐山和衡山魂梦相通。匡庐:庐山,在江西省九江市南。衡岳:南岳衡山。在湖南省中部。

泉源深逶迤,嘉树乱芳妍。地缩武陵脉,轩开蔚蓝天。
寄情聊蚱蜢,随手奏觥船。别撰游仙调,临池促管弦。

泉源深逶迤,嘉树乱芳妍——这两句是说:泉水的源头渺远曲折,水边修树迎风,芳花满枝。逶迤:曲折绵延的样子。嘉树:佳树,姿态美好的树。芳妍:花朵。

地缩武陵脉,轩开蔚蓝天——这两句是说:桃花庵的风景堪比缩小的武陵山,打开房间就可以看到碧蓝如洗的长空。武陵脉:武陵山,在湖南省西北部及湖北等省边境。其中景色独绝,有奇峰、怪石、幽谷、碧水、林莽、苍松以及各种珍禽异兽,堪称人间仙境。轩:带窗户的长廊或小屋子。

寄情聊蚱蜢,随手奏觥船——这两句是说:在这里一边喝酒,一边随意聊起田间农事,以寄闲散之幽情。蚱蜢:蝗虫。这里指农事。觥(gōng)船:容量大的饮酒器。

别撰游仙调,临池促管弦——这两句是说:另外写几首游仙诗,在水池边奏响管弦之乐来演奏。游仙调:游仙诗,诗体名,指借描述"仙境"寄托思想感情的诗歌。管弦:管乐器和弦乐器,泛指音乐。

这组作品共五首,主要写桃花庵周围清雅的环境和诗人愉悦的心情。风格清秀雅逸,有出尘之致。此选二首。第一首表达了诗人对新筑居所远离俗世,与自然生物和平共处的景象和怡然自得的心境。第二首则抒发了诗人和朋友在一起共赋新词,同赏乐曲,闲聊农事的闲散快乐。两首作品语言自然清新,欢快的心情溢于言表。

题溪山叠翠卷

叠翠:林木青翠重叠。卷:横长方形的书画作品。这是一首题山水画的作品。诗歌在描绘画面景色的同时为原作增添悠远的韵致。

春林通一径,野色此中分。鹤迹松阴见,泉声竹里闻。
草青经宿雨,山紫带斜曛。采药知何处,柴门掩白云。

春林通一径,野色此中分——这两句是说:春日青翠茂密的山林中曲径通幽,画面上的景色被小路分为两部分。野色:原野或郊野的景色。

鹤迹松阴见,泉声竹里闻——这两句是说:松阴中似乎可以看见白鹤走过的痕迹。在深幽的竹林中听到了叮咚的泉水声。鹤迹:鹤的足迹。这两句写景细致入微。

草青经宿雨,山紫带斜曛——这两句是说:草色碧绿是因为有连日来雨水的冲刷,远山笼罩在落日的余辉中,泛起微微的紫色。宿雨:连日的雨水。斜曛(xūn):落日的馀辉。

采药知何处,柴门掩白云——这两句是说:那个在山中采药的人也不知道去了什么地方,只看到白云在他的柴门前萦绕飘飞。此两句化用唐代贾岛《寻隐者不遇》:"松下问童子,言师采药去。只在此山中,云深不知处。"

唐伯虎不但精通绘画,而且长于诗歌,他善于用文学的语言将画面上的无尽意味阐释给读者。此诗首联从宏观上把握画面布局,重点落在一个"春"字上,点出画面所绘时节。颔联采用虚笔,写景细到不易为人注意的地方,"鹤迹松阴见",画面上不一定会有鹤,更不一定会有鹤迹,但这样写来,画面高古的精神立即显现。"泉声竹里闻"句更是有声有色。颈联着重写画面颜色的布局。草色经雨水冲洗青翠欲滴,斜阳为山边涂上一层淡淡的紫色。如此颜色,令人陶醉。尾联诗人再次采用虚笔。

画面中仅有"柴门掩白云",诗人却因而想象出"采药知何处"。作品虚实结合,语言清新淡雅,诗中有画。袁宏道评:"好。"

听弹琴瑟

这是一首用语言表现声音艺术的作品。琴瑟:指琴与瑟两种弦乐器。古代经常用来合奏。也用以比喻夫妻感情和谐或兄弟、朋友的融洽情谊。

高厦列明灯,展瑟复张琴。柔丝乱弱指,递节赴繁音。
宾雁难齐布,金星合漫寻。相逢且相乐,不惜解罗襟。

高厦列明灯,展瑟复张琴——这两句是说:高大的房间中灯火通明,排列好琴和瑟准备演奏。展、张:都是排列的意思。

柔丝乱弱指,递节赴繁音——这两句是说:纤纤细指在琴瑟的丝线之间来回拨动,音乐节奏逐渐升高,直到演奏出繁密的音调。递节:急促的逐渐攀升的节奏。繁音:繁密的音调。

宾雁难齐布,金星合漫寻——这两句是说:琴瑟合鸣恰似天空中同飞的鸿雁,音节契合,优美动听。宾雁:鸿雁。语本《礼记·月令》:"(季秋之月)鸿雁来宾。"金星:指琴上的金色轸。这两句写琴瑟合奏的和谐动听。

相逢且相乐,不惜解罗襟——这两句是说:朋友在这里相逢,有幸听到如此美妙的音乐,不如解开衣襟,开怀畅饮!

用语言艺术表现声音艺术的作品,文学史上最为人称道的就是唐代白居易的《琵琶行》和唐代韩愈的《听颖师弹琴》。这两首作品都能够具体形象地用语言写出音乐的美感。唐伯虎的这首五言律诗限于篇幅,没有详细地写出听音乐的艺术感受,而是将笔墨集中在描绘琴瑟和鸣的和美氛围,渲染宾客相逢的欢快情绪上,表达出豪放快乐的情感体验。

赠 寿

这是一首为老者祝寿的作品。诗歌格调清远脱俗,用笔圆润熟练,应是诗人后期创作的作品。

沧海黄金阙,蓬莱白玉楼。仙游骑鹤背,天遣戴鳌头。
潮汐无时定,帘栊总驾浮。乘桴羡高蹈,试问几添寿?

【新解】

沧海黄金阙,蓬莱白玉楼——这两句是说:大海中用黄金做的城门,仙岛上用白玉修建的城楼。沧海:大海。阙(què):城门。蓬莱:古代传说中海上的仙山之一,这里指仙境。

仙游骑鹤背,天遣戴鳌头——这两句是说:过寿者如同神仙一样骑在仙鹤的背上。他曾经受上天的厚爱而独占鳌头,考中状元。仙游:像神仙一样遨游。鳌头:唐宋时翰林学士、承旨等官朝见皇帝时立于镌有巨鳌的殿陛石正中,因称入翰林院为上鳌头。

潮汐无时定,帘栊总驾浮——这两句是说:世事变换,他却总能泰然处之。潮汐:由于月球对地球引力不同所引起的水位的周期性升降现象,这里暗喻世事如潮汐般变换。帘栊:窗帘和窗牖,也泛指门窗的帘子。

乘桴羡高蹈,试问几添寿——乘桴:乘坐竹木小筏。高蹈:隐居,也指隐士。这两句是说:羡慕你这样自在生活的高士,这样的生活一定会为你增添更长的寿命。

【新评】

这是一首为老者祝寿的诗,诗歌带有浓浓的神仙气息。作品采用大胆的夸张和想象,用赋体的笔法铺陈排列做寿者的年龄之高,气格之高。首联描写出一个海上仙境,"黄金"、"白玉"的运用为诗歌增添了许多富丽喜庆之气。颔联写做寿者人生的得意与自在。颈联和尾联对老者驾驭人生的能力做了概括并表达自己的追慕之情。全诗不落俗套,能推陈出新,见出诗人的匠心独具。

题张梦晋画

张梦晋:即张灵。字梦晋,吴郡(今苏州)人,明代诗人、画家。唐寅好友,家贫嗜酒,与唐寅为邻。人称"酒狂"。擅长书法,工诗文,善画。他画的人物,冠服玄古,行色清真,无卑庸之气。间作山水,笔秀绝尘。这是一首题画诗。

绿崖入翠微,岚气湿罗衣。涧水浮花出,松云伴鹤飞。

行歌樵互答,醉卧客忘归。安得依书屋?开窗碧四围。

绿崖入翠微,岚气湿罗衣——这两句是说:隐隐青山中突现出一块绿色的山崖。崖际浓浓的雾霭似乎可以打湿人的衣襟。翠微:青翠的山色,这里指山上青翠幽深的地方。岚气:山中雾气。这两句是总写画面上的景象。

涧水浮花出,松云伴鹤飞——这两句是说:鲜艳的山花漂浮在流水上,随水而出。松林茂密若云,群鹤在其中振翅翱翔。这两句具体写画面上的景物,可谓有静有动,有声有色。

行歌樵互答,醉卧客忘归——这两句是说:樵夫们一边走一边互相答唱山歌,来山里游玩的人欣赏其中景致,高兴得喝醉了酒,忘记了归家。行歌:边行走边歌唱。这两句描绘画面上的人物,真切得似乎可以看见其神情。

安得依书屋?开窗碧四围——这两句是说:如何才能依靠在画中的书屋里,一打开窗户就可以看见满眼翠绿的颜色。

张灵的绘画笔秀绝尘,唐伯虎此作同样清雅秀丽,与原画相得益彰。作品首联对画面景象作了总体描绘。有视觉的感受,也有触觉的感受。让观赏者不只是在欣赏一幅画,而是将读者带入画中的境地,让他们身临其境。领联和颈联具体写了画面上的水与花,松与鹤。这两句动静相生,声色相依。语言竟似画笔一般将景物描摹殆尽,而又有无穷意趣寓于笔端。最后两句写想象,激活了整幅作品,有画龙点睛之妙,真是神来之笔。

庐　山

此诗写于弘治十四年辛酉(1501)。庐山:又名"匡山"、"匡庐"。在江西省九江市南,北滨长江,东临鄱阳湖。主峰汉阳峰,海拔1474米。山中群峰林立,飞瀑流泉,林木苍翠,云海弥漫。这是一首重在写庐山景色的作品。

匡庐山高高几重,山雨山烟浓复浓。
移家未住屏风叠,骑驴来看香炉峰。
江上乌帽谁渡水,岩际白衣人采松。
古句磨崖留岁月,读之漫灭为修容。

匡庐山高高几重,山雨山烟浓复浓——这两句是说:庐山山峰秀美挺拔,一个山峰高过一个山峰,不知道它到底有多高,烟雨雾霭在山岭中飘荡,为庐山涂上了浓浓的黛色。匡庐:庐山。这两句是对庐山景物的整体把握。

移家未住屏风叠,骑驴来看香炉峰——这两句是说:我搬家可惜没有搬到庐山中的屏风叠,只好骑着驴远路赶来观赏庐山香炉峰。屏风叠:地名,位于庐山中。唐李白《赠王判官时馀归隐居庐山屏风叠》:"吾非济代人,且隐屏风叠。"香炉峰:在庐山西北,因形似香炉且山上经常笼罩着云烟而得名。李白《望庐山瀑布》:"日照香炉生紫烟,遥看瀑布挂前川。飞流直下三千尺,疑是银河落九天。"

江上乌帽谁渡水,岩际白衣人采松——这两句是说:江上戴乌帽渡水者不知是哪位隐士,山岩间穿白衣的高士在采摘松籽。乌帽:黑帽,古代贵者常戴,隋唐后多为庶民、隐者之帽。白衣:指隐居之人。

古句磨崖留岁月,读之漫灭为修容——这两句是说:很早以前山崖上刻下的诗句记录了岁月的痕迹,这些字已经被岁月的风雨所剥蚀,想要阅读,还得用手擦去字迹表面的土和草。磨崖:磨平山崖石壁镌刻文字。漫灭:被磨灭,模糊难辨。北宋王安石《游褒禅山记》记有:"有碑仆道,其文漫灭,独其为文犹可识,曰'花山'。"

这是一首记游的诗歌。诗人首先对庐山进行整体的描述:山峰连绵,重重叠叠,直耸入云,山间云雾缭绕,云烟满目。其次诗人写自己的行踪。颔联诗人用"江上乌帽谁渡水,岩际白衣人采松"写远观所见,虽没有正面写香炉峰的景色,但通过"乌帽"、"白衣"的点缀写出了香炉峰之精神:"山不在高,有仙则名。"诗作最后两句:"古句磨崖留岁月,读之漫灭为修容"点出香炉峰历时之久远,山间石上的题字更增添了庐山的文化内涵。此诗写景并没有正面写山间景物,而是用侧面烘托的手法,写出了山的精神。

霜中望月,怅然兴怀

这是一首写秋日望月的作品,其中寄托着诗人对故乡的思念,和内心的愁思。怅然:失意不快乐的样子。兴怀:引起感触。

高天绿色静沉沉,银月飞光彩雾深。

来鸿去雁无留影，鸣机急杵动愁心。
色连太液珠迷海，影照扶桑雪作林。
不是王生悲异国，自缘风物重沾襟。

高天绿色静沉沉，银月飞光彩雾深——这两句是说：秋高气爽，天际遥远，墨绿色的天空深沉而宁静，银亮的月色穿过浓浓的彩雾，洒落人间。这两句写秋日夜间天空的景色。

来鸿去雁无留影，鸣机急杵动愁心——这两句是说：鸿雁在天空中来往盘旋，去留无迹。札札的织布机声和急促的捣衣声牵动了游子的离乡之愁。杵（chǔ）：捶衣用的短木棒。

色连太液珠迷海，影照扶桑雪作林——这两句是说：月色洒在太液池中，水光荡漾，海面上仿佛洒下了无数璀璨的明珠。月华照在扶桑树上，幻化出一片美丽的雪林。太液：太液池。今北京故宫西华门外的中海、南海、北海三海，明代统称为太液池。扶桑：古代神话中海外的大树，据说太阳从这里出来。

不是王生悲异国，自缘风物重沾襟——这两句是说：不是因为王粲多愁善感而生起异国之悲，主要是因为眼前异乡的景物惹起他内心深沉的伤感。这两句看似写王粲，实则写自己。王生：指王粲。汉末动乱，王粲赴荆州依附刘表，曾登楼而作《登楼赋》，中有："情眷眷而怀归兮，孰忧思之可任？凭轩槛以遥望兮，向北风而开襟。平原远而极目兮，蔽荆山之高岑。路逶迤而修迥兮，川既漾而济深。悲旧乡之壅隔兮，涕横坠而弗禁。"以此抒发思念故土的情怀。此用其事。风物：一个地方特有的景物。重（zhòng）：程度深。

这首七言律诗在写景中抒情。首联写景有深远温暖的格调，描摹如画。颔联则通过眼前之景与耳中之声兴起诗人的愁绪。颈联写景广阔清寒，与诗人内心情感相呼应。尾联写出自己伤感的原因：异乡的景物触动了诗人的愁思。作品起、承、转、合自然顺畅。颔联与颈联对仗工稳，景象阔大。作品中情与景达到了完美的结合。

睡　起

这是唐伯虎中年时期的作品。诗歌以浅近直白的语言描述了人到中年时期百无聊赖的心情，同时也传达出此时诗人心境的淡泊闲适。

纸帐空明暖气生,布衾柔软晓寒轻。
半窗红日摇松影,一甑黄粱煮浪馨。
残睡无多有滋味,中年到底没心情。
世人多被鸡催起,自不由身为利名。

纸帐空明暖气生,布衾柔软晓寒轻——这两句是说:用藤皮茧丝缝制的帐子又明亮又透气,帐中已有了些许暖意。布被轻柔温软,清晨已经没有了多少寒冷的感觉。纸帐:用藤皮茧丝缝制的帐子。明代高濂《遵生八笺》卷八记载,其制作方法是:"用藤皮茧纸缠于木上,以索缠紧,勒作皱纹,不用糊,以线折缝缝之。顶不用纸,以稀布为顶,取其透气。"布衾(qīn):布被。

半窗红日摇松影,一甑黄粱煮浪馨——这两句是说:醒后看到红红的太阳已照在窗户上,松树的影子也在窗前摇动。这一觉睡得真舒服,蒸在甑上的黄米饭散发出诱人的香味。甑(zèng):古代炊具,底部有许多透蒸汽的小孔,放在鬲上蒸煮。黄粱:黄米饭。馨:香。"一甑黄粱煮浪馨"句暗用"黄粱一梦"的典故。

残睡无多有滋味,中年到底没心情——这两句是说:没睡多长时间懒觉却非常舒服。人到中年,就对什么事情都失去了兴趣。残睡:睡懒觉。

世人多被鸡催起,自不由身为利名——这两句是说:世上的人们大多是鸡鸣即起,劳碌奔波,身不由己,都是为了功名利禄啊!

此诗从语言上充分体现了唐伯虎中期学习白居易的痕迹,浅显平易,不事雕饰。作品一方面体现了诗人的慵懒闲适,另一方面却也体现了诗人洞明世事的练达心态。其中"黄粱一梦"典故的运用是全诗核心所在。"世人多被鸡催起,自不由身为利名"是对该典故更进一步的诠释。以诗人残睡之舒适与世人奔波忙碌进行对比,深化了主题,突出了主旨。

赠南野

南野:南面的田野,这里指隐居在南野中的人。这首作品通过描写隐居于南野中的隐者淳朴自在的生活,抒发了诗人不得舒展心中抱负,意欲遁世的思想。

野人茅屋向阳开，荆织双扉土筑台。
尽有鸡豚供伏腊，喜无玉步到蒿莱。
晓依寒日暴毛褐，夜对中星举酒杯。
我亦陆沉斯世者，买邻何日许相陪？

野人茅屋向阳开，荆织双扉土筑台——这两句是说：隐居在南野中的人住在向阳的茅屋中，两扇门用藤条编织而成，灶台用土修筑成。野人：乡野之人，借指隐逸者。扉：门。这两句写了隐居之人简单淳朴的生活。

尽有鸡豚供伏腊，喜无玉步到蒿莱——这两句是说：每年在祭祀的时候有很多的鸡和猪，可以尽情地享受节日的快乐，更让人高兴的是没有那些身份尊贵的人来打扰。伏腊：两种祭祀的名称。"伏"在夏季伏日，"腊"在农历十二月。玉步：合乎礼法的行步，代指有身份有地位的人。蒿莱：野草，杂草，这里指隐居者所居之处。

晓依寒日暴毛褐，夜对中星举酒杯——这两句是说：早晨坐在微冷的阳光中晒太阳，晚上就坐在星光下饮酒作乐。暴(pù)：同"曝"，晒。毛褐：兽毛或粗麻制成的短衣。中星：二十八宿分布四方，按一定轨道运转，依次每月行至中天南方的星叫中星。观察中星可确定四时。

我亦陆沉斯世者，买邻何日许相陪——这两句是说：我也是一位在这个世界中不得志的人，我打算哪天买你隔壁的房子，和你一起隐居。陆沉：比喻隐居或埋没不为人知。买邻：典出《南史·吕僧珍传》。其中记载："宋季雅罢南康郡，市宅居僧珍宅侧，僧珍问宅价，曰：'一千一百万。'怪其贵，季雅曰：'一百万买宅，千万买邻。'"后因称为求得好邻居而买宅为"买邻"。

此作可分为两大部分理解。首联、颔联、颈联都是对隐居者生活状况的描绘。是诗歌的第一部分。在这部分简单的叙述中饱含着诗人对隐者生活的向往之情。尾联是诗歌的第二部分。是诗人的内心剖白，表现了诗人厌弃红尘，向往简单淳朴生活的理想。诗歌形式一如内容，率性而不加修饰，体现了诗人的人生追求。

江南送春

唐伯虎后期为生活所迫，不得不游走于他乡异县。这首诗歌写诗人在外经过一段时期的漂泊之后回归江南，看到江南春天逝去时的感伤无奈。

细雨帘栊复送春，倦游肌骨对宗人。
一番樱笋江南节，九十光阴镜里尘。
夜与琴心争密烛，酒和香篆送花神。
东君类我皆行客，萍水相逢又一巡。

细雨帘栊复送春，倦游肌骨对宗人——这两句是说：隔着帘子看着春天的细雨，春天又一次要离去了。在外漂泊已觉倦怠，拖着疲惫的身躯回到故乡，看到了家乡的亲人。帘栊：窗帘和窗牖。泛指门窗的帘子。宗人：同族的人。

一番樱笋江南节，九十光阴镜里尘——这两句是说：一番春日盛大的宴会过后，春季就如同镜中的尘土一样，匆匆地不见了它的踪迹。樱笋江南节：以樱桃、春笋作佳馔的宴会。亦泛指春宴。九十光阴：指春季三个月。

夜与琴心争密烛，酒和香篆送花神——这两句是说：蜡烛照亮了夜晚，也照亮了寄托在琴声中悠悠的情思，用酒和香篆来祭送掌管百花的女神。琴心：寄寓于琴声的心思。密烛：蜡烛。香篆：香炷，点燃时烟雾上升缭绕形似篆文，故称。花神：掌管花的神。

东君类我皆行客，萍水相逢又一巡——这两句是说：掌管春天的神仙和我一样都是匆匆过客，我们在这里只是偶尔相逢了这么一次罢了。东君：司春之神。

诗歌虽非写景，其中意境却似一幅油画。画中细雨纷飞，春花凋零，伤春的人在屋中透过窗帘，悲伤地看着江南春天渐行渐远。在黯淡的夜色中点燃蜡烛，弹一首伤感的琴曲，洒一杯酒，焚一炷香，送别这个令人销魂的季节。叙述中透露出淡淡的伤感，而这伤感在"东君类我皆行客，萍水相逢又一巡"句中达到高潮。此句中拟人手法中又带有对比的意味，说自己与春天一样，都只是匆匆过客而已。任谁读到此处，能不为之心碎！袁宏道评此诗："好。"

登吴王郊台

吴王郊台：春秋时期吴王阖闾所建。位于苏州石湖岸边上方山与茶磨屿之间，是吴王在郊外祭天祀地的场所。据《周礼》记载，天子通过祭祀活动，祈祷神佑，保佑四海之内风调雨顺，全国上下国泰民安。

昔人筑此不论程,今日牛羊向上行。
吴儿越女齐声唱,菱叶荷花无数生。
南山含雨眉俱润,西湖映日掌同平。
本由万感销非易,讵言哀乐过群情。

昔人筑此不论程,今日牛羊向上行——这两句是说:古人为了修筑这个祭台,不知道花费了多长时间的日程,现在却破败不堪,但见牛羊悠闲地行走在上面。

吴儿越女齐声唱,菱叶荷花无数生——这两句是说:当年曾经是两个敌对的吴国和越国,现在两国的人民已经在一起和平安宁地生活了。这个地方盛开着无数的荷花,水面上漂浮着成片的菱叶。

南山含雨眉俱润,西湖映日掌同平——这两句是说:荆南山在雨中如眉毛般润泽灵秀,西湖在夕阳下似手掌般平远阔大。南山:指荆南山,亦名君山、铜官山,在今江苏宜兴县南。西湖:浙江省杭州市区西。汉时称"明圣湖",唐时因在城西,始称"西湖"。

本由万感销非易,讵言哀乐过群情——这两句是说:看到眼前景象,内心百感交集,难以消解,难道说自己的情感比一般人要强烈得多? 讵(jù)言:难道说。

这是一首咏史诗。在唐伯虎的作品中,咏史的作品只占少数。这篇作品中诗人通过吴王郊台在时间变迁中的巨大变化,感喟历史变换沧海桑田的巨大力量。过去的已经是历史,现在的也即将会被历史的巨浪带走。面对历史,诗人感慨万千。诗人没有说自己到底是喜是乐,而这喜这乐都来得如此强烈深沉。"本由万感销非易,讵言哀乐过群情"平淡的一句反问,掩盖了诗人内心掀起的波涛滚滚,于无声处见真情。

仲夏三十日陪宏农杨礼部、丹阳都隐君虎丘泛舟

这是一首记游诗。仲夏:夏季的第二个月,即农历五月。宏农杨礼部:杨宏农,担任礼部之职。礼部,古代官署。考吉、嘉、军、宾、凶五礼之用;管理全国学校事务及科举考试及藩属和外国之往来事。丹阳都隐君:隐居于丹阳的隐士。虎丘:地名。位于

苏州城外一座仅30余米高的小山丘上,有"吴中第一名胜"的称号。

> 朱明丽景属炎州,兰桡桂楫逐娱游。
> 逐荫追飙暂容与,回波转藻若夷犹。
> 日承绮扇钗光发,山入仙杯酒气柔。
> 幸奉瑶麾论所愿,皓首期言伏山丘。

朱明丽景属炎州,兰桡桂楫逐娱游——这两句是说:江南一带阳光和煦,色彩明丽,人们划着小船在水面上尽情游玩。朱明:太阳。炎州:泛指南方广大地区。《楚辞·远游》:"嘉南州之炎德兮,丽桂树之冬荣。"兰桡:小舟的美称。桂楫:用桂木作的船桨。亦泛指桨。

逐荫追飙暂容与,回波转藻若夷犹——这两句是说:小船一会儿在水面上追逐荫凉,追赶风浪,缓慢前行。一会儿又在水波中回荡,转过水藻从容而舒缓。飙:疾风,旋风。容与:缓慢前进的样子。夷犹:从容、舒缓的样子。

日承绮扇钗光发,山入仙杯酒气柔——这两句是说:太阳照在女子们手中用彩色丝织品做成的扇子上,色彩斑斓,她们头上的发饰在阳光下熠熠生辉。我们的酒杯中倒映出山的轮廓,酒气清香绵柔。绮扇:用有花纹或图案的丝织品做成的扇子。

幸奉瑶麾论所愿,皓首期言伏山丘——这两句是说:我有幸能忝列麾下,说出心中的希望,但愿我老了以后能够如愿以偿地生活在这里。

这是一首记游诗。可分为两部分理解。前三联是第一部分,主要写了当日游览虎丘时的天气情况,水中泛舟的过程,以及在水边观赏风物的景况。最后两句是第二部分,写出了诗人在尽情游览之后内心的期望。此诗好在不仅能从宏观的方面入手写景,而且能从细微的地方进行渲染。宏观者如"朱明丽景属炎州,兰桡桂楫逐娱游"两句,铺陈渲染当日游览之乐。细微者如"日承绮扇钗光发,山入仙杯酒气柔"两句,用色彩和光泽点染游览之景,更见情趣盎然。前三联的写景恰到好处,最后的抒情也是水到渠成。

游金山

这是一首诗人后期写下的记游诗。金山:位于江苏省镇江市西北。以前山在江中,后水退去,沙涨成陆。古称伏牛、浮玉、氐父、获符、金鳌等名,后因唐代裴头陀于江边获金,改名为"金山"。

孤屿崚嶒插水心,乱流携酒试登临。
人间道路江南北,地上风波世古今。
春日客途悲白发,给园兵燹废黄金。
阇黎肯借翻经榻,烟雨来听龙夜吟。

孤屿崚嶒插水心,乱流携酒试登临——这两句是说:孤岛插在水中,是那样巍峨高大,随身携带着酒,横渡江河,试图登临孤岛。孤屿:孤立的岛屿。崚嶒(língzhēng):形容山高的样子。乱流:横渡江河。

人间道路江南北,地上风波世古今——这两句是说:人间的道路通往大江南北,世上的风波古往今来未能停息。

春日客途悲白发,给园兵燹废黄金——这两句是说:春日在去金山寺的路途中我为年龄老大而伤感。金山寺已因战乱的破坏而残败不堪。给(jǐ)园:"祇树给孤独园"之省称。佛经记载,当日须达多长者欲购买祇陀太子的一座花园为佛陀建精舍,太子不愿,于是提出以黄金铺满花园为条件,须达多果然以金布地。太子感其诚心,遂将园中树林供奉佛陀。故以二人名字将此园命名为祇树给孤独园。亦泛指佛寺。兵燹(xiǎn):战火焚毁破坏。

阇黎肯借翻经榻,烟雨来听龙夜吟——这两句是说:寺庙里的僧人借给我们经榻以便夜间住宿,晚上在满山的烟雨之中静听波涛之声。阇(shé)黎:"阿阇梨"的略称,梵语的音译,佛家语。指教育僧徒的高僧,泛指僧人。龙夜吟:指夜晚波涛怒吼之声。

诗歌寄托着诗人内心对红尘俗世无限的倦怠情感。其中"人间道路江南北,地上风波世古今"是点题之笔,包含着诗人对人生无尽的感喟,因此有"春日客途悲白发"之语。但诗人并未一味抒情,而是以"阇黎肯借翻经榻,烟雨来听龙夜吟"句做结束,以景语结情语,韵味无穷,给读者无限的回味空间。

严 滩

严滩：即严陵濑。在浙江桐庐县南，相传为东汉严光隐居垂钓处。东汉严光（字少陵）少曾与光武帝（刘秀）同学，有高名。刘秀称帝后，严光改变姓名隐遁于富春山，后人因称其垂钓处为严陵濑、严滩。

汉皇故人钓鱼矶，渔矶犹昔世人非。
青松满山响樵斧，白舸落日晒客衣。
眠牛立马谁家牧，鸂鶒鸬鹚无数飞。
嗟余漂泊随饘粥，渺渺江湖何所归。

汉皇故人钓鱼矶，渔矶犹昔世人非——这两句是说：这里曾经是东汉皇帝刘秀的朋友垂钓的地方，遗憾的是时移世易，石滩犹在，其人已逝。矶：水边突出的岩石或石滩。这两句有"年年岁岁花相似，岁岁年年人不同"的感喟。

青松满山响樵斧，白舸落日晒客衣——这两句是说：山上松树郁郁葱葱，传来一阵阵砍伐树木的声音。夕阳西下的时候客人在船只上悠闲地晒太阳。舸：大船。

眠牛立马谁家牧，鸂鶒鸬鹚无数飞——这两句是说：水岸边那些躺着睡觉的牛，站着吃草的马，是谁家放牧的呢？无数水鸟在滩边自在飞翔。鸂鶒（xīchì）：水鸟名，形似鸳鸯而稍大，多紫色，雌雄偶游。鸬鹚：水鸟名。俗叫鱼鹰、水老鸦。羽毛黑色，有绿色光泽，颔下有小喉囊，嘴长，上嘴尖端有钩，善潜水捕食鱼类。这两句与上两句同样描绘出一种慵懒闲适的情景。

嗟余漂泊随饘粥，渺渺江湖何所归——这两句是说：可叹我到处漂泊，生活艰难，大千世界中何处是我的归依呢？饘（zhān）粥：稠粥，泛指粥饭。这两句诗人颇多慨叹。

唐伯虎长于绘画，因此他的写景诗歌多少都带有一些绘画的笔法在里面。这首作品中的景色描写极有意味。其中"青松满山响樵斧，白舸落日晒客衣""眠牛立马谁家牧，鸂鶒鸬鹚无数飞"造景自在闲适。两句中有暖色调的夕阳，它为水边的眠牛、立马、鸂鶒、鸬鹚途上了一层暖暖的色彩，体现出诗人内心的喜悦和沉醉。其中也有冷色调的青松和白舸，它们的存在体现出诗人内心的忧郁和伤感。面对如此情景,诗人"嗟余漂泊随饘粥,渺渺江湖何所归"这样情感的出现就不显得突兀,而是水到渠成,顺理成章。一幅优美的隐逸图,勾起了诗人对自己身世归于何处的慨叹。诗歌起承转合恰到好处,见出娴熟的笔法。

和沈石田落花诗(三十首选二)

【题解】

此诗作于弘治十七年甲子(1504)。和:指作诗与别人互相唱和。沈石田:即沈周,字启南,号石田,晚号白石翁,江苏吴县人。明代画家,与文徵明、唐伯虎、仇英合称"明四大家"。

其　一

今朝春比昨朝春,北阮翻成南阮贫。
借问牧童应没酒,试尝梅子又生仁。
六如偈送钱塘妾,八斗才逢洛水神。
多少好花空落尽,不曾遇着赏花人。

【新解】

今朝春比昨朝春,北阮翻成南阮贫——这两句是说:今年的春天和去年的春天一样,然而人生却变化无常。原来富贵的人现在反而变的贫穷了。北阮:晋朝阮咸家住路南,诸阮住路北,北阮富而南阮贫。

借问牧童应没酒,试尝梅子又生仁——这两句是说,询问牧童酒家在何处,他一定会说,在这样的地方是没有酒店的。试尝一下树上的梅子,可惜已经生出了果仁。前一句化用杜牧《清明》:"借问酒家何处有？牧童遥指杏花村。"

六如偈送钱塘妾,八斗才逢洛水神——这两句是说:我送给钱塘歌女《金刚经》中的六如偈让她翻唱,如同当年曹植遇到了洛水女神激起了创作的情兴。六如:唐伯虎号"六如居士"。八斗才:三国时期曹植。南朝谢灵运说天下才共有一石,曹植独占八斗。洛水神:洛水女神。曹植在《洛神赋》中记有他在洛水遇女神宓妃之事。

多少好花空落尽,不曾遇着赏花人——这两句是说:有多少美好的东西就如同这枝头的鲜花一般空自凋零,不曾遇到一个懂得欣赏的人。这两句中的"好花"和"赏花人"都是隐喻,喻指所有美好的东西及懂得珍惜欣赏美好东西的人。

其 九

春尽愁中与病中,花枝遭雨又遭风。
鬓边旧白添新白,树底深红换浅红。
漏刻已随香篆了,钱囊甘为酒杯空。
向来行乐东城畔,青草池塘乱活东。

春尽愁中与病中,花枝遭雨又遭风——这两句是说:春天在我的愁和病中就过去了,枝头的花朵遭受到风雨的侵袭。

鬓边旧白添新白,树底深红换浅红——这两句是说:我的双鬓已经斑白,这几日又因伤春增添了更多白发。树叶中花朵大多已随风飘逝,浓艳的颜色变得浅淡了许多。

漏刻已随香篆了,钱囊甘为酒杯空——这两句是说:时间已随着香烛的烧尽而到了结束的时候,为了喝酒取乐,哪怕是倾其所有也心甘情愿。漏刻:我国古代一种计量时间的仪器。香篆:焚香出烟袅袅如篆字。

向来行乐东城畔,青草池塘乱活东——这两句是说:城东从来都是我们喝酒行乐的好地方,在这里可以看到青草池塘中随着流水得意游动的蝌蚪。活东:蝌蚪的异名。

第一首将花喻人,用好花无人赏隐喻才子的不遇。是作者心声的流露。

第九首将人与花合而为一,是写人,也是写花。"鬓边旧白添新白,树底深红换浅红"句可谓善画精神,写出了才子与春花的风情与感伤,描摹入骨。袁宏道评:"妙。"

唐伯虎咏落花的这三十首诗,是对所有落花的总结。咏颂同一个主题,诗歌很容易流于大同小异,但唐伯虎的这些诗歌却各有风情,各有特点,充分发挥了他长于写花的优点。虽然只有三十首诗歌,其中却包含着诗人的愁情千万,这样的心情,司春之神如何能明白!

三十首作品或一往情深,或伤怀落拓,或及时行乐,或埋怨伤感,写尽了面对落花的伤感,也表现了对美的凋零的悲叹。这些作品体现出的是一种悲剧的美感,让人撕心裂肺,痛苦缠绵。诗作字字珠玑,文采斐然。

元 宵

题解

唐伯虎诗歌中有多首写元宵节景象的作品,这是其中的一首,主要写了元宵节热闹的景象。

> 有灯无月不娱人,有月无灯不算春。
> 春到人间人似玉,灯烧月下月如银。
> 满街珠翠游村女,沸地笙歌赛社神。
> 不展芳尊开口笑,如何消得此良辰。

新解

有灯无月不娱人,有月无灯不算春——这两句是说:仅有花灯没有月亮不能让人玩得尽兴;只有月亮没有花灯却也不能算作是春天。

春到人间人似玉,灯烧月下月如银——这两句是说:春到人间,每个人看上去都是那样温润美丽,如同一块美玉。明亮的月光下布置着彩灯,月光更像是洒在地上的银子一般皎洁。

满街珠翠游村女,沸地笙歌赛社神——这两句是说:大街上到处都是盛装打扮前来观看花灯的女子。歌乐喧天,是人们在祭祀社神。赛社神:农家祭祀社神的活动。有春社、秋社两种。目的是酬谢社神,祈求丰收。

不展芳尊开口笑,如何消得此良辰——这两句是说:面对如此情景,如果还不高举酒杯尽情欢乐,怎样才能度过这样美好的夜晚呢!

新评

历来写元宵节的诗歌多不胜数。唐代诗人苏味道有《正月十五夜》:"火树银花合,星桥铁锁开。暗尘随马去,明月逐人来。"唐代诗人张说有《踏歌词》:"龙衔火树千灯焰,鸡踏莲花万岁春。"李商隐则有《正月十五夜闻京有灯,恨不得观》:"月色灯光满帝城,香车宝辇溢通衢。"白居易有《正月十五夜月》:"灯火家家市,笙歌处处楼。"都是对正月十五元宵佳节的歌咏。唐伯虎生活于明代,此时的元宵节景况更是热闹非凡。唐伯虎此诗正是对当年场景的生动描绘。用语浅白,几近俚俗,但却最能表现当时的热闹景象,因此也成为描写元宵节的名篇之一。

沈徵德饮予于报恩寺之霞鹜亭,酒酣赋赠

饮予:请我喝酒。报恩寺:此指苏州报恩寺。位于苏州城北。酒酣:谓酒喝得尽兴,畅快。

水槛凭虚六月风,豪英相聚一尊同。
水光错落浮瓜绿,日影玲珑透树红。
谬以上筵尊漫客,喜留新契在禅宫。
云衢万里诸公去,马笠不知何处逢。

水槛凭虚六月风,豪英相聚一尊同——这两句是说:水边的栏杆凌空修建,迎着六月的暖风,我们在这里相聚共饮美酒。水槛:临水的栏杆。凭虚:凌空。这两句点出相聚的地点。

水光错落浮瓜绿,日影玲珑透树红——这两句是说:阳光洒在水中,可以看到沉在水中用来消夏的瓜果是那样碧绿可人,太阳红彤彤的,从树木的掩映中照射过来是那样玲珑红艳。浮瓜:语出三国魏曹丕《与朝歌令吴质书》:"浮甘瓜于清泉,沉朱李于寒水。"是说用寒泉洗瓜果解渴。后因以"浮瓜沉李"代指消夏乐事。这两句写相聚的情景。

谬以上筵尊漫客,喜留新契在禅宫——这两句是说:你用这么正规的酒席来招待我这个散漫的人可就大错特错了,令我高兴的是把你这位新朋友留在了这个寺院中。谬:错误。谦词。上筵:上等酒宴。漫客:散漫的客人。新契:新结交的朋友。禅宫:寺院。

云衢万里诸公去,马笠不知何处逢——这两句是说:大家都登上高位,离我而去,不知道去哪里还能找到你这样不计较地位尊卑差别,能与我结交为友的人。云衢:云中的道路。这里比喻高位。马笠:犹"车笠"。指不因地位尊卑而改变的深厚友谊。《太平御览》卷四〇六引晋周处《风土记》:"越俗性率朴,意亲好合,即脱头上手巾,解腰间五尺刀以与之为交,拜亲跪妻,初定交有礼……祝曰:'卿虽乘车我戴笠,后日相逢下车揖;我虽步行卿乘马,后日相逢卿当下。'"

此诗是诗人在一次酣饮之后的作品,其中充满着欣喜与爽朗的情怀。设色明快,辞藻华美,风格流丽。颔联和颈联都采用了严格的对仗。其中"水光错落浮瓜绿,

日影玲珑透树红"句，把霞鹜亭饮酒时的景色描摹入画，在光影浮动与色彩斑斓中展现诗人对友谊的讴歌。

散　步

这是一首写景诗，诗歌中写了诗人散步时沿途看到的景象。于恬淡自然中隐藏着诗人一颗无比欣喜的心。

吴王城里柳成畦，齐女门前水拍堤。
卖酒当垆人袅娜，落花流水路东西。
平头衣袜和鞋试，弄舌钩辀绕树啼。
此是吾生行乐处，若为诗句不留题。

吴王城里柳成畦，齐女门前水拍堤——这两句是说：当年吴国城中杨柳成行，齐女门前春水拍打着堤岸。齐女门：城门名。也作"齐门"，古称"望齐门"，故址在今苏州市东北。据《吴越春秋·阖闾内传》记载：相传阖闾十年（前505），吴破齐，齐以女质，配与吴世子波。齐女思乡，日夜号泣成病，阖闾乃造此门，名"望齐门"，令齐女往游其上，后称齐门。这两句写景。

卖酒当垆人袅娜，落花流水路东西——这两句是说：卖酒的女子身姿袅娜，在路的两旁有春末的落花追逐流水。

平头衣袜和鞋试，弄舌钩辀绕树啼——这两句是说：男青年们鲜衣亮衫试穿新鞋新袜。鹧鸪欢快地绕树啼鸣。平头：即平头巾，古代男子束发的头巾。这里代指男子。弄舌：饶舌，掉弄口舌。钩辀：鹧鸪鸟的叫声。这里代指鹧鸪鸟。

此是吾生行乐处，若为诗句不留题——这两句是说：这个地方真是我这辈子行乐的好去处，为什么不好好地写几首诗来题咏它呢？

全诗采用白描手法写春天吴地景物。前三联都是平淡的记叙。笔触所及，有成畦随风舞动的杨柳枝；有泛着浪花向前涌动的春水；有当垆卖酒的袅娜女子；有追逐流水的落花；有调皮的青年后生；有绕树啼鸣的鹧鸪鸟。这些恰似一组剪贴画，只是淡淡地向前行进着，只有最后一联出现了诗人的身影。最后一联是诗歌的收束，恬淡自然中隐藏着诗人对吴地的无限热爱。

松陵晚泊

题解

这首诗写了诗人一次夜晚停泊的所见所感。松陵:唐代苏州镇名,即今天江苏省吴江县。泊:停船靠岸。

晚泊松陵系短篷,埠头灯火集船丛。
人行烟霭长桥上,月出蒹葭漫水中。
自古三江多禹迹,长涛五夜起秋风。
鲈鱼味美春醪贱,放箸金盘不觉空。

新解

晚泊松陵系短篷,埠头灯火集船丛——这两句是说:傍晚在松陵停船靠岸,码头上有灯火的地方船只停靠在一起。短篷:指小船。埠(bù)头:码头。

人行烟霭长桥上,月出蒹葭漫水中——这两句是说:夜晚人们走在云气和水气缭绕的长桥上,月光皎洁与水边的芦苇一起倒映在澄澈的水中。烟霭(ǎi):云气,云雾。蒹葭:水边生长的草,即芦苇。

自古三江多禹迹,长涛五夜起秋风——这两句是说:自古以来三江一带就留下了大禹为治水而奔忙的足迹。在这个地方,秋风整夜吹起高高的波浪。三江:这里指钱塘江、浦阳江和吴江。禹迹:相传大禹治水,足迹遍于九州,后因称中国的疆域为禹迹。五夜:犹言整夜。旧时把从黄昏到拂晓的一夜间分为五更,也称五夜。

鲈鱼味美春醪贱,放箸金盘不觉空——这两句是说:鲈鱼鲜美,醇酒香甜又便宜,美味的食物不知不觉就被吃光,只剩下一个空盘。春醪(láo):汁和滓混合的酒。

新评

袁宏道评此诗"入画",确能抓住此诗要点。尤其是此诗颔联:"人行烟霭长桥上,月出蒹葭漫水中"句,不仅对仗工稳,而且极有意境。诗歌不仅写到了当地的物景,而且写到了当地的生活饮食。"鲈鱼味美春醪贱,放箸金盘不觉空"句,寥寥数语,概括了当地的美味佳酿。不仅有美妙的景色,而且有美味的食物,松陵令人心向往之!

领解后谢主司

题解

此诗作于弘治十一年(1498)。领解:科举考试中乡试(省级考试)取中者称领解。唐寅于弘治十一年中乡试第一(俗称解元)。主司:主考官。这里指当日主考梁储。这是一首考中后写给主考官的七言律诗。

壮心未宜逐樵渔,泰运咸思备扫除。
剑责百金方折阅,玉遭三黜忽沽诸。
红绫敢望明年饼,黄绢深惭此日书。
三策举场非古赋,上天何以得吹嘘?

新解

壮心未宜逐樵渔,泰运咸思备扫除——这两句是说:有雄心壮志的人不适宜隐居,一帆风顺的时候就会想着为朝廷效力。樵渔:樵,砍柴。渔:打鱼。樵渔在这里指隐逸生活。泰运:好运。备扫除:谦词,即以备役使。

剑责百金方折阅,玉遭三黜忽沽诸——这两句是说:我唐伯虎曾不为人所知,如同当年伍子胥手中的剑和卞和手中的璞玉,直到今天才得以崭露头角。剑责百金:典出《史记·伍子胥列传》,春秋时期楚国伍子胥因遭到谗害被迫逃往吴国,逃到长江边时,眼看前无去路,后有追兵,这时,江中有一渔夫在船上打鱼,知伍子胥之急,乃划船近岸将伍子胥送过江去。过江以后,伍子胥解下腰间宝剑送给渔夫,说:"此剑直(值)百金,以与父。"渔夫说:"楚国之法,得伍胥者赐粟五万石,爵执珪,岂待百金邪!"遂不受。折(shé)阅:商品减价销售。玉遭三黜:典出有关和氏璧的记载。楚人卞和发现一块璞玉,先后拿去献给厉王和武王,这两位君主都以为卞和欺君,直到后来献给文王,才终于把这块璞玉雕琢成璧,并给它起了个名字,叫"和氏璧"。玉,在这里是指诗人自己。沽:卖,出售。诸:语气词。

红绫敢望明年饼,黄绢深惭此日书——这两句是说:明年我希望能可以再接再厉,考中进士。这次写的文章真是让我惭愧,算不上好文章。红绫:古代的一种珍贵的饼饵。以红绫裹之,故名。因当年唐僖宗幸南内兴庆池,泛舟,方食饼饺,时进士在曲江,有闻喜宴,上命御府依人数各赐红绫饼饺。所司以金盒进,上命中官驰以赐。故徐演诗云:"莫欺老缺残牙齿,曾吃红绫饼饺来。"这里用此典表明自己明年有意再举进士。黄绢:此用《世说新语·捷悟》典,"魏武尝过曹娥碑下,杨修从。碑背上见题作'黄绢幼妇,外孙齑臼'八字……修曰:'黄绢,色丝也,于字为绝;幼妇,少女也,于字为妙;外孙,女子也,于字为好;齑臼,受辛也,于字为辞;所谓绝妙好辞也。'魏武亦记之,与修同,乃叹曰:'我才不及卿,乃觉三十里'。"这里指当日诗人应考的文章。此句为谦虚的说法。

三策举场非古赋,上天何以得吹嘘——这两句是说:科举考试中并没有写出格调高古的文章,有劳主考官的褒扬推荐,实在愧不敢当。三策:三篇策论。古赋:指六朝以前的赋体。相对后起的律赋而言。

作品中运用了较多典故,增加了诗歌的内容含量。由于诗人是新中解元,人生正当得意之时,虽不比当日唐代诗人孟郊"昔日龌龊不足夸,今朝放荡思无涯。春风得意马蹄疾,一日看尽长安花"的兴奋和喜悦,但其中的得意和雄心可见一斑。特别是其中颔联和颈联:"剑责百金方折阅,玉遭三黜忽沽诸","红绫敢望明年饼,黄绢深惭此日书"对仗工稳,气象万千。

长洲高明府过访山庄,失于迎迓,作此奉谢

此诗作于正德十一年丙子(1516)。长洲:长洲县,明代为苏州府管辖范围。高明府:姓高的官员,指高第。高第,绵州人,进士,儒雅以文学饬治。明府,对太守或县令的尊称。迎迓:迎接。

重茅小构向城陬,杕杜何烦顾道周。
题凤在门惊迅笔,驱鸡上树避鸣驺。
望尘有失迎车拜,扫径还期下榻留。
莫道腐儒贫彻骨,浊醪犹可过墙头。

重茅小构向城陬,杕杜何烦顾道周——这两句是说:我在城角边搭建了一间小茅草屋,我这样的一个小人物怎么能选择繁华的地方居住。重茅小构:用茅草搭建而成的小屋。城陬(zōu):城角。陬,角落。杕(dì)杜:孤生的杜梨树。此为诗人自况。杕,孤立生长貌。杜,木名。赤棠。《诗经·小雅·杕杜序》:"杕杜,劳还役也。"后多用指欢庆凯旋或远道过访之意。道周:即"周道",大道。

题凤在门惊迅笔,驱鸡上树避鸣驺——这两句是说:您突然来访,我却不在家中,没能接待您这位贵客。题凤在门:指高明府前来拜访之事。典出《世说新语·简傲》:嵇康和吕安很要好,每当想念的时候,就不顾路途遥远,驾车前往。吕安有一次

到嵇康家,正赶上嵇康不在,嵇喜出门来接待他,吕安没有进去,只是在门上写了个"凤"字就走了。嵇喜不明白什么意思,还觉得挺高兴。吕安所以写个"凤"字,是认为嵇喜是"凡鸟"。驱鸡上树:有客人来访。这里暗指主人。唐代杜甫《羌村三首(之一)》:"驱鸡上树木,始闻叩柴荆。"鸣驺(zōu):古代随从显贵出行并传呼喝道的骑卒。有时借指显贵。

望尘有失迎车拜,扫径还期下榻留——这两句是说:上次没能接待您,现在为您精心地打扫了庭院,希望您能在这里留宿。望尘:指伺候有权势的人。典出《晋书·潘岳传》:"(岳)与石崇等谄事贾谧,每候其出,与崇辄望尘而拜。"

莫道腐儒贫彻骨,浊醪犹可过墙头——这两句是说:虽说我是个穷困潦倒的读书人,但无论如何,招待您的醇香美酒还是有的。腐儒:迂腐不明事理的读书人。浊醪(láo):浊酒。过墙头:指酒的香味飘过墙头。

此作颇为典重。首联是诗人自谦的话,点明自己地位的低微。颔联用嵇康拜访吕安的典故,追述当日自己错过高明府的来访。颈联用潘岳事奉贾谧之事表达自己对高明府的敬意和期望,希望他能再次来访,届时自己定当以礼相待。尾联再次申述自己的歉意,表达自己的遗憾和诚挚的心意。作品用语不卑不亢,曲伸有度,充分显示了诗人驾驭语言的能力。

和雪中书怀

这是一首唱和诗,是写于中年时期的诗歌。在这首作品中诗人写了自己虽身体年轻康健但思想上却已看破红尘,有了出尘之心。表现了中年时期诗人倍受生活打击后的消极避世思想。

窗扑春蛾雪打团,杯浮绿蚁酒冲寒。
挑来野菜和根煮,寻着江梅带蕊搬。
暗笑无情牙齿冷,熟看人事眼睛酸。
筋骸虽健头颅老,脱屣尘埃已不难。

窗扑春蛾雪打团,杯浮绿蚁酒冲寒——这两句是说:窗外雪花纷飞,卷起雪团扑打在窗户上,屋子里的人拿着酒杯,饮酒祛寒。春蛾:这里比喻飞舞的雪花。绿蚁:

新酿的酒,未滤清时酒面浮起酒渣,色微绿,细如蚁,称为"绿蚁"。也用来代指新出的酒。蚁,酒的泡沫。唐代白居易《问刘十九》"绿蚁新醅酒,红泥小火炉。晚来天欲雪,能饮一杯无?"

挑来野菜和根煮,寻着江梅带藓搬——这两句是说:在野外挖回野菜,带着根一起放在锅中煮熟,在江边发现梅花,就和苔藓一起移栽回来。藓(xiǎn):苔藓。杜荀鹤《山中寡妇》:"时挑野菜和根煮,旋斫生柴带叶烧。"

暗笑无情牙齿冷,熟看人事眼睛酸——这两句是说:暗笑世态炎凉,让人心寒到齿根。看透人情往来,连眼睛都酸痛。

筋骸虽健头颅老,脱屣尘埃已不难——这两句是说:身体虽然依旧年轻,思想却已经成熟老道,这个时候让我远离尘世生活已经不是什么困难的事情。脱屣(xǐ)尘埃:指远离世俗生活。屣,鞋子。

抒情往往要借助于写景,这样才能收到好的艺术效果。在这篇作品中诗人能够把情与景很好地融合起来。第一句写冬日的寒冷,暗示着"暗笑无情牙齿冷,熟看人事眼睛酸"这样人情冷暖的社会状况。接下来的"杯浮绿蚁酒冲寒。挑来野菜和根煮,寻着江梅带藓搬"几句,写诗人在苦寒天气中自得其乐的生活。写到这里,后两句"筋骸虽健头颅老,脱屣尘埃已不难"就是水到渠成之语。整首诗歌情感索然低落,诗歌中流露出来的寒意颇似中唐诗人孟郊作品的"郊寒"意味。

雨中小集

这首作品写了诗人做东,在一次下雨的时候邀请朋友来家中聚会,字里行间流露出诗人无比的惬意和欢乐的心情。

烟蓑风笠走舆台,邀取群公赴社来。
蕉叶共听窗下雨,蟹螯分弄手中杯。
能容缓颊村夫子,戏谑长眉老辨才。
酒散不妨无月色,夹堤灯火棹船回。

烟蓑风笠走舆台,邀取群公赴社来——这两句是说:我邀请诸位来结社,大家穿戴着蓑衣斗笠,乘着风雨,到我这里来。舆台:古代把人分成十等。舆台是十等中两个低微等级的名称。舆为第六等,台为第十等。泛指操贱役者,奴仆。这里指诗人的住所,是谦恭的说法。社:志趣相投者组成的团体。

蕉叶共听窗下雨,蟹螯分弄手中杯——这两句是说:我们在屋子中一起静听雨打芭蕉的声音,畅快地饮酒,吃蟹。蟹螯:螃蟹变形的第一对脚。这两句写小集的情景。

能容缓颊村夫子,戏谑长眉老辨才——这两句是说:这里有心地宽容言语和柔的村夫,也有可以打趣的老和尚。缓颊:为人求情或婉言劝解。戏谑:打趣,开玩笑。辨才:辨,通"辩",佛教语。指善于宣讲佛法之才,即和尚。这两句写集社成员形形色色,各有长处。

酒散不妨无月色,夹堤灯火棹船回——这两句是说:酒散以后没有月色也无大碍,在河岸两旁的灯火照射下划着船归去。棹(zhào):本指船桨,这里指划船。

【新评】

集会结社是文人雅士之间常有的事情。这首诗歌写了一次不同寻常的小集会。第一,不寻常在于天气,在雨中聚会:"烟蓑风笠走舆台,邀取群公赴社来。"但这丝毫不影响聚会的热闹和雅致:"蕉叶共听窗下雨,蟹螯分弄手中杯。"第二,不寻常在于参加聚会的人:"能容缓颊村夫子,戏谑长眉老辨才。"没有什么名门望族,只是普通的心地宽容善于言辞者,而且大家之间毫不拘束,互相开玩笑。集会的随意和热闹情景可见一斑。这次小集会显然大家是尽兴而归:"酒散不妨无月色,夹堤灯火棹船回。"似乎在归家的船上仍然可以听到他们愉快的打闹声和笑声。诗歌虽短小但却别有韵味。

正德己卯,承沈徵德、顾翰学置酌禅寺,见招猥鄙,杯酒狼藉,作此奉谢

【题解】

此诗作于明正德十四年己卯(1519)。沈徵德、顾翰学:诗人的两位朋友。猥鄙:杂滥鄙陋。这首诗歌写于诗人五十岁时,其时诗人形骸落拓,为两位友人所招于禅寺饮酒,诗人酒酣,深有感喟,于是写下这首诗歌。

陶公一饭期冥报,杜老三杯欲托身。
今日给孤园共醉,古来文学士皆贫。
就题律句纪行迹,更乞侯鲭赐美人。
公道吾痴吾道乐,要知朋友要情真。

陶公一饭期冥报,杜老三杯欲托身——这两句是说:我唐伯虎也会像陶渊明和杜甫一样永记两位在我困窘之时厚待于我的情谊。前一句典出陶渊明《乞食诗》:"衔戢知何谢,冥报以相贻。"此二句言一饭之恩终身不忘,死了还要答谢。冥报,死后报答。后一句是说当年杜少陵许身稷契,而感孙宰盘餐之情,至于永结弟昆之事。

　　今日给孤园共醉,古来文学士皆贫——这两句是说:自古以来的文人学士都是贫困不堪的,今天我们在禅寺中以酒浇愁,一醉方休。给孤园:这里指佛寺。

　　就题律句纪行迹,更乞侯鲭赐美人——这两句是说:我于是写下这首律诗来记录今天的事情,更希望能得到精美的食物与美人同食。纪:记载。侯鲭(qīng):精美的肉食。鲭,鱼和肉合烹而成的食物。

　　公道吾痴吾道乐,要知朋友要情真——这两句是说:你们说我愚痴我却说是快乐,要了解朋友就要流露真感情。

　　作品体现出诗人后期创作的基本特点,语言通俗率意,不加修饰,与前期创作的律诗在语言运用上有较大出入。但诗人一直没有改变的是他那颗坦诚的赤子之心。无论是华美的言辞抑或是粗率的文字都体现出诗人直面生活的真性情。作品一方面体现了他对两位朋友的诚挚谢意,另一方面仍然显示着诗人毫不做作的人格追求。

春日城西

　　这是一首写乡村景物的诗歌,作品中有田园牧歌式的恬淡自然,也有国泰民安、盛世年丰的咏颂赞叹。

　　　　衣试新裁袜试穿,阛阓城外暮春天。
　　　　闲书朱墨乡村篰,互界青黄菜麦田。
　　　　食禄有方生乐土,太平无象是丰年。
　　　　兆民仰赖君王庆,难报惟擎额上拳。

衣试新裁袜试穿，阊间城外暮春天——这两句是说：穿上新衣新袜，去苏州城外欣赏暮春天气。阊间城：苏州的别称。公元前514年，伍子胥奉吴王阊间之命，"相土尝水，象天法地"，建造阊间大城，即今之苏州城。

闲书朱墨乡村旆，互界青黄菜麦田——这两句是说：闲来用朱砂制成的墨为乡村酒家写一幅酒幌。满眼所见是青黄色相交的麦田和菜地。旆（pèi）：旗子，这里指酒幌子。这两句写郊外景色。

食禄有方生乐土，太平无象是丰年——这两句是说：老百姓不愁吃喝，生活安乐，正是太平盛世，五谷丰登的时候。太平无象：谓太平盛世并无一定标志。语出《资治通鉴·唐文宗太和六年》："会上御延英，谓宰相曰：'天下何时当太平，卿等亦有意于此乎？'僧孺对曰：'太平无象。今四夷不至交侵，百姓不至流散，虽非至理，亦谓小康。陛下若别求太平，非臣等所及。'"

兆民仰赖君王庆，难报惟擎额上拳——这两句是说：老百姓的幸福生活要仰赖君王的恩泽，无以回报，只有举手拥戴。兆民：指人民，百姓。仰赖：倚仗，依靠。擎（qíng）：举。

作品清新闲适，色彩明丽。前两联重在描写晚春带给人闲适愉悦的心情和明媚鲜艳的视觉享受。分别由一个"新"字和一个"闲"字领起，似乎连春天都是初次见到，孕育着无尽的新奇感和勃勃的生气。后两联重在对君王盛世的赞颂。重点强调"太平"、"乐土"，使整个景象笼罩在一种太平盛世的氛围中。对国家政治的赞叹之情溢于言表。

别刘伯耕

这是一首写与老朋友时隔二十年后再次相会，以此歌颂友情的诗歌。刘伯耕：名辅宜，庐陵人。吴县知县，后任沛县知县。

一别光辉二十年，中间消息两茫然。
忽衔敕命来吴苑，过访贫家值暑天。
路上青云看鹗举，杯临红烛语蝉连。
料知别后应相念，尽赠江东日暮烟。

一别光辉二十年，中间消息两茫然——这两句是说：你我一别，转眼已经有二十年的时光了，其间两人都不曾互通消息。光辉：时间。

忽衔敕命来吴苑，过访贫家值暑天——这两句是说：你忽然奉皇帝之命前来苏州，到我这里来的时候正值夏天。衔：接受，奉受。敕（chì）命：皇帝的诏令。吴苑：苏州。

路上青云看鹗举，杯临红烛语蝉连——这两句是说：你归途踏上青云路，如一鹗高飞；我们这次相见，高烧红烛，一边喝酒一边不断地聊天。蝉连：也写作"蝉联"，连续不断，连续获得。这里指讲话不断。

料知别后应相念，尽赠江东日暮烟——这两句是说：我料定此次告别以后你一定会想念这里，因此把苏州这里的美丽景色都赠送给你。江东：指苏州一带。杜甫《春日忆李白》："渭北春天树，江东日暮云。"

与朋友离别，一别二十多年，中间不曾得到对方消息，试想再次相见该是多么高兴，千言万语不知从何说起。而此诗用笔则异常平淡，二十年的离别与相见在"一别光辉二十年，中间消息两茫然。忽衔敕命来吴苑，过访贫家值暑天"四句中加以概括。看似平淡，实则蕴涵多少人生感叹！再次相见两人大概都老了吧，他们要说起的话怎能不多，诗人却只是说："路上青云看鹗举，杯临红烛语蝉连。"要说的话只在那杯酒与红烛之中。该如何面对再次的分别呢？"料知别后应相念，尽赠江东日暮烟"两句，说明了诗人与朋友间心心相印的情感，只有他最了解对方的需求。不是说君子之交淡若水吗？最高的境界就在于心有灵犀一点通！袁宏道评此诗："好。"

言怀（二首）

这两首诗中的第一首作于明正德四年己巳（1509），其时唐伯虎已经在人生的旅程中度过了四十个春秋，经历了人生的雨雪风霜，功名未能求取反被下狱，亲人相继离世，诗人遭受诸多打击之后，开始了悟人生。此时的他面对生活已无所欲求，于淡泊处求自适。这首作品记录了诗人当时欲出离俗世以求解脱的心理。第二首诗作于明正德十四年己卯（1519），其时唐寅已是知天命之年。明正德九年（1514），唐寅四十五岁，被明宗室宁王以重金征聘到南昌，后发现身陷宁王的政治阴谋之中，遂佯装疯癫，脱身回归故里。这一事件对唐寅打击极大，诗人思想更趋低落。在这首作品中诗人以其一惯的看似洒脱的语言对自己的前五十年做了一个总结,个中滋味只有亲历者方能体会得到。

田衣稻衲拟终身,弹指流年了四旬。
善亦懒为何况恶?富非所望不忧贫。
山房一局金縢着,野店三杯石冻春。
只此便为吾事办,半生落魄太平人。

田衣稻衲拟终身,弹指流年了四旬——这两句是说:后半生我打算出家做和尚,转眼间生命就已经过去了四十个春秋。田衣:袈裟的别名。亦称"田相衣"。袈裟多方格形图案,类水田畦畔纵横,故名。稻衲,即百衲衣。弹指:形容时间极短。流年:指光阴。了:过去。四旬:四十。诗人在这里一方面感叹时光飞逝,一方面写了自己对后半生的打算。

善亦懒为何况恶,富非所望不忧贫——这两句是说:我连善事都懒得做,更不要说作恶了;富贵并非我所企望的,我也不会为贫困而担忧。此两句用《世说新语·贤媛》典:"赵母嫁女,女临去,敕之曰:'慎勿为好'。女曰:'不为好,可为恶邪?'母曰:'好尚不可为,其况恶乎!'"

山房一局金縢着,野店三杯石冻春——这两句是说:在僧房里下一局变化繁复的棋,在山野客店中喝几杯佳酿美酒。山房:僧房。一局:指下棋。金縢着(zhāo):珍藏秘籍中记载的布棋方法。棋史上有《金縢七著》书,是已失传的古棋谱。"金縢":就是金柜,珍藏的秘籍的意思。野店:乡野间的客店。石冻春:美酒名。这两句写僧人悠闲的生活。

只此便为吾事办,半生落魄太平人——这两句是说:像这样我的事情就解决了,虽然半生落魄,但有幸平平安安活到现在。这两句是诗人自嘲的说法。

笑舞狂歌五十年,花中行乐月中眠。
漫劳海内传名字,谁论腰间缺酒钱。
诗赋自惭称作者,众人多道我神仙。
些须做得工夫处,莫损心头一寸天。

笑舞狂歌五十年,花中行乐月中眠——这两句是说:五十年来我率性行乐,流连于花月场中。此句唐伯虎总结自己以前生活的基本情况。

漫劳海内传名字，谁论腰间缺酒钱——这两句是说：我的名字枉自为大家所传诵，谁知道我的口袋里时常缺少买酒的钱。此句颇多辛酸。漫：徒自，枉自。

诗赋自惭称作者，众人多道我神仙——我的诗词文赋连自己都羞于说是我写的，大家却都称赞说我有神来之笔。此为谦虚之语。

些须做得工夫处，莫损心头一寸天——这两句是说：要是有时间去修行的话就不要辜负心中的这片纯洁善良的天地。些须：少许，一点儿。

第一首作品在流传过程中有较大出入。唐伯虎有《四十自述诗画图》，画面上方自书《四十自述七律》行书一首，款题"唐寅自述不惑之齿于桃花庵画并书"。诗作如下："鱼羹稻衲好终身，弹指流年到四旬。善亦懒为何况恶，富非所望不忧贫。僧房一局金藤着，野店三杯石冻春。自恨不才还自庆，半生无事太平人。"这首作品与题画诗作有些许不同，但表述的情感是相同的。题画诗应为作者为配合画面稍做改动而成。

诗歌首联两句一方面慨叹时不我待，一方面为日后做了打算，大有历尽人间沧桑的悲凉感。颔联表明自己的人生态度。颈联勾画出一幅悠闲自在的逸士图。尾联对自己过往的人生做一自嘲。整篇作品中作者寄身于世的无奈感和渴望出离尘世的情感呼之欲出。

第二首作品是诗人对自己五十年生活的总结。首联写出了诗人在生活中洒落率性的形象。颔联感叹自己徒有虚名，生活窘迫。颈联写诗人对自己诗歌的态度。尾联则表达了皈依佛禅修身养性的愿望。此作口语化倾向极为明显，袁宏道在此诗后评："俗。"而这正是指出了唐寅晚年诗歌创作的一大特点。《明史》卷二八六记有："寅诗文，初尚才情，晚年颓然自放，谓后人知我不在此，论者伤之。"由此看来，这种"俗"，正是诗人追求的一种境界。

花月吟效连珠体（十一首选二）

连珠体：连珠之作，始于扬雄。刘勰《文心雕龙·杂文》："扬雄覃思文阁，业深综述，碎文琐语，肇为《连珠》。"西晋傅玄《连珠序》又曰："其文体辞丽而言约，不指说事情，必假喻以达其旨，而贤者微悟，合于古诗劝兴之义。欲使历历如贯珠，易睹而可悦，故谓之连珠也。"文学史上连珠体创作最有名的莫过于陆机《演连珠》五十首。

其 一

有花无月恨茫茫,有月无花恨转长。
花美似人临月镜,月明如水照花香。
扶筇月下寻花步,携酒花前带月尝。
如此花好如此月,莫将花月作寻常。

【新解】

有花无月恨茫茫,有月无花恨转长——这两句是说:只有花没有月让人恼恨不已,只有月没有花,心中的遗憾更加强烈。

花美似人临月镜,月明如水照花香——这两句是说:花之美如美人,袅娜的身姿沐浴在月光之中;月之明如清泉流水,隐约荡漾着花的香气。

扶筇月下寻花步,携酒花前带月尝——这两句是说:拄着拐杖,在如水的月光中寻找花影。带着美酒,在花前月下畅饮。筇(qióng):手杖。

如此花好如此月,莫将花月作寻常——这两句是说:难得如此的明月如此的花,千万千万要珍惜!

其 五

花开烂漫月光华,月思花情共一家。
月为照花来院落,花因随月上窗纱。
十分皓色花输月,一径幽香月让花。
花月世间成二美,傍花赏月酒须赊。

【新解】

花开烂漫月光华,月思花情共一家——这两句是说:花朵鲜艳美丽,月华似洗。月与花的情思充盈在夜晚的空气中。烂漫:颜色鲜明而美丽。

月为照花来院落,花因随月上窗纱——这两句是说:月为照花,将光辉洒落小院。花为追月,将窈窕的身姿投向窗纱。

十分皓色花输月,一径幽香月让花——这两句是说:花月相比,春花没有月亮那样皎洁的清辉,月亮没有春花那清幽的香气。皓色:银白之色。

花月世间成二美,傍花赏月酒须赊——这两句是说:月华与春花是人世间难得的两种美丽颜色。依靠在花丛中欣赏明月,此时此刻要尽情畅饮,赊钱买酒又有何妨。赊:欠。

这两首诗咏花和月,表达了诗人对美好事物的怜惜。"十分皓色花输月,一径幽香月让花",传达出诗人敏锐的艺术嗅觉,堪称警句。

阊门即事

阊(chāng)门:城门名。苏州八大城门之一,乃苏州古城之西门。明清时期这一带曾经是全中国最繁盛的商业街区。即事:就眼前的事抒发感想。

> 世间乐土是吴中,中有阊门更擅雄。
> 翠袖三千楼上下,黄金百万水西东。
> 五更市买何曾绝,四远方言总不同。
> 若使画师描作画,画师应道画难工。

世间乐土是吴中,中有阊门更擅雄——这两句是说:世界上最快乐的地方是江苏吴县,那里有闻名的阊门独具雄姿。吴中:今江苏吴县。擅雄:独具雄姿。

翠袖三千楼上下,黄金百万水西东——翠袖:歌女。这两句是说:在阊门一带的楼阁上下有不计其数的美艳歌女,水的两岸有极贵重繁华的商业建筑和商铺。

五更市买何曾绝,四远方言总不同——这两句是说:市场彻夜经营,可以听到来自各处的方言。五更:旧时把从黄昏到拂晓的一夜间分为五更。市买:买卖。四远:四方边远的地方。

若使画师描作画,画师应道画难工——这两句是说:如果让画师把这里的情景绘成一幅画,画师大概也会说很难画得好。

此诗记载了当年苏州阊门繁华热闹的景象。袁宏道评:"实录"。首联起句蕴涵万千气魄,点出阊门独一无二的地位。颔联和颈联:"翠袖三千楼上下,黄金百万水西东。五更市买何曾绝,四远方言总不同。"两联不但对仗工稳而且颇具气势,具有极强的概括力,充分体现出当日阊门的商业面貌。尾联以画师之愁写出阊门非同一般的活力。纵然阊门的景象难以用画很好地表现出来,唐伯虎此诗却已经写尽了阊门般城门的热闹场景。这是一首注重从大处把握,酣畅淋漓的诗歌作品。

检 斋

题解

这首作品是诗人年轻时期所创作,与唐伯虎后期诗歌内容及审美追求大不相同。检斋:清代葛金烺《爱日吟庐书画录》此诗下记载:"武塘於君别号检斋,葛宗华索诗赠之,因为赋此。"

> 检束斯身益最深,检身还要检诸心。
> 鞠躬暗室如神在,恭己虚斋俨帝临。
> 视听动言皆有法,杯盘几席尽书箴。
> 遥知危坐焚香处,默把精微义理寻。

新解

检束斯身益最深,检身还要检诸心——这两句是说:收敛自己的身心对自己有莫大的好处,不但要约束自己的行为,还要约束自己的心灵。检束:收敛。

鞠躬暗室如神在,恭己虚斋俨帝临——这两句是说:在别人看不见的地方也不能做亏心事,恭恭敬敬,就好像有神灵看着一样。鞠躬:小心谨慎。暗室:别人看不见的地方。俨:仿佛。

视听动言皆有法,杯盘几席尽书箴——这两句是说:看、听、动、说,都有一定的规矩遵循,在杯子、盘子、茶几、床席上到处都贴着警戒自己的语言。箴(zhēn):劝戒性的语言。

遥知危坐焚香处,默把精微义理寻——这两句是说:远远地就知道你在书斋中焚着篆香,端正地坐着,认真地寻思学问中精妙的道理。义理:称宋以来之理学为义理之学。

新评

这几乎不像是出自唐伯虎手笔的一首作品。袁宏道评:"极似朱文公作。"朱文公即朱熹。朱熹字元晦,号晦庵,谥文公。南宋人,他所倡导的理学在明清两代被提到儒学正宗地位。此作品面目肃穆,语言恭谨,讲究作诗法度。应该是诗人在年轻时期创作的一首作品。

漫兴（十首选三）

这组诗歌大多作于正德十四年己卯（1519）。其时诗人已届知天命之年。亲友相继离世和当年的科考之案如同一场梦魇，时时纠缠着诗人痛苦的心。这组诗歌就是对这些事情影响于诗人人生的真实写照。这些诗大多情感低落，充满着对落拓人生的失意和伤痛。

其 一

十载铅华梦一场，都将心事付沧浪。
内园歌舞黄金尽，南国飘零白发长。
髀里肉生悲老大，斗间星暗误文章。
不才剩得腰堪把，病对绯桃检药方。

十载铅华梦一场，都将心事付沧浪——这两句是说：十年时间梦一般恍惚而过，将满腹心事付与隐逸情致。铅华：妇女化妆用的铅粉。这里借指青春岁月。沧浪：这里指隐居之处。

内园歌舞黄金尽，南国飘零白发长——这两句是说：在行乐之地散尽金钱，尽情歌舞寻乐；于江南之地飘零游荡，此时白发已长。内园：即"内苑"，指皇帝的园林。这里泛指行乐之地。南国：泛指我国南方。

髀里肉生悲老大，斗间星暗误文章——这两句是说：时光忽逝年龄老大，无所建树。文笔迟钝，没有写出什么好文章。髀（bì）里肉生：髀：大腿。因为长久不骑马，大腿上的肉又长起来了。形容长久过着安逸舒适的生活，无所作为。这里指岁月流逝而无所作为。典出《三国志·蜀书·先主传》裴松之注引晋·司马彪《九州春秋》："备住荆州数年，尝于（刘）表坐起至厕，见髀里肉生，慨然流涕。还坐，表怪问备，备曰：'吾常身不离鞍，髀肉皆消；今不复骑，髀里肉生。日月若驰，老将至矣，而功业不建，是以悲耳'！"斗间星暗：北斗七星间的文昌星暗淡无光。

不才剩得腰堪把，病对绯桃检药方——这两句是说：没有什么才能，到现在只剩下瘦骨嶙峋的身体，腰细到两把可以围住。疾病缠身，哪里有什么心情赏花，只是在灼灼盛开的桃花下仔细地查看药方罢了。不才：没有才能。绯桃：桃花。

其 五

驱驰南北罨头尘,褴褛衣衫折角巾。
万点落花俱是恨,满杯明月即忘贫。
香灯不起维摩疾,樱笋难酬谷雨春。
镜里自看成一笑,戏儿棚上下场人。

驱驰南北罨头尘,褴褛衣衫折角巾——这两句是说:一生奔波,灰尘满面,头巾不整,衣衫破烂。驱驰:策马快跑。指四处奔走。罨(yǎn):掩盖,覆盖。褴褛:衣服破烂。折角巾:即林宗巾。指文士之冠。东汉郭太,字林宗。名重一时。一日道遇雨,头巾沾湿,一角折叠。时人效之,故意折巾一角,称"林宗巾"。见《后汉书·郭太传》。宋张耒《赠赵景平》诗之一:"定知鲁国衣冠异,尽戴林宗折角巾。"这两句写诗人为生活而奔忙的窘迫状态。

万点落花俱是恨,满杯明月即忘贫——这两句是说:落花万点,春愁满腹。明月入怀,让人忘记生活的烦恼。

香灯不起维摩疾,樱笋难酬谷雨春——这两句是说:即使点燃长明灯也不能让我的病情好转。樱桃和春笋难以酬答谷雨时节的春气。香灯:即长明灯。通常用琉璃缸盛香油燃点,设于佛像前或死者灵前。维摩疾:指佛教徒生病。典出《维摩诘经》卷一,说的是印度毗舍离城的长者维摩诘为佛的在家弟子,虽在世间,却精通大乘佛法,他曾称病,以此为方便,在文殊菩萨等人前往探病时,为人揭示大乘佛法深意。樱笋:樱桃、春笋。酬:报答。谷雨:春季的最后一个节气。

镜里自看成一笑,戏儿棚上下场人——这两句是说:照着镜子看见自己的样子,不觉一笑。现在的自己,不再被别人当成傀儡,已经是走下人生舞台的人了。

其 七

落魄迂疏自可怜,棋为日月酒为年。
苏秦扪颊犹存舌,赵壹探囊已没钱。
满腹有文难骂鬼,措身无地反忧天。
多愁多感多伤寿,且酌深杯看月圆。

落魄迂疏自可怜,棋为日月酒为年——这两句是说:潦倒失意疏于事理,自叹可怜。整日沉湎于下棋饮酒之中,聊度岁月。落魄:潦倒失意。迂疏:迂远疏阔。指迂曲不切实际。

苏秦扪颊犹存舌，赵壹探囊已没钱——这两句是说：我就像历史上的张仪一样遭人误解，幸而还保有安身立命的能耐，可惜空有诗文才华生活却贫困潦倒。苏秦扪颊：此为诗人误笔，应是记张仪事。典出《史记·张仪列传》："张仪已学而游说诸侯。尝从楚相饮，已而楚相亡璧，门下意张仪，曰：'仪贫无行，必此盗相君之璧。'共执张仪，掠笞数百，不服，释之。其妻曰：'嘻，子毋读书游说，安得此辱乎？'张仪谓其妻曰：'视吾舌尚在不？'其妻笑曰：'舌在也。'仪曰：'足矣！'"赵壹探囊：这里诗人自叹自己虽有满腹才华却潦倒穷困。赵壹，字元叔，东汉末文学家。《刺世嫉邪赋》篇末有"文籍虽满腹，不如一囊钱"的感叹。

满腹有文难骂鬼，措身无地反忧天——这两句是说：文章满腹却无法埋怨鬼神。自己无处安身反而为苍天担忧。骂鬼：此指怨天尤人。典出汉代王延寿《梦赋》："臣弱冠尝夜寝，见鬼物与臣战，遂得东方朔与臣作骂鬼之书，臣遂作赋一篇。"措身：安身，置身。忧天：比喻不必要的担忧。《列子·天瑞》："杞国有人，忧天地崩坠，身亡所寄，废寝食者。"

多愁多感多伤寿，且酌深杯看月圆——这两句是说：多愁善感容易减少人的寿命，暂且痛饮美酒赏明月，聊以行乐。

《漫兴》十首是诗人晚年生活的真实写照：厌弃争夺，恨无知音，寄情花月，孤苦无依，贫病交集，落拓无奈。无一字不动情，无一句不悲伤。清代夏孙桐说："此十首当是用意之作，佳处在香山、东坡之间。"给予这十首作品以高度的评价。

上宁王

此诗应作于明正德七年(1512)，唐伯虎时年43岁。宁王：指朱宸濠，弘治十年(1497)袭封宁王。这是一首想要推脱朱宸濠延聘的诗歌。但唐伯虎终究没有推脱掉，作者于正德九年(1514)应宁王之聘前往南昌。

信口吟成四韵诗，自家计较说和谁？
白头也好簪花朵，明月难将照酒卮。
得一日闲无量福，作千年调笑人痴。
是非满目纷纷事，问我如何总不知。

信口吟成四韵诗，自家计较说和谁——这两句是说：我信口吟出了一首诗歌，只是写自己心中想，能对谁说呢。

白头也好簪花朵，明月难将照酒卮——这两句是说：头发虽然已经白了，也还可以戴上鲜花，可惜难以在饮酒的时候让明月相陪。簪：插，戴。

得一日闲无量福，作千年调笑人痴——这两句是说：得到一天的空闲就已经是极大的福分了，可笑那些为长远打算的人实在是痴迷呀。千年调：长远之计。王梵志诗："世无百年人，强作千年调。打铁作门槛，鬼见拍手笑。"

是非满目纷纷事，问我如何总不知——这两句是说：世上的事情是是非非，颇为繁杂，如果你来询问我，我总是弄不明白的。

明正德七年，宁王朱宸濠聘请文徵明、谢时臣、章文及唐伯虎等前往江西南昌宁王府作画。实则是想借这些名士的名声，培植个人的势力，为篡夺皇位结党营私做准备。文徵明当时推病不往。唐伯虎此时也婉言谢绝。这首作品应是作于此时。诗人表明他乐于过安宁闲适的生活："得一日闲无量福，作千年调笑人痴。"不愿为世俗所累。

但明正德九年，唐寅45岁时，江西南昌宁王朱宸濠派使者携带礼物聘请唐寅与文徵明。唐寅此时又想就此机会到江西游览名胜，于是答应前往。宁王盛情接待了他，让他作王府的幕宾，为宁王歌功颂德。唐伯虎在南昌游览期间，听到街谈巷议，宁王在招兵买马，网罗党羽，图谋作乱，于是装疯卖傻，方才逃过一劫。

题沈石田先生后集

沈石田：即沈周（1427—1509），字启南，号石田，晚号白石翁，江苏长洲（今苏州吴县）人。吴门四家之首。性情敦厚、博学多才，长于文学，亦工诗画，善画山水、花卉、鸟兽、虫鱼，皆极神妙。后集：补充前集的作品集。

先生守砚石为田，水似秋鸿振满天。
千首新诗惊醉饮，一筹脱粟共枯禅。
移山入眼成青色，和雪劳心显白颠。
自是随行常捧席，故将名姓附馀编。

【新解】

先生守砚石为田，水似秋鸿振满天——这两句是说：先生您以书画为生计，墨宝如同秋天的鸿雁一样布满天下。石为田：以砚石为田。是说旧时读书人依文墨为生计，因将砚台比作田地。宋朝戴复古有："以文为业砚为田。"宋朝苏轼《次韵孔毅父久旱》："我生无田食破砚，尔来砚枯磨不出。"

千首新诗惊醉饮，一箪脱粟共枯禅——这两句是说：写下的千首新诗颇有李白酒醉后的生气。画出的一篮糙米也有枯坐参禅的韵味。箪(dān)：盛东西的小筐。脱粟：糙米，只去皮壳，不加精制的米。枯禅：枯坐参禅。

移山入眼成青色，和雪劳心显白颠——这两句是说：画面上有苍翠的青山。由于经常作画心力交瘁，头发开始花白。白颠：白头。

自是随行常捧席，故将名姓附馀编——这两句是说：因为我经常侍奉先生左右，因此我写下这首题诗，把我的姓名忝列于书后。捧席：捧着席子，指侍奉人。

【新评】

作品对沈石田的才华给予了高度评价。首联"先生守砚石为田，水似秋鸿振满天"两句，精练而扼要地介绍了沈石田的喜好和创作情况。颔联"千首新诗惊醉饮，一箪脱粟共枯禅"两句对沈石田的作品给予了高度的艺术评价，说他不仅诗歌飘逸而且绘画意味隽永。颈联"移山入眼成青色，和雪劳心显白颠"两句，写出了沈石田对艺术的全心付出。"自是随行常捧席，故将名姓附馀编"两句则说明自己写这首诗的缘起。作品语言简练，转承有度，显示出诗人高超的驾驭能力。

花　酒

诗人一生流连于花酒之中，写有《花月吟效连珠体》（十一首），每首作品都流露出诗人对花、月、酒的狂热迷恋和喜爱。这首诗歌也是体现这类情感的佳作。

戒尔无贪酒与花，才贪花酒便忘家。
多因酒浸花心动，大抵花迷酒性斜。
酒后看花情不见，花前酌酒兴无涯。
酒阑花谢黄金尽，花不留人酒不赊。

戒尔无贪酒与花,才贪花酒便忘家——这两句是说:告诫你千万莫要贪恋花和酒,一旦贪恋便会忘记自己的家。

多因酒浸花心动,大抵花迷酒性斜——这两句是说:人们大多都会因为醉酒而兴起赏花之心。很多人因为迷恋花的娇艳而忘怀贪杯。

酒后看花情不见,花前酌酒兴无涯——这两句是说:酒醉之后再去看花的话就没有了情致。面对鲜花饮酒作乐,真是快乐无边。

酒阑花谢黄金尽,花不留人酒不赊——这两句是说:一旦美酒喝光,鲜花凋零,钱囊用尽,到那时如何能够再对残花畅饮!酒阑:酒筵将尽。谢:凋谢。

诗歌情致婉转。首联似老学究般板着面孔,告诫人们千万不要贪恋花酒。颔联指出花与酒的关系,有酒则想花,有花即贪酒。颈联情感为之一转,称颂花酒同在时带给人的愉悦享受。尾联点出无花无酒则不成趣,人生得意须尽欢。诗歌本欲褒扬花酒,开篇却先否定劝诫,欲扬先抑的方法使得短短一首诗歌情致尽出。

早起偶成

这是诗人后期的作品。是诗人在某天清晨起床之后偶有所感之作。表达对时光匆匆的慨叹和追求平淡生活的人生态度。

三通鼓角四通鸡,天渐黎明月渐低。
时序秋冬复孟夏,舟车南北与东西。
眼前次第人都老,世上参差事不齐。
若要自家求稳便,一壶浊酒一餐齑。

三通鼓角四通鸡,天渐黎明月渐低——这两句是说:三更时分听到鼓角声,四更时分雄鸡打鸣。天逐渐亮了,明月慢慢西沉。通:更。

时序秋冬复孟夏,舟车南北与东西——这两句是说:时序更替。过了秋天是冬天,现在转眼间就到了夏天,船只和车马在南北东西地奔忙。时序:时间的先后,季节的次序。孟夏:夏季的第一个月,农历四月。

眼前次第人都老,世上参差事不齐——这两句是说:眼前的人们一个接着一个都变老了,世上的事情大大小小一件接着一件没完没了。次第:一个接一个。参差:长短、高低不一致。这里指大大小小的事情。

若要自家求稳便,一壶浊酒一餐齑——这两句是说:要想寻求平安稳妥的生活,还是过这种杯酒素菜的日子就好。稳便:方便,稳妥。齑(jī):古同"齑"。

由于在生活中受过深重的伤,唐伯虎在他的诗歌中多次提到平淡是真的生活哲学。如《渔樵问答歌》、《桃花庵歌》等,这首诗歌也是展现诗人的这一生活态度的作品。诗歌语言浅显通俗,其中句法的使用颇似连珠体,体现了诗人追求浅白的艺术特点。

戏题机山

戏题:诗歌是为游戏之作。机山:位于江苏省松江县(今属上海市)西北,以晋陆机而得名。

> 无丝无线又无绳,何故当时有此名。
> 杨柳作经青错落,薜萝为纬绿纵横。
> 黄鹂掷过金梭小,紫燕裁来铁剪轻。
> 一抹晚霞斜挂处,恍疑新织绮罗成。

无丝无线又无绳,何故当时有此名——这两句是说:山上没有一丝一线,也没有绳,为什么当时却有机山这样的名字。

杨柳作经青错落,薜萝为纬绿纵横——这两句是说:想必是用杨柳来作织布机上错落有致的青青经线。用薜荔和女萝来做织布机上纵横交错的碧绿纬线。薜萝:薜荔和女萝。皆野生植物,常攀缘于山野林木或屋壁之上。

黄鹂掷过金梭小,紫燕裁来铁剪轻——这两句是说:黄鹂鸟如同小小的金色织布梭,穿插来往。紫燕的尾巴就是灵巧的剪刀,轻轻裁剪多余的线头。紫燕:燕名。也称越燕。体形小而多声,颔下紫色,营巢于门楣之上,分布于江南。

一抹晚霞斜挂处,恍疑新织绮罗成——这两句是说:夕阳西下,天边斜挂的那一抹五色彩霞,真让人怀疑就是在机山刚刚织好的华贵丝绸。绮罗:指华贵的丝织品。

诗作轻快活泼,语言轻快流丽。既无狂态,亦无贫窘之态,体现出浓浓的童趣和游戏意味。全诗采用比喻之法写出,比喻新颖出奇却又恰到好处。首联提出疑问,其他三联为作答之语。作品构思精巧,匠心独具,于细微处见精神,有鬼斧神工之妙。

蒲 剑

蒲剑:指菖蒲叶,其形状细长像剑,因而得名。这是一首咏物诗。吟咏江边的菖蒲叶子,能抓住物体的形与神。

> 三尺青青太古阿,舞风斫破一川波。
> 长桥有影蛟龙惧,江水无声日夜磨。
> 两岸带烟生杀气,五更弹雨和渔歌。
> 秋来只恐西风恶,削破锋棱恨转多。

三尺青青太古阿,舞风斫破一川波——这两句是说:河边的菖蒲叶犹如三尺青青的太阿宝剑。它随风舞动斩开一川水波。太古阿(ē):即太阿,也写作"泰阿",古宝剑名。相传为春秋时欧冶子、干将所铸。斫(zhǎ)破:砍破。此句运用隐喻的手法。

长桥有影蛟龙惧,江水无声日夜磨——这两句是说:菖蒲叶的影子投在长桥下的水中,连蛟龙都畏惧那剑的锋利。江水无声流淌,日夜打磨着蒲剑。

两岸带烟生杀气,五更弹雨和渔歌——这两句是说:江水两岸的菖蒲叶在雨烟的笼罩中暗含杀气,五更时分雨水弹击在剑上,和着隐约传来的渔歌声。弹雨:雨水落在菖蒲叶上,击打出清脆的声音。

秋来只恐西风恶,削破锋棱恨转多——这两句是说:秋天到来只担心西风太过凛冽,把蒲剑的棱角吹折了该是多么让人遗憾啊!棱(léng):同"棱"。指蒲剑的棱角。

咏物诗重在抓住所咏事物的特点来写。文学史上著名的咏物诗如唐骆宾王《咏鹅》:"鹅鹅鹅,曲项向天歌,白毛浮绿水,红掌拨清波。"唐贺知章《咏柳》:"碧玉妆成一树高,万条垂下绿丝绦。不知细叶谁裁出,二月春风似剪刀。"宋王安石《梅》:"墙角数枝梅,凌寒独自开。遥知不是雪,为有暗香来。"这些作品都可谓是咏物诗中的佳品。这首诗歌咏唱的是江边的菖蒲叶,选题独特,诗人紧紧抓住菖蒲叶似剑的形状,在描摹形状的同时善于写精神。"三尺青青太古阿,舞风砟破一川波"两句状蒲剑之形;"长桥有影蛟龙惧,江水无声日夜磨"两句和"两岸带烟生杀气,五更弹雨和渔歌"两句写出蒲剑之神。眼前所见的菖蒲叶哪里只是生长在江边的野草,仿佛就是传说中旷古少见的太阿宝剑,锋利无比,剑气氤氲,高古出尘。最后两句"秋来只恐西风恶,削破锋棱恨转多",写诗人自己对蒲剑的喜爱之情,沉郁悠远。诗歌构思巧妙,想像奇特,是一首艺术表现力很强的诗歌。

叹世(六首选二)

这是一组诗人后期所创作的作品,语言浅切平易,充满着对生命短暂的悲叹。有乐府诗《薤露》篇的苍凉悲戚。

其 一

一寸光阴不暂抛,徒为百计苦虚劳。
观生如客岂能久,信死有期安可逃。
绿鬓易凋愁渐改,黄金虽富铸难牢。
从今莫看惺惺眼,沉醉何妨枕曲糟。

一寸光阴不暂抛,徒为百计苦虚劳——这两句是说:世俗之人连一刻都不能闲下来,他们白白地为各种凡尘俗世的事务而缠绕忙碌。一寸光阴:俗谚有"一寸光阴一寸金"的说法,一寸光阴指非常短暂的时间。暂抛:舍得,暂时放下。

观生如客岂能久,信死有期安可逃——这两句是说:生命只是这个世界上的过客,哪里能够长久停留。人的寿命都有一定的期限,怎么能逃脱必死的结局。

绿鬓易凋愁渐改,黄金虽富铸难牢——这两句是说:生命易逝,转眼间绿鬓变白发,令人愁痛惋惜。拥有黄金固然富有,但建立的基业难以长久。绿鬓:指代青少年。

从今莫看惺惺眼,沉醉何妨枕曲糟——这两句是说:从今往后,不要小看那些醉眼惺忪的人,人生就应该这样一醉方休,即使枕着酒睡觉又有什么关系。惺惺眼:

迷离的眼睛。曲糟：制酒发酵所用的东西，这里指酒。

其 三

坐对黄花举一觞，醒时还忆醉时狂。
丹砂岂是千年药，白日难消两鬓霜。
身后碑铭从此好，眼前傀儡任渠忙。
追思浮世真成梦，到底终须有散场。

坐对黄花举一觞，醒时还忆醉时狂——这两句是说：面对菊花而坐，举杯饮酒。醒来以后回忆起醉酒时的张狂样子。黄花：菊花。觞（shāng）：古代盛酒器。

丹砂岂是千年药，白日难消两鬓霜——这两句是说：丹砂哪里是千年不死的神药，人一旦老去就不能再年轻了。丹砂：指丹砂炼成的丹药。古代道教徒用丹砂化汞炼丹，配制不死之药。

身后碑铭从此好，眼前傀儡任渠忙——这两句是说：眼前的人们为名利驱逐如同戏台上的木偶，身不由己，劳劳碌碌。死了以后就只剩下称颂的碑文。碑铭：碑文。傀儡：木偶。借指受人操纵、没有自主意识的人或事物。渠：你。

追思浮世真成梦，到底终须有散场——这两句是说：好好想一想，人生在世真的是大梦一场，到头来终究是有死去散场的时候。浮世：人间，人世。因为人在世间浮沉聚散不定，故称。

诗歌用平易浅近的语言书写了诗人对人生、富贵的看法，表达了人生苦短，应少用机巧，及时行乐的人生态度。对生命苦短的慨叹是这组诗歌的主要思想所在。生命意识的主题在汉乐府诗《薤露》篇中较早得到显现："薤上露，何易晞！露晞明朝更复落，人死一去何时归！"将短暂的生命比作草尖上的露珠，形象而具有震撼人心的力量。之后，建安文学中生命意识成为诗歌主题。唐伯虎这组作品，继承了前人在这一主题上的创作成就，并有一定的拓展。在这组诗歌中诗人将短暂的生命比做浮沤、蜉蝣、假钞、傀儡等，形象而鲜明，体现了佛教文化对唐伯虎思想的影响。

齐云岩纵目

此诗当作于弘治十八年乙丑（1505）。作品看似写景，实则重在抒发清远的情怀。齐云岩:齐云山上最高峰。齐云山位于安徽省休宁县以西,因最高峰齐云岩得名,是我国著名的道教仙山之一。"齐云"极言其高。纵目:放开眼界四处眺望。

摇落郊园九月馀,秋山今日喜登初。
霜林着色皆成画,雁字排空半草书。
曲糵才交情谊厚,孔方兄与往来疏。
塞翁得失浑无累,胸次悠然觉静虚。

摇落郊园九月馀,秋山今日喜登初——这两句是说:九月城外的园林众芳凋零,今天终于高兴地登上了秋日中的齐云山。摇落:凋残,零落。郊园:城外的园林。

霜林着色皆成画,雁字排空半草书——这两句是说:层林尽染霜华,色彩绚烂,似一幅美丽的画。大雁在长空中排列成字,如同挥毫写下的草书。雁字:成列而飞的雁群。群雁飞行时常排成"一"或"人"字,故称。语出唐白居易《江楼晚眺景物鲜奇吟玩成篇寄水部张员外》诗:"风翻白浪花千片,雁点青天字一行。"

曲糵才交情谊厚,孔方兄与往来疏——这两句是说:虽然贫穷没有太多银钱,但我们时常在一起饮酒,情谊深厚。曲糵(niè)才:能喝酒的人。曲糵,指酒。孔方兄:钱的别称。后一句化用宋代诗人黄庭坚《戏呈孔毅父》:"管城子无食肉相,孔方兄有绝交书。"

塞翁得失浑无累,胸次悠然觉静虚——这两句是说:人生之中的福祸是互相依存的,得即是失,失即是得,不是人所能左右的。心胸开阔,闲适淡泊,感到这个世界是如此恬淡平和。塞翁得失:比喻祸福相倚,坏事变成好事。无累:没有什么牵挂,连累。胸次:心胸。悠然:闲适淡泊的样子。静虚:恬淡平和。

此诗并未将笔墨重点放在写齐云岩的景色描写上,而是重在写诗人内心的悠远情思。首联点出登岩的时间和地点。颔联描写周围景色,只抓住了霜林和雁字,写其似画似书,悠远而富有韵味。颈联诗句"孔方兄与往来疏",化用宋代诗人黄庭坚的"孔方兄有绝交书",使诗句平添几分轻松幽默的气氛,苦中作乐,可谓带泪的微笑。尾联用塞翁失马的典故,道出人生福祸相依,非人所能算计的道理,抒发淡泊平和的情感。诗歌用语典雅端庄,情景完美融合。

白　燕

题解

白燕：白尾的燕子。古代以为瑞鸟。这是一首咏物诗。重在描摹刻画白燕之神及其文化内涵。

惊见元禽故态非，霜翎玉骨世应稀。
越裳雉尾姬周化，瀚海乌头汉使归。
误入梨花惟听语，轻沾柳絮欲添衣。
朱帘不隔扬州路，任尔差池上下飞。

新解

惊见元禽故态非，霜翎玉骨世应稀——这两句是说：忽然看到了一只非同一般的燕子，它尾巴的羽毛像雪一般洁白，身架清瘦秀丽，是世上少有的。元禽：燕子。故态：旧日的情况或态度。霜翎（líng）：白色的尾巴。翎，鸟的翅膀或尾巴上长而硬的羽毛。玉骨：清瘦秀丽的身架。

越裳雉尾姬周化，瀚海乌头汉使归——这两句是说：越裳国为周公献上白燕以示天下太平。因为出现了白色的鸟，苏武才得以回国。越裳句：寓意白燕是和平安宁的象征。《后汉书·南蛮西南夷列传》："交趾之南有越裳国。周公居摄六年，制礼作乐，天下和平。越裳以三象重译而献白雉。"瀚海句：指苏武归汉事。汉武帝天汉元年，苏武以中郎将出使匈奴。匈奴单于赞赏苏武气节，想诱逼苏武投降，苏武不屈。汉昭帝即位后，要求匈奴释放苏武等汉使。匈奴单于不得已，便释放苏武随汉使归汉。乌头，指战国时期燕太子丹被秦扣做人质，思归不得，幸而出现乌鸦头变白的奇迹，才帮助他回到燕国。燕太子丹在秦国做人质，秦王对他无礼，燕太子丹十分气愤，向秦王表示想回国。秦王说：你想回家，除非等到乌鸦的头白了，马的头上长出角才行。太子丹求归无望，仰天长叹，一叹之下，乌鸦的头由黑变白，马也生出了角。秦王无法，只好放他回国。这里诗人把两个典故合在一起使用。

误入梨花惟听语，轻沾柳絮欲添衣——这两句是说：它因为想要听取人们的谈话，误入梨花之中，它在柳枝中穿梭，轻轻拍打柳絮，似乎想要再多穿件衣服。

朱帘不隔扬州路，任尔差池上下飞——这两句是说：红色的帘子隔不断扬州繁华的大道，任凭你在这里展开翅膀，随意飞舞。朱帘：红色帘子。差池：语出《诗经·国风·邶风·燕燕》："燕燕于飞，差池其羽。"形容燕子张舒其尾翼。

以白燕诗得名的是明初诗人袁凯,人称袁白燕。袁凯诗中有"月明汉水初无影,雪满梁园尚未归"句,而唐伯虎此作"越裳雉尾姬周化,瀚海乌头汉使归"一联,较袁凯诗更为工稳。有人评价唐伯虎的诗歌是"如乞儿唱莲花落",指出其诗浅俗的弊病。但这只是唐伯虎诗歌的一个方面,也是有意追求的一种艺术境界。唐伯虎也有规矩典雅的作品,这首白燕诗就是其中的代表。诗作语言典丽精工,使用相关典故增加了对所咏之物的文化阐释,提高了咏物诗的境界。

闻江声

这是一首抒情诗作。主要通过描写诗人面对残冬尚在,春日将至之时,听闻江声所产生的万千人生感触。

岁事匆匆两鬓星,坐看檐影下虚屏。
寒梅向暖商量白,旧草吟春接续青。
梦似俗牵终夜恶,酒因愁敌片时新。
秦山暮雪巴山雨,不似江声不奈听。

岁事匆匆两鬓星,坐看檐影下虚屏——这两句是说:岁月匆匆而逝,鬓角很快就有了白发,傍晚坐在房中,眼看着房檐的影子逐渐拉长。

寒梅向暖商量白,旧草吟春接续青——这两句是说:冬日盛开的腊梅在阳光下窃窃私语,好像要盛开得更加洁白。去年的枯草为迎接春天到来,又一次泛出青青的颜色。

梦似俗牵终夜恶,酒因愁敌片时新——这两句是说:梦中的世界似乎还始终受到俗世的牵挂,彻夜纠缠,酒却因为要消解内心的愁情而略觉有些滋味。愁敌:愁对。

秦山暮雪巴山雨,不似江声不奈听——这两句是说:终南山傍晚的雪声和巴山的雨声都不像江声一般不耐欣赏品味。秦山:终南山。巴山:四川境内的山。

诗歌前两句起句情感伤感低沉。"岁事匆匆两鬓星,坐看檐影下虚屏",体现出一种伤时和悠远的意味。颔联"寒梅向暖商量白,旧草吟春接续青"两句,在写景中采用了拟人的写法,使诗句变得生动而有灵气,也使读者从前两句的暗淡情绪中解脱出来。颈联则再次将读者的情绪笼罩在一种淡淡的挥之不去的愁情之中。尾联采用对比的手法点题。当然这里的"江声不奈听"中包含着多少诗人内心的隐隐愁情,并非江声不奈听,而是听者自忧,无心欣赏。

感 怀

【题解】

这是诗人在中年时期写下的一首诗歌,主要抒写自己内心情怀,充满着对自在随意生活的赞颂和喜爱之情。

> 不炼金丹不坐禅,饥来吃饭倦来眠。
> 生涯画笔兼诗笔,踪迹花边与柳边。
> 镜里形骸春共老,灯前夫妇月同圆。
> 万场快乐千场醉,世上闲人地上仙。

【笺解】

不炼金丹不坐禅,饥来吃饭倦来眠——这两句是说:我既不学习道家炼制长生不老的丹药,也不学习佛家静坐参禅,以求获得大智慧。我只是在饥饿的时候吃饭,困倦的时候睡眠。金丹:中国古代炼丹术名词。包括"外丹"和"内丹"两种。道教认为服食以后可以使人成仙、长生不老。坐禅:佛教语。指静坐息虑,凝心参究。后一句语出《景德传灯录》卷六源律师问慧海禅师曰:"和尚修道,还用功否?"师曰:"饥来吃饭,困来既眠。"曰:"一切人总如师用功否?"师曰:"不同。他吃饭时不肯吃饭,百种须索;睡时不肯睡,千般计较。"

生涯画笔兼诗笔,踪迹花边与柳边——这两句是说:这辈子以写诗作画为生计,常常在花柳丛中行乐遣兴。后一句双关。花柳既指美好的自然界风物景观,也指歌女舞伎。

镜里形骸春共老,灯前夫妇月同圆——这两句是说:从镜中看到自己伴随着春天的逝去而逐渐衰老。在红烛下夫妇和美恩爱共赏一轮圆月。形骸:人的躯体。

万场快乐千场醉,世上闲人地上仙——这两句是说:千万场快乐千万场醉,甘当这世上的悠闲之人、地上的活神仙!

【新评】

此诗首句与《言志》首句相同。作品以直白明了的语言总结了他的生活状况和内心感受。首句虽说"不炼金丹不坐禅",但是诗人还是深深领悟到了禅不拘泥于形式而只需"饥来吃饭倦来眠"的随意境界,体现了唐伯虎在经过淹蹇的时运后所表现出的疏狂玩世、狷介自处的态度。诗歌语言流畅生动,感情浓烈真挚,表现了诗人率性而又快乐的人生。

赠徐昌国

【题解】

徐昌国:即徐祯卿(1479—1511),字昌谷,一字昌国,吴县人。弘治十八年进士,官国子监博士。与唐伯虎、祝允明、文徵明号称吴中四才子。早攻文词,后中进士,因容貌丑陋瘦小而仅被任命为大理寺副,后被降为国子监博士。遭受人生的尴尬和不得意之后,徐昌国转而学道。王阳明在正德六年所作的《徐昌国墓志》挽词中说:"早攻文词,中乃谢弃;脱淖垢浊,修形炼气;守静致虚,恍若有际。道几朝闻,遽夕先逝。"在《王阳明全集》卷二十五中又记:"昌国之学凡三变,而卒乃有志于道。"

书籍不如钱一囊,少年何苦擅文章。
十年掩骭青衫敝,八口啼饥白稻荒。
草阁续经冰满砚,布衾栖梦月登床。
三千好献东方牍,来伴山人赞法王。

书籍不如钱一囊,少年何苦擅文章——这两句是说:熟读经书有什么用?还比不上一袋钱的用处大,你为什么偏偏想要在写文章上有所特长。前一句语出汉末赵壹《刺世嫉邪赋》,篇末有"文籍虽满腹,不如一囊钱"的感叹。擅:在某方面有特长。

十年掩骭青衫敝,八口啼饥白稻荒——这两句是说:读了十年书,衣服破烂不堪。家中的人为饥饿而啼哭,田地间的稻子荒芜不堪。骭(gàn):小腿骨。青衫:古时学子所穿之服。借指学子、书生。敝:破烂。白稻:一种谷粒狭长的稻。

草阁续经冰满砚,布衾栖梦月登床——这两句是说:在用茅草搭成的房间中读书,砚台结满了厚厚的冰花,盖着薄薄的布被睡觉,清冷的月光洒在床头。砚:砚台,写毛笔字时磨墨用的器具,多用石头制成。布衾:用布做的被。

三千好献东方牍,来伴山人赞法王——这两句是说:遗憾的是你现在已经学有所成,就如当日汉代的东方朔一样,能写下洋洋洒洒几千字的好文章。你本应去进献国策,可是你却选择了和那些隐居的高士一起寻求佛家智慧的人生道路。前一句用汉代东方朔的典故,东方朔:字曼倩,平原厌次(今山东德州陵县)人,性诙谐幽默,善辞赋,汉武帝时大臣、文学家。汉武帝即位初年,征召天下贤良方正和有文学才能的人。各地士人、儒生纷纷上书应聘。东方朔也给汉武帝上书,上书用了三千片竹简,两个人才扛得起,武帝读了两个月才读完。牍(dú):古代写字用的木片,后来指公文、书信。山人:优游林下悠闲之人。法王:佛教对释迦牟尼的尊称。

这首赠友之作凄苦之情,溢于言表。前三联重在渲染当日徐昌国读书生活的艰辛。其中饱含着诗人对读书人的感叹和同情。正因为惺惺相惜,因此写得格外动情感人。颔联和颈联营造出文人读书苦寒、潦倒的人生景况。在前面三联的铺垫下,尾联就尤其显现出沉痛的意味。文人读书皓首穷经,到了文采斐然可以为国效力的时候,却生出隐遁山林之心。原因何在?当时社会使然。遭到社会打击的不仅仅是徐昌国一个人,唐伯虎又何尝不是?他们都在以某种特别的方式宣泄着对社会的不满和愤懑。这首短短的诗歌中实则隐藏着诗人自己对人生的失望和遗憾,是一篇借他人之酒杯,浇自己之块垒的作品。

梦

此诗作于正德十三年戊寅(1518),其时诗人四十九岁。是年八月十四日夜,诗人有下科场梦并此诗。此作是诗人对梦境的描述,同时也是对诗人在经历了人生的历练之后,对待事物通达洒脱态度的写照。

二十馀年别帝乡,夜来忽闻下科场。
鸡虫得失心尤悸,笔砚飘零业已荒。
自分已无三品料,若为空惹一场忙。
钟声敲破邯郸景,依旧残灯照半床。

二十馀年别帝乡,夜来忽闻下科场——这两句是说:离开京城二十多年了,昨晚忽然做梦又梦到了自己参加考试的事情。帝乡:京城。下科场:参加科举考试。

鸡虫得失心尤悸,笔砚飘零业已荒——这两句是说:那怕只是一点点细小的得失,可是却让我仍然心惊胆战。时至今日,笔砚扔得不见踪影,写文章的本领也已经荒疏了。鸡虫得失:微小的得失。悸:因害怕而心跳。飘零:到处漂泊。

自分已无三品料,若为空惹一场忙——这两句是说:自己估摸自己早已经没有了当官的能耐,为什么还要参加考试白白忙碌一场? 三品料:当官的才能。

钟声敲破邯郸景,依旧残灯照半床——这两句是说:钟声惊破那些虚幻的梦境,醒来后,依然看到油灯照在床头。邯郸景:即邯郸梦。喻虚幻之事,这里仅指梦境。唐沈既济《枕中记》载:卢生在邯郸客店中遇道士,用其所授瓷枕,睡梦中经历数十年富贵荣华。及醒,店主炊黄粱未熟。

诗人曾经于明弘治十二年己未(1499),三十岁时进京参加考试。当年诗人与江阴徐经进京会试,因科场舞弊案受累下狱。第二年出狱后被发往浙江为吏,诗人没有前往。回家后继室反目,遂休掉继室。可以说,科场是诗人心中一个永久的伤疤。这首诗写诗人在梦中又回到了科场。这是一次乱糟糟的考试,以致醒来以后仍然心有馀悸,但诗人的态度却带着几分戏谑和自嘲,说:"自分已无三品料,若为空惹一场忙。"最后两句颇有深意,钟声敲破的不仅仅是真实的梦境,也是人生的一场大梦! 当诗人再次回首当年的科考时"也无风雨也无晴",心已不再伤痛。五十馀年的风雨,历练出来的是一位洞明事理的诗人。

自 笑

这是一首作者后期创作的作品。通过对自己前期生活的总结和自嘲,表达了诗人在经历过人生风雨洗礼后面对生活的无尽感叹。

> 兀兀腾腾自笑痴,科名如鬓发如丝。
> 百年障眼书千卷,四海资身笔一枝。
> 陌上花开寻旧迹,被中酒醒炼新词。
> 无边意思悠长处,欲老光阴未老时。

兀兀腾腾自笑痴,科名如鬓发如丝——这两句是说:现在才开始看清世事,自己暗笑自己的愚痴。年轻时期的科举功名之心已经老去,恰似双鬓的黑发变成了白发。兀兀腾腾:指孤明独悟的高洁心态。科名:科举功名。

百年障眼书千卷,四海资身笔一枝——这两句是说:这些年来,读了许多书,只不过是用来打发时间而已,在四海立身,主要凭借着我的一枝画笔。障眼:遮蔽或转移人的视线使看不清真相。这里用来指打发时间。资身:资养自身,立身。此句中的"百"和"千"极言其多。

陌上花开寻旧迹,被中酒醒炼新词——这两句是说:花开之时,我在田间的小路上追寻往日的足迹,晚上醒酒以后就在被子中推敲新的诗词。陌:田间小路。炼:写作时推敲用字。

无边意思悠长处,欲老光阴未老时——这两句是说:闲暇的时候心中就会有许多的心思,这个时候我已经即将老去了!意思:心思。悠长:久远,漫长。

首联写自己的现状:发已斑白,但此时方能看透世事,再也没有了功名之心。颔联使用对仗,总结一生的经历:过去的日子中只是靠着读书来打发时间,安身立命还是要凭借自己的一枝画笔。颈联亦用对仗,写自己目前的生活:在诗酒中回首往事。尾联写自己的状况:即将老去,内心颇多烦忧。此诗中颔联与颈联对仗异常工稳,是唐寅作品中少有的。

全诗以简单的语句写诗人内心对生活的清醒认识,及面对生活苦难的无奈。可惜唐寅才华满腹,却遭受万般磨难,眼看着随着年华老去,个中滋味,谁人能会!

桃花坞祓禊

祓禊(fúxì):即洗濯以除去凶疾的祭祀仪式。祓,古祭名。源于古代"除恶之祭"。祓,是祓除病气。禊,是修洁净身。

> 谷雨芳菲集丽人,当筵饾饤一时新。
> 轸弦护索仙韶合,叉手摇头酒令新。
> 白日不停檐下辙,黄金难铸镜中身。
> 莫辞到手金螺满,一笑从来胜是嗔。

谷雨芳菲集丽人,当筵饾饤一时新——这两句是说:谷雨时节,花草繁茂,美人云集,餐桌上放着新鲜的供观赏食品。谷雨:是雨生百谷的意思。是二十四节气中的第六个节气,春季的最后一个节气。谷雨芳菲:花草繁茂的样子。饾饤(dòudìng):供陈设的食品。

轹弦护索仙韶合,叉手摇头酒令新——这两句是说:弹奏音乐和谐悦耳,叉手摇头行出新的酒令。轹(lì)弦护索:指弹奏音乐。轹弦:唐宋大曲名。护索:弹琴的手法。仙韶:即仙韶曲,泛称宫廷乐曲。叉手摇头:行酒令的方法。酒令:佐酒助兴、宾主尽欢的方法。

白日不停檐下辙,黄金难铸镜中身——这两句是说:太阳从不停歇移动的脚步,纵有黄金在手,如何能铸造自己的年华,让它不再老去。辙:车走过留下的痕迹,这里指太阳的影迹。

莫辞到手金螺满,一笑从来胜是嗔——这两句是说:莫要推辞轮流到你手中的酒杯太满,从来都是快乐胜过生气的啊。金螺:用鹦鹉螺或红螺壳做成的酒杯。泛指酒杯。嗔(chēn):发怒,生气。

诗歌场面描写颇为热闹。首先点明时间,正是谷雨时节,花草繁茂,美女如云,宴席中的食物铺排繁多。在这样的场景中响起了美妙的音乐,人们一边愉快地品尝美食,一边豪饮行令。好一个欢乐热闹的景象!然而乐极生悲,诗人突然透过眼前的热闹和繁华看到了日月如梭、红颜易老的悲剧人生,"俯仰之间,已为陈迹",这样的生命悲剧是任何英雄都无法逃避的。正当情感无法消解之时,诗人宕开一笔,奉劝同饮者不要推辞手中酒杯的酒太满,要抓紧时间及时行乐。诗歌虽短,但情感跌宕起伏,有一唱三叹之妙。

哭妓徐素

唐伯虎婚姻不幸,中年时期曾有一段倚红偎翠的生活,这首作品应为唐伯虎此期所作。这是一首写给青楼女子的吊唁作品。其中情感一往而深。

清波双佩寂无踪,情爱悠悠怨恨重。
残粉黄生银扑面,故衣香寄玉关胸。
月明花向灯前落,春尽人从梦里逢。
再托生来侬未老,好教相见梦姿容。

　　　　江南人尽似神仙，四季看花过一年。
　　　　赶早市都清早起，游山船直到山边。
　　　　贫逢节令皆沽酒，富买时鲜不论钱。
　　　　吏部门前石碑上，苏州两字指摩穿。

　　江南人尽似神仙，四季看花过一年——这两句是说：江南的人们都像神仙一样，一年四季在欣赏鲜花中度过。

　　赶早市都清早起，游山船直到山边——这两句是说：为了赶早市大清早就起来了。去山上游览的船只一直可以把游人载到山脚下。

　　贫逢节令皆沽酒，富买时鲜不论钱——这两句是说：生计窘迫的人遇到了节日也都会打些酒。生活富足的人买时鲜是根本不去讨价还价的。沽酒：买酒。

　　吏部门前石碑上，苏州两字指摩穿——这两句是说：在吏部门前刻着"苏州"两字的石碑上，由于来往抚摩的人太多而将苏州两个字都磨平了。吏部：旧官制六部之一，主管官吏任免、考课、升降、调动等事。班列次序，在其他各部之上。摩穿：磨平。摩，通"磨"。

　　　　繁华自古说金阊，略说繁华话便长。
　　　　百雉高城分亚字，千年名剑殉吴王。
　　　　龙蟠左右山无尽，蛇委西东水更长。
　　　　北去虎丘南马涧，笙歌日日载舟航。

　　繁华自古说金阊，略说繁华话便长——这两句是说：自古以来都说苏州是个繁华的地方，简单地说一说就能说很多事情。金阊：即阊门，这里代指苏州。

　　百雉高城分亚字，千年名剑殉吴王——这两句是说：高高的城墙上分布着亚字图形。历史上的吴王阖闾据说用千年的名剑来殉葬。百雉：指城墙的长度达三百丈。是春秋时国君的特权。雉，古代计算城墙面积的单位。长三丈高一丈为一雉。亚字：城墙上的装饰，两"己"相背状如"亚"字，故称。"千年"句：据吴越春秋记载：当日夫差驱使十万人为其父阖闾修筑陵墓，"穿土为山，积壤为丘"；"水银为灌，金银为坑"，且以大量珍珠宝贝和"扁诸"、"鱼肠"等名剑三千殉葬。

　　龙蟠左右山无尽，蛇委西东水更长——这两句是说：绵延的山脉恰似蛟龙盘踞。曲折的流水如同长蛇蜿蜒。龙蟠：蛟龙盘曲。蛇委：绵延曲折貌。

北去虎丘南马涧,笙歌日日载舟航——这两句是说:北边有虎丘可以遣兴,南边有马涧足以游览,可以每天乘船听着乐曲去观赏。笙歌:合笙之歌。泛指奏乐唱歌。

唐伯虎极其热爱自己的家乡苏州,曾在多首诗歌中极写其处的繁华盛景。这里的四首诗歌同样用华丽的词汇,古老的传说,向人们展示了一个繁华而具有古老文明的苏州城。

第一首诗前三联写苏州的古老与如今的繁华,后一联用要离的典故作结。诗歌既歌咏了当时苏州繁华景况,也慨叹了在经济发达的同时,古人那种淳厚真挚,重然诺、轻生死的侠义精神已经很难见到了。第二首诗歌重在写苏州民生的优游和富足。第三首则重在写江南人民无忧无虑,安居乐业的太平景象。最后一首用吴王阊阖之典,为这个繁华的游乐地增添了神秘而又迷人的风致。

作品语言富丽而无半点尘俗气。"江南人尽似神仙,四季看花过一年"等句成为名句为人们所传诵。

咏梅次杨廉夫韵

次韵:和诗的一种方式。也叫步韵。就是依次用原韵、原字按原次序相和。这是一首和杨廉夫的咏梅诗。杨廉夫:即杨维祯。杨维祯(1296—1370),字廉夫,号铁崖,浙江诸暨人。元泰定四年(1327)进士。举进士后避兵未就职,寓富春山与钱塘,潜心诗文。其诗被称为"铁崖体",名盛一时。善吹笛,故又自称"铁笛道人"。作品借咏梅花表达了作者对美好生活的无限热爱之情。

　　北风着面刮起霜,腊月何处寻红芳?
　　瘦筇曳尽湘竹节,双鞋踏倒江莎芒。
　　谿桥突兀田塍裂,雪里梅开梅胜雪。
　　不妨地上有微冰,且是江南好明月。
　　罗浮仙子丽风韵,广平才人领花信。
　　胸中漫有铁石肠,眼前且看鸡雏鬓。
　　三更炙灯雁足缸,十千酤酒螭头舡。
　　折得陇头逢驿使,先与天下颁春王。

衲衣结鹑何愁冷,醉眼模糊长不醒。
游遍西湖夜继明,休把东风负俄顷。

新解

北风着面刮起霜,腊月何处寻红芳——这两句是说:北风凛冽夹带着寒霜吹在脸上,腊月时节到哪里去寻找花儿呢? 此句写冬日之冷。

瘦筇曳尽湘竹节,双鞋踏倒江莎芒——这两句是说:为在严冬寻找花儿,我爬山涉水,用尽了湘妃竹来做拐杖,踏倒了江边的绿莎,取草皮来编织草鞋。瘦筇:指手杖。筇竹,节高干细,可作手杖,故称"瘦筇"。筇,也写作"邛"。曳:拖着,牵引。湘竹:即湘妃竹。远古时期,舜帝到南方巡游,死于苍梧之野,他的两个妻子,娥皇和女英,听到这个不幸的消息,连忙追寻到九嶷山,她们悲恸万分,伤心的眼泪,洒在沅湘一带的竹林上,竹子便染上她们斑斑点点的泪痕,从此便有了斑竹,人们也称它湘妃竹。莎:草名。唐代诗人李昉《和夏日直秘阁之什》中有"闲蹋绿莎芒作履,旋烹芳茗石为铛"的句子。这里的两句运用了夸张的手法。

谿桥突兀田塍裂,雪里梅开梅胜雪——这两句是说:桥下已经没有了水显得如此突兀,田埂因为干旱而裂开。雪中盛开着一树梅花,它比雪还要洁白。谿桥:谿,山沟,山谷。谿桥,即无水之桥。突兀:高耸的样子。田塍:田埂。亦作"田塝"。这里作者有意把梅花安排在野外恶劣的自然环境中,由此更能见出梅花独傲寒冬的高洁品格。

不妨地上有微冰,且是江南好明月——这两句是说:地上有一些薄冰,这并不妨碍梅花的盛开,何况有江南皎洁的明月相伴。不妨:可以,无妨碍。

罗浮仙子丽风韵,广平才人领花信——这两句是说:梅花姿态美好,饶有韵致,它的盛开预示着春季花期快要到来。罗浮仙子:罗浮,山名,在广东省东江北岸。相传隋赵师秀在罗浮山梦见梅花仙女,因此后人称梅花为罗浮仙子。广平才人:谢维新《古今合璧事类备要》中记:"宋广平(宋璟)为相,其贞姿劲质,刚态毅状,疑其铁石心肠,不解媚词。然观其作《梅花赋》,清新富艳,得南朝徐庾体,殊不累其为人。"花信:花期。

胸中漫有铁石肠,眼前且看鸡雏鬈——这两句是说:无论你心肠多硬,在这一树梅花面前你也会被感动,仔细观赏它漂亮的花朵。漫有:即使有。铁石肠:铁打的心肠。鸡雏鬈:即像小鸡羽毛一样光滑有光泽的发鬈。

三更炙灯雁足缸,十千酤酒螭头觥——这两句是说:半夜时分高烧红烛,喝着名贵的美酒赏花。三更:指半夜十一时至翌晨一时。炙灯:燃灯。雁足缸:即雁足灯,汉代宫灯,灯座刻有雁足形状。十千:很多钱。酤酒:买酒。螭头觥:螭,传说中的一种没有角的龙。觥,古代盛酒器。螭头觥即为刻有螭首的酒器。后一句颇有李白"斗酒十千恣欢谑"的豪放。此二句写在盛开的梅树下,诗人高烧红烛,尽情畅饮。

折得陇头逢驿使,先与天下颁春王——这两句是说:折得一枝梅花遇到了信使,希望他为天下分发这可谓是春天之王的花朵。陇头:即陇头梅。大庾岭地处亚热带,十月即见梅花。旧时岭上多梅,故又称"梅岭"。沈德潜在《唐诗别裁集》中说:"陇头疑是岭头。"据《荆州记》,陆凯与范晔相善,自江南寄梅花一枝,诣长安与范,并赠诗曰:"折梅逢驿使,寄与陇头人。江南无所有,聊赠一枝春。"驿使:古代传递公文的人。颁:颁发。

衲衣结鹑何愁冷,醉眼模糊长不醒——这两句是说:衣服破烂不堪,管他冷不冷,但愿能永远沉醉于美酒之中。衲衣结鹑:衲衣,僧衣,指衣服像鹌鹑的羽毛一样破烂不堪。

游遍西湖夜继明,休把东风负俄顷——这两句是说:遍游西湖以后晚上再继续赏花,丝毫不要辜负春天的美景。东风:春风。负:辜负。俄顷:一会儿,表示时间很短。

这是一首咏梅花的作品。诗作先写气候之寒冷恶劣,其次写梅花的傲雪开放,最后写自己对梅花如痴如狂的喜爱之情。运用典故恰到好处,点明梅花高雅的风致及花期使者的身份。作品抒情狂放热烈,极富浪漫特质。

题五王夜宴图

五王:指唐明皇兄弟让皇帝宪、惠庄太子㧑、惠文太子范惠、宣太子业、隋王隆悌。相传唐玄宗兄弟友爱甚笃,尝于殿中置一大帐,五兄弟共寝。

积善坊中五王宅,重楼复阁辉金碧。
大衾长枕共春秋,斗鸡走狗连朝夕。
花萼楼前夜开宴,沉水凝烟灯吐焰。
列坐申王与岐薛,让皇降席同南面。
昆仑琵琶凉州歌,当时进御杂云和。
宫声不属商声暴,琵声起少琶声多。
独有汝阳知律吕,曾把流离陈明主。
他日回銮蜀道中,不教审听铃淋雨。

积善坊中五王宅，重楼复阁辉金碧——这两句是说：积善坊中的五位王子居所气势宏伟，高楼深阁，金碧辉煌。积善坊：洛阳积善坊，分成五院，玄宗兄弟在五院中各自生活，但还是住在一起，时称"五王坊"。

大衾长枕共春秋，斗鸡走狗连朝夕——这两句是说：五位王子共用一床被子，同枕一个长枕，在一起生活，日日斗鸡赛狗，玩耍游戏。衾：被子。斗鸡走狗：使公鸡相斗，使狗赛跑。语出西汉司马迁《史记·袁盎晁错列传》："盎病免居家，与闾里浞枕，相随行斗鸡走狗。"

花萼楼前夜开宴，沉水凝烟灯吐焰——这两句是说：夜间五兄弟在花萼楼前举行盛大的宴会。点燃名贵的香料，香雾缭绕；华灯吐焰，绚丽辉煌。花萼楼：唐明皇在兴庆宫建花萼楼，兄弟五人宴乐于其间。沉水：沉水香，一种名贵的香料。

列坐申王与岐薛，让皇降席同南面——这两句是说：申王、岐王、薛王三人同坐于酒席之间。有"让皇帝"美称的李宪也屈尊和他们一起面南而坐。申王：李湛，被封为申王。岐：李范，他被封为岐王。薛：李业，被封为薛王。让皇：李宪。他把将登皇位的太子之位让给了李隆基，死后被封为"让皇帝"。降席：座席的西头。古代宾主相见，以西为尊，主东而宾西。《仪礼·乡饮酒礼》："降席坐奠爵。"郑玄注："降席，席西也。"后用作尊贤礼士之典。

昆仑琵琶凉州歌，当时进御杂云和——这两句是说：他们一起欣赏动听的琵琶乐曲和慷慨悲壮的凉州曲，当时进呈到他们面前的还有云和之瑟。昆仑：古代西方国名。凉州歌：即《凉州曲》。内容多描写西北边陲的风光及战争情景。

宫声不属商声暴，琵声起少琶声多——这两句是说：宫声不像商声那么刚强有力，琵琶声时起时落，悠扬悦耳。宫声：五音中的宫音。商声：五音中的商音。

独有汝阳知律吕，曾把流离陈明主——这两句是说：只有汝阳王通晓音律，他曾经把百姓的苦难传达给皇上。汝阳：宁王长子，通晓音律。律吕：古代校正乐律的器具，共有十二个，从低音到高音依次奇数为"律"、偶数为"吕"，总称"六律六吕"，简称"律吕"。也泛指音律或乐律。流离：由于灾荒战乱而流转离散。陈：表达。

他日回銮蜀道中，不教审听铃淋雨——这两句是说：以后从蜀地回长安的路途中，再也不要让他谛听那令人肠断的乐曲声了。回銮：旧时称帝王及后妃的车驾为"銮驾"，因称帝、后外出回返为"回銮"。这里暗用唐代白居易《长恨歌》："蜀江水碧蜀山青，圣主朝朝暮暮情。行宫见月伤心色，夜雨闻铃肠断声。天旋地转回龙驭，到此踌躇不能去。马嵬坡下泥土中，不见玉颜空死处。"指当日安史乱中，李隆基仓皇逃至蜀地，马嵬坡下杨玉环香魂离世之事。审听：细听。

【新评】

这是一首题画诗。诗歌中写到了当日唐玄宗兄弟手足情深的场面"大衾长枕共春秋,斗鸡走狗连朝夕";写到了兄弟们痛快畅饮欣赏歌舞的场面"花萼楼前夜开宴,沉水凝烟灯吐焰","昆仑琵琶凉州歌,当时进御杂云和";写到了兄弟们互相礼让谦恭的场面"列坐申王与岐薛,让皇降席同南面"。这些描写极尽华丽堂皇之能事,对画面上的布局情景做了交代。而最后四句"独有汝阳知律吕,曾把流离陈明主"、"他日回銮蜀道中,不教审听铃淋雨"则是画面上所没有表现出来的事件和情感,诗人的诗作把观赏者带入一种深沉的历史悲叹中去。眼前所见即使繁华,而这繁华已然在历史的长河中成为过往!诗人以其神来之笔带领观者刊落繁华,洞见世事,为画面平添几分深沉的哲理意味。袁中郎评此诗:"的是笔头有舌。"

题浔阳送别图

【题解】

这是一首题画诗。浔阳:江名。长江流经江西省九江市北浔阳县境的一段。"浔阳送别"即从唐代诗人白居易《琵琶行》诗歌中之"浔阳江头夜送客,枫叶荻花秋瑟瑟"而来。

寂落浔阳白司马,青衫掩骭官僚下。
献纳亲曾批逆鳞,忽以谗言弃于野。
当时藩镇在谋逆,谋以如公不易得。
欲济时难须异才,琐尾小人有何益!
谠言不用时事危,忠臣志士最堪悲。
一曲琵琶泪如把,况是秋风送别时。
是非公论日纷纷,不在朝廷在野人。
他日江州茅屋底,年年伏腊赛鸡豚。

寂落浔阳白司马,青衫掩骭官僚下——这两句是说:白居易在浔阳江头寂落不得志,身穿长衫职位低下。白司马:指唐代大诗人白居易。司马:唐制,于每州置司马,以安排贬谪或闲散的人。白居易曾于元和十年(815)被贬为江州司马,故称。青衫:唐代八、九品文官的官服。骭(gàn):小腿,这里指身躯。僚下:即下僚,指低级官吏。

献纳亲曾批逆鳞,忽以谗言弃于野——这两句是说:白居易曾无所畏惧地向皇

上进献忠言,没想到却因为诬陷而被贬官至此。献纳:指献忠言供采纳。批逆鳞:传说龙咽喉下有逆鳞径尺,有触之必怒而杀人。常以喻弱者触怒强者或臣下触犯君主等。谗言:说挑拨离间的话。野:乡野。这两句讲到了白居易被贬官的原因,元和十年六月,宰相武元衡被刺,当时做太子左赞善大夫的白居易上疏请求捉拿凶犯,宰相张弘靖、韦贯之恨其不是谏官却先言事。又有人谗诬说他在母亲看花坠井死后仍作赏花及新井诗,有伤名教,因而被贬为州刺史,后再贬为州司马。

当时藩镇在谋逆,谋以如公不易得——这两句是说:当时藩镇势力图谋叛逆,智谋有如白居易这样的人不多。藩镇:唐代中期在边境和重要地区设节度使,掌管当地的军政,后来权力逐渐扩大,兼管民政、财政,形成军人割据,常与朝廷对抗,历史上叫做藩镇。谋逆:图谋叛逆。

欲济时难须异才,琐尾小人有何益——这两句是说:要拯救艰难的时局应该寻找有特出才能的人,那些猥琐的小人有什么用!济:拯救。异才:指有特出才能的人。琐尾:即猥琐。

谠言不用时事危,忠臣志士最堪悲——这两句是说:当时朝廷没有听取正直的言论,导致政局危急,那些有高尚节操的忠臣们最感痛心。谠(dǎng)言:正直的言论。志士:有远大志向并有节操的人。

一曲琵琶泪如把,况是秋风送别时——这两句是说:听一曲琵琶感动得泪落如雨,更何况在瑟瑟秋风之中与你送别。这两句情景交融。当年白居易在浔阳江头送别朋友时曾遇到一位来自长安的善弹琵琶的女子,听其自述身世并听其弹奏一曲,白居易有"同是天涯沦落人,相逢何必曾相识"的喟叹,有"座中泣下谁最多,江州司马青衫湿"的句子。

是非公论日纷纷,不在朝廷在野人——这两句是说:你所做的事情到底是对是错不是由朝廷评定,而是由那些老百姓们来评定。公论:公众的评论。野人:泛指村野之人,平民。

他日江州茅屋底,年年伏腊赛鸡豚——这两句是说:以后在江州这个地方的茅草屋下,老百姓们年年庆祝伏腊的时候都会祭祀白居易。伏腊:古代两种祭祀的名称,"伏"在夏季伏日,"腊"在农历十二月。《汉书·杨恽传》:"田家作苦,岁时伏腊,亨(烹)羊炰羔,斗酒自劳。"赛:旧时祭祀酬报神恩的活动。

这是一首题画诗,记载当日白居易被贬为江州司马时夜晚于浔阳江头送客,偶遇琵琶女听其讲述身世并弹奏琵琶曲,因此有感而写作《琵琶行》的事情。作品前两句概括了整个画面中的人物身份及其地位、神情、衣饰。接下来的两句介绍了白居易被贬的原因主要在于"献纳"和"谗言"。后面的八句写了诗人对白居易的同情及对诬陷忠良的小人的愤恨。"一曲琵琶泪如把,况是秋风送别时"又把观赏者的视线拉进画面中。最后四句,诗人道出历史的真谛,历史不在朝廷而在百姓,百姓们将会永远记住白居易。表达了对当日白居易的同情和敬慕。

姑苏八咏(八首选三)

姑苏:苏州的别称。这是一组写苏州山水景物的诗歌,共八首,分别咏颂苏州的天平山、姑苏台、百花洲、桃花坞、响屧廊、寒山寺、长洲苑和洞庭湖等地的自然风景和人文古迹。这里选择了洞庭湖、寒山寺和桃花坞三首作品。

洞庭湖

洞庭湖,指苏州洞庭湖,即太湖。此诗通过吟咏太湖的美丽景色,引发出诗人对范蠡功成身退、高风亮节的敬慕。

  具区浩荡波无极,万顷湖光尽凝碧。
  青山点点望中微,寒空倒浸连天白。
  鸱夷一去经千年,至今高韵人尤传。
  吴越兴亡付流水,空留月照洞庭船。

具区浩荡波无极,万顷湖光尽凝碧——这两句是说:太湖水势浩大,无边无际,广阔的水域似乎凝结成一块绿色的美玉。具区:古泽薮名,即太湖。又名震泽、笠泽。万顷:百亩为一顷。这里用以形容面积广阔。诗人从写景入手,直接描绘太湖之水。

青山点点望中微,寒空倒侵连天白——这两句是说:眺望太湖周围,山脉显得那么微小,长空倒映在无边的水域中,在远处水天相接,白茫茫难以分辨。此句有"秋水共长天一色"之势。这两句接上两句,仍为写景,描绘太湖周围的景象。

鸱夷一去经千年,至今高韵人尤传——这两句是说:春秋时期范蠡功成身退,泛舟于五湖,千年以来他高雅的风度仍为人们所传诵。鸱(chī)夷:本义指一种皮制的口袋,亦用以盛酒。这里指春秋时期越国大夫范蠡。在越国被吴国灭亡时,范蠡辅佐越王勾践奋发图强,灭掉吴国,得以复国,但他深知勾践只可共患难,不可同享乐,于是离开吴国至齐国,隐姓埋名,自称"鸱夷子皮",后人因而称范蠡为"鸱夷"。

后来范蠡又至陶(即今山东的定陶县),自称"朱公",经商致富,十九年中产业三次高达千金,但他仗义疏财,把钱财一再分赐给那些贫困的朋友。他的行为使他获得"富而行其德"的美名。高韵:高雅的风度。这里诗人由景写到了人。

吴越兴亡付流水,空留月照洞庭船——这两句是说:历史的变迁已随这太湖之水流逝而去,只有那一轮见证历史变迁的明月空自将她的光辉洒在湖面的船只上。此句为由古人兴起的慨叹。

这首诗能够将历史毫无痕迹地融入美景之中。前四句用仄声韵,着力描绘太湖浩荡无垠的美丽景色,湖光山色,清旷悠远,宛若仙境。后四句用平声韵,将笔触延伸至悠远的历史长河之中,引出范蠡遁迹五湖之事,抒发自己对范蠡功成身退的敬慕之情,显得意永味长。最后一句以景语结情语,有"曲终人不见,江上数峰青"的韵致。

寒山寺

题解

唐伯虎后期居住在阊门桃花坞,时常游山玩水,枫桥是当地有名的游览胜地,诗人时常前去游赏遣兴,集中有多首作品描绘枫桥景象,此为其一。枫桥:唐张继有《枫桥夜泊》诗,据《大清一统志》引宋周遵道《豹隐记谈》记载:枫桥"旧作封桥,后因唐张继诗相承作枫桥"。

金阊门外枫桥路,万家月色迷烟雾。
谯阁更残角韵悲,客船夜半钟声度。
树色高低混有无,山光远近成模糊。
霜华满天人怯冷,江城欲曙闻啼乌。

金阊门外枫桥路,万家月色迷烟雾——这两句是说:金阊门外是一条通向枫桥的路,其间万户人家掩映在月色和迷离的烟雾之中。金阊:苏州有金门、阊门两城门,故以"金阊"借指苏州。阊门在明代商业极其繁盛,万商云集,舟车拥喧,人称"金阊门"。这两句写夜间所见景象,点明所处位置。

谯阁更残角韵悲,客船夜半钟声度——这两句是说:深夜时分,谯楼上传来悲凉的音乐声,客船上传来隐隐的钟声。谯(qiáo)阁:即"谯楼",古代城门上建造的用以瞭望的楼。更残:即"残更"。更,旧时夜间计时单位,一夜分为五更,第五更时称"残更"。角韵:角,古代军中的一种乐器。角韵指用角吹出的音乐。度:过,传来。这两句写夜间所闻。

树色高低混有无,山光远近成模糊——这两句是说:树木在月光下高低不齐,若有若无;山峦远近相连,一片模糊。混:掺杂。

霜华满天人怯冷,江城欲曙闻啼乌——这两句是说:落霜时节让人有些怕冷,天快亮的时候听到乌鸦的叫声。霜华:即"霜花",霜为粉末状结晶,故也称霜花。怯:怕。江城:临江之城,此指苏州。曙:天亮。

这首作品描写枫桥由傍晚至黎明的景色变换,设色朦胧迷离,诗境清冷孤寂。唐代诗人张继有《枫桥夜泊》诗:"月落乌啼霜满天,江枫渔火对愁眠。姑苏城外寒山寺,夜半钟声到客船。"这首作品在后世广为流传。唐伯虎这首作品基本包含了张继作品中的所有意象,感情基调相似。不同之处在于此诗在创作上更注重时间与空间的转换,由"月色迷烟雾"至"江城欲曙",由"枫桥路"至"客船",抒发情感哀而不伤。

桃花坞

本诗写了桃花坞绝美的自然环境。设色鲜艳,辞藻华美。桃花坞:在今苏州,景色秀美如画,诗人曾隐居于此。

花开烂漫满村坞,风烟酷似桃源古。
千林映日莺乱啼,万树围春燕双舞。
青山寥绝无烟埃,刘郎一去不复来。
此中应有避秦者,何须远去寻天台?

花开烂漫满村坞,风烟酷似桃源古——这两句是说:桃花坞中桃花盛开,春色烂漫,笼罩了整个村落,这里与传说中的世外桃源如此相似。风烟:风与烟,这里指朦胧的景物。桃源:即世外桃源。陶渊明《桃花源记》描述的一个理想世界,是一个与世隔绝的地方,那儿没有战祸,人民安居乐业,祥和无欺。后用来指不受外界影响或理想中的美好地方。这两句用比喻的手法写出桃花坞中风物之美。

千林映日莺乱啼,万树围春燕双舞——这两句是说:树林沐浴在暖阳之下,黄莺在枝上清脆地鸣叫,一片片树林似乎将春天包围了起来,燕子成双成对来往穿梭。袁宏道评此句时称:"'围春'二字妙。"此两句写景极生动。

青山寥绝无烟埃,刘郎一去不复来——这两句是说:远远望去,青山空旷,毫无烟尘阻碍,那个到天台山桃源中去的刘郎再也没有回来。廖:空虚,空旷。刘郎:指东汉刘晨。相传刘晨和阮肇入天台山采药,在桃溪边为仙女所邀,留半年,求归,抵家子孙已七世。其事见南朝宋刘义庆《幽明录》。

此中应有避秦者,何须远去寻天台——这两句是说:这里面完全可以躲避尘俗,何必要远去天台山呢!避秦者:陶渊明《桃花源记》中记有:桃花源中人自称是先世为避秦乱而来此。天台:即上两句注释中所提到的刘晨所去的天台山桃源。

作品以桃花坞比做东晋大诗人陶渊明笔下的桃花源和天台山的桃源,写景色彩绚烂,抒情清远高古。典故的运用增添了诗歌悠远高逸的氛围。不仅写出了桃花坞景色之迷人,也表现了其处境的不俗。

警世(八首选二)

这组诗歌是唐伯虎在后期创作的。警世诗在唐伯虎作品中是一组七言律诗,共包括八首诗歌。诗人在这些诗歌中提出了一些生存的基本道理。

一

世事如舟挂短篷,或移西岸或移东。
几回缺月还圆月,数阵南风又北风。
岁久人无千日好,春深花有几时红。
是非入耳君须忍,半作痴呆半作聋。

世事如舟挂短篷,或移西岸或移东——这两句是说:人生在世,就好像一艘小船上挂着船帆,在风的吹动下有时候在西边停泊,有时候却又飘荡在东边。篷:船帆。

几回缺月还圆月,数阵南风又北风——这两句是说:不知道经过多少次月圆月缺,经历了几场南风和北风。这里是说时间的变换。

岁久人无千日好,春深花有几时红——这两句是说:岁月长久,生活于其中的人却不得永远快乐,春日美好,春天的花又能盛开几时?

是非入耳君须忍,半作痴呆半作聋——这两句是说:听到了有关自己的矛盾和纠纷一定要容忍,就装作傻瓜和聋子。是非:有关矛盾纠纷的话。

二

万事由天莫苦求，子孙绵远福悠悠。
饮三杯酒休胡乱，得一帆风便可收。
生事事生何日了，害人人害几时休。
冤家宜解不宜结，各自回头看后头。

【新解】

万事由天莫苦求，子孙绵远福悠悠——这两句是说：所有事情都有上天注定，不必苦苦追求。子孙自然代代相传，幸福久远。悠悠：长久，遥远。

饮三杯酒休胡乱，得一帆风便可收——这两句是说：喝上几杯酒后不可乱来，一帆风顺以后就该收帆了。这里作者强调人生在世应该见好就收。

生事事生何日了，害人人害几时休——这两句是说：活在世上要少惹事，少记仇，化干戈为玉帛，与人平安相处。生事：惹事。这两句是说：你去给别人找事，别人来给你找事，什么时候是个了结？你去害人，你被人害什么时候是个头？

冤家宜解不宜结，各自回头看后头——这两句是说：要化解和别人的矛盾，不要与人结仇记怨。每个人都应该多反省自身的问题。看后头：反省自身的错误。

【新评】

第一首诗歌首联以比喻之法写出人世间事物的变换不定。颔联写人生历时之久。颈联写人生虽久却不能日日快乐。尾联在前文的基础上告诫人们：既然时势变换不定，自己难以把握自己短暂的命运，不能天天快乐，那么在听到烦心事的时候就应当装聋做痴，只有这样才能生活得开心。诗歌语言直白平易，主题鲜明。

第二首作品首联起笔即为概括性语言，指出"万事由天莫苦求"的主题。其余三联都是对这句话的阐释。语言浅显通俗。

除夜坐蛱蝶斋中

【题解】

除夜：除夕夜。蛱蝶斋：唐伯虎桃花坞别墅中茅舍名。唐寅酷爱桃花，别墅取名"桃花庵"，其中建有几间茅舍，命名为"学圃堂"、"梦墨亭"、"蛱蝶斋"等。

灯火萧萧岁又除，盘餐草草食无鱼。
衰迟日月辞残历，憔悴头颜咏后车。

一卷文章尘覆瓿,两都踪迹雪随驴。
　　明朝转眼更时事,细雨荒鸡漫倚庐。

【新解】

　　灯火萧萧岁又除,盘餐草草食无鱼——这两句是说:灯火稀疏,又到了除夕之夜,面前的盘子中胡乱装着些食物,生活清贫。萧萧:稀疏。后一句用《战国策·齐策》记载冯谖弹铗事。春秋战国时孟尝君门客冯谖,因得不到重用,便弹铗而歌:"长铗归来兮,食无鱼。"后多用为怀才不遇的典故。这里是诗人自叹清贫之意。

　　衰迟日月辞残历,憔悴头颅咏后车——这两句是说:已至暮年,告别一年中所剩无几的时日,脸色憔悴,感叹自己未来的岁月。衰迟:衰年迟暮。后车:后继之车。这里指所剩无几的岁月。此两句感叹自己年华老去。

　　一卷文章尘覆瓿,两都踪迹雪随驴——这两句是说:从前写下的文章已落满灰尘,只能用来盖盛酱的瓦罐。为了生活,下雪天骑着毛驴,在两都之间穿梭。瓿(bù):小瓮。陶或青铜制。圆口、深腹、圈足,用以盛物。两都:指北京和南京。明初建都南京,后迁都北京。

　　明朝转眼更时事,细雨荒鸡漫倚庐——这两句是说:明天很快就是新的一年了,细雨中传来不合更数的鸡鸣,我兀自倚靠在房中。荒鸡:指三更前啼叫的鸡。

【新评】

　　此诗意境苦寒孤寂,充满着诗人对人生的深沉感喟和无奈之情。首联写岁月匆匆,生活清贫。颔联写岁月老大,颓丧狼藉。颈联写到自己的一生无所作为,空自忙碌。尾联照应题目,以景结情。尾联"明朝转眼更时事,细雨荒鸡漫倚庐"句,情景交融,为全诗增添了无限让人感慨唏嘘的意味。

七夕赠织女

【题解】

　　七夕:农历七月初七晚上。织女:《月令广义·七月令》引南朝梁殷芸《小说》:"天河之东有织女,天帝之子也。年年机杼劳役,织成云锦天衣,容貌不暇整。帝怜其独处,许嫁河西牵牛郎,嫁后遂废织纴。天帝怒,责令归河东,但使一年一度相会。"

　　神云矫矫月离离,帝子飘摇即故期。
　　银台极夜留鱼钥,珠殿繁更绕凤旗。
　　灵津驾鹊将言就,咸池沐发会令晞。

含情忍态辞文席,七襄仍弄昨朝丝。

　　神云矫矫月离离,帝子飘摇即故期——这两句是说:天空中仙云飞动,月光迷离。织女随风而至,身姿婀娜,她要奔赴一年一度的约会。矫矫:飞动貌。离离:清爽迷离貌。帝子:帝王之子。这里指织女。飘摇:随风飘舞摆动。即:奔赴。
　　银台极夜留鱼钥,珠殿繁更绕凤旗——这两句是说:王母居所彻夜宫门洞开,华美的宫殿中整晚飘动着彩凤之旗。银台:传说中王母所居处。极夜:彻夜,终夜。鱼钥:鱼形的锁。珠殿:饰以珠玉的宫殿。繁更:犹言整夜。凤旗:用鸟羽装饰或绘有凤凰图饰的旗。
　　灵津驾鹊将言就,咸池沐发会令晞——这两句是说:天河上喜鹊搭建的桥很快就会搭好,织女在咸池中洗发,头发很快就会干爽飘逸。灵津:天河,银河。咸池:神话中谓日浴之处。晞(xī):晒干。
　　含情忍态辞文席,七襄仍弄昨朝丝——这两句是说:脉脉含情,强忍分别的痛楚,辞别心上人,回去仍旧织那昨天未织完的丝线。文席:有花纹的席子。这里指牛郎织女的合欢床席。七襄:本指织女星白昼移位七次,这里揣想织女星别后心神恍惚,不能专注地继续织布的情形。《诗经·小雅·大东》:"跂彼织女,终日七襄,虽则七襄,不成报章。"

　　诗歌写牛郎织女事,不重于写事,而偏重于对意境及织女内心活动的描画。首两句第一句写景,采用叠音字营造出飞动清远的神仙世界。第二句交代织女的行动,她即将奔赴一年一度的约会。接下来两句写天宫中之繁华,渲染节日气氛。"咸池沐发会令晞"句写织女的动作,体现出她内心的期盼与缠绵。使这一形象具有浓浓的人情味。"含情忍态辞文席,七襄仍弄昨朝丝"写约会过后织女的无奈和怅惘。诗作中的织女,既有神的飘逸和出尘,又有人的多情和婉媚。语言华美,能在细节中刻画人物,反映人物内心活动。

题友鹤图为天与

　　这是一首题画诗。通过对画面景象的描绘,寄托着诗人内心对高洁人格的追求和企慕。友鹤图:画松树高士友鹤的景象。

名利悠悠两不羁,闲身偏与鹤相宜。
　　怜渠缟素真吾匹,对此清臞即故知。
　　月下吟行劳伴侣,松阴梦觉许追随。
　　日来养就昂藏志,不逐鸡群伍细儿。

　　名利悠悠两不羁,闲身偏与鹤相宜——这两句是说:无所牵挂的心,不为世俗名利所牵绊,落得个自由清闲之身,却偏偏喜欢那于空长唳的飞鹤。

　　怜渠缟素真吾匹,对此清臞即故知——这两句是说:喜爱你那洁白的羽毛,真是和我的性情一般无染。面对这样清逸的身姿,就如同见到了老朋友一样感到亲切。渠:他。缟素:洁白。匹:匹配,同类。清臞(qú):清逸,消瘦。故知:老朋友。

　　月下吟行劳伴侣,松阴梦觉许追随——这两句是说:我在清淡的月光下一边行走,一边吟诗,飞鹤在身边陪伴着我。我在松阴下从梦中醒来,飞鹤追随在我的身畔。吟行:边走边吟咏。

　　日来养就昂藏志,不逐鸡群伍细儿——这两句是说:平日里陶冶出高朗的气概,怎么能去追随那些鸡群小儿呢。昂藏志:高朗的气概。伍细儿:与小人为伍。

　　人说唐伯虎的画,无论是大笔渲染还是小处涂抹,均有高古的意韵。唐伯虎的题画诗也大多如此。此诗紧紧围绕画面上的松、鹤、名士作文章,刻画名士不为名利羁绊的闲云野鹤形象。他时刻与鹤为伴,韬光养晦,形成秀逸闲雅的风姿。作品语言高古朴素,近而能远。

题枯木竹石

　　这是一首题画诗。通过对画面所画苍松、翠竹、怪石的描绘,反映出诗人面对如此自然景观时的无比兴奋之情。

　　　　　翠竹并奇石,苍松留古柯。
　　　　　明窗坐相对,试问兴如何。

　　翠竹并奇石,苍松留古柯——这两句是说:葱郁的翠竹边垒叠着几块怪石。一株高大的老松树上剩下几根树枝。古柯：老枝。这两句写画面上描画的景色。

明窗坐相对，试问兴如何——这两句是说：在明亮的窗户前相对而坐，欣赏这眼前之景，不知道你的感受如何呢。兴：情趣，趣味。

古代文人雅士，大多爱竹。宋代苏轼《于潜僧绿筠轩》："宁可食无肉，不可居无竹。无肉令人瘦，无竹令人俗。人瘦尚可肥，士俗不可医。"竹代表着超凡脱俗，清新高雅的人生品格。苍松怪石同样是高士的象征，它们象征着刚直坚强、不同流俗的人格特点，因而受到文人雅士的喜爱。此诗首先简单勾勒画面景物，简洁而富有韵味。后两句重在写情。运用了想像的笔法，引导观画者想像，当你打开窗，面对如此不俗的景物时，兴致如何呢？将观者引入画中世界。简单几笔，格调与韵味俱现。袁宏道评："好。"

美人蕉

这是一首咏物诗，咏颂美人蕉的芳姿。

　　　　大叶偏鸣雨，芳心又展风。
　　　　爱他新绿好，上我小庭中。

大叶偏鸣雨，芳心又展风——这两句是说：那大大的蕉叶在雨水的敲打下发出清脆丁冬的声音，蕉心的小叶在春风的拂动中微微舒展臂膀。鸣雨：雨打蕉叶而发出声响。芳心：指蕉心的小叶。

爱他新绿好，上我小庭中——这两句是说：喜爱她那刚刚抽出的新鲜绿芽，在我的小小庭院中随风招展。新绿：刚刚吐出的绿芽。

咏物诗要能抓住物的特征来写。这首诗歌在寥寥数笔中用拟人化的手法，写出了美人蕉婀娜的身姿，赋予其人的灵性和可爱特征。诗歌选取了美人蕉的叶子作为主要咏颂对象，于静态描写中写出了悦耳的雨打芭蕉声，写出了蕉叶在春风中舒展的生动姿态。于一物中尽现春意，袁宏道评："好。"

对 菊

【题解】

此首写诗人秋日于山岩之上饮酒赏菊时的感受。作品于淡淡的叙述中隐藏着诗人一颗爱慕自然清雅生活的心。

天上秋风发,岩前菊蕊黄。
主人持酒看,漫饮吸清香。

【新解】

天上秋风发,岩前菊蕊黄——这两句是说:秋天到了,刮起一阵秋风,岩石边种着的菊花在秋风中绽放,散发出缕缕清香。这两句点出季节。

主人持酒看,漫饮吸清香——这两句是说:赏花者于花下把酒,一边慢慢饮酒,一边轻嗅那菊花飘散出的幽香。

【新评】

诗歌至清至淡,仿佛是陶渊明的作品。写秋风不见其寒,写菊花不见其繁,写饮酒不见其醉,写花香不见其郁。一切都是淡淡然,悠悠然,在这样的淡然和悠然中,蕴涵着诗人一颗宠辱不惊,风雨不动的澹定自若之心。

题败荷脊令图

【题解】

这是一首题画诗。脊令:即鹡鸰。水鸟名。《诗经·小雅·常棣》"脊令在原,兄弟急难。每有良朋,况也永叹。"汉毛氏传:"脊令,雍渠也,飞则鸣,行则摇,不能自舍耳。急难,言兄弟之相救于急难。"孟浩然《洗然弟竹亭》:"俱怀鸿鹄志,共有脊令心。"杜甫《得弟消息二首》其一:"浪传乌鹊喜,深负鹡鸰诗。"

飞唤行摇类急难,野田寒露欲成团。
莫言四海皆兄长,骨肉而今冷眼看。

【新解】

飞唤行摇类急难,野田寒露欲成团——这两句是说:脊令在田野中一边飞一边鸣叫,似乎是要解救自己的兄弟于急难之中。田野中气候寒冷,露水快凝结成团。飞唤行摇：脊令飞行时喜鸣叫，行走时尾巴上的羽毛上下颤动，如摇摆状，为"飞则鸣，行则摇"。

莫言四海皆兄长，骨肉而今冷眼看——这两句是说：不要说四海之内皆兄弟的话现在的亲兄弟都已经没有了什么情分，相互之间冷眼相待。

诗歌采用比兴的手法，以脊令在寒露中飞唤行摇，解救自己的兄弟于急难，兴起人世间骨肉兄弟的感情。接着又采用了对比的手法，以脊令之有情与人之无情对比。鸟尚且骨肉相护，人却已经完全没有了手足之情。诗歌情感沉痛凄怆。

题洞宾化女人携瓶图

洞宾：吕洞宾，道教八仙之一。名岩，字洞宾，自号"纯阳子"。唐京兆府（今陕西省长安县）人。曾以进士授县令。锺离权授他道法，被全真教奉为北方五祖之一，世称吕祖、纯阳祖师。据传吕洞宾曾化身为女子点化世人。

　　　　仙机变幻真难测，吕字分明现在哉。
　　　　何事世人皆不识，尚留馀迹与人猜。

仙机变幻真难测，吕字分明现在哉——这两句是说：神仙的变幻难以预料，吕洞宾变化以后的吕字分明向人们暗示着他的身份。仙机：神仙异人所作的预言或暗示。

何事世人皆不识，尚留馀迹与人猜——这两句是说：为什么人们都不知道那是神仙吕洞宾呢，他还为人们留下了一些线索让人们去猜想。

此诗重在感叹神仙法术的高明，为世人的愚痴而惋惜，是一首配合画面而写的诗歌，不仅点出了画面的基本内容，也将一个神话故事呈现在观众的面前，引起人们无限的遐思和想像。

题周东村画

周东村：即周臣，生卒年不详，明吴县（苏州）人，字舜卿，别号东村。善画山水、人物、花鸟，吴门四家中的唐寅和仇英皆出其门下。传唐寅以画成名之后，因疲于应酬，常请周臣代笔。

鲤鱼风急系轻舟，两岸寒山宿雨收。
一抹斜阳归雁尽，白萍红蓼野塘秋。

鲤鱼风急系轻舟，两岸寒山宿雨收——这两句是说：秋风紧急，停船泊岸。连续几日的雨停之后，两岸显露出的青山也似乎带着些许寒意。鲤鱼风：九月风，秋风。宿雨：多日连续下雨。

一抹斜阳归雁尽，白萍红蓼野塘秋——这两句是说：西天涂抹着一缕斜阳，几只南归的大雁从天边飞过。在这样的秋季，远离人烟的池塘上漂浮着开白花和红花的浮草。归雁：秋季南归的大雁。白萍：水中浮草。夏秋开白色小花。红蓼（liǎo）：蓼草的一种。多生水边，花呈淡红色。

新评

诗歌描摹如画。有三大特点。其一，写秋天的景色抓住了富有时间特征的意象，如鲤鱼风、寒山、归雁，渲染出清冷的秋季氛围。其二，在写景时非常注重色彩的运用。最后一句中的"白萍红蓼"为清冷的氛围增添了不少温暖的色调。其三，写景犹如作画，有强烈的画面感。"一抹斜阳归雁尽"句，颇有唐代诗人王维"大漠孤烟直，长河落日圆"的意味。袁宏道评此诗："好甚。"

咏美人（八首）

这组诗歌分别吟咏评价了历史上的八位美女。分别是卓文君、王昭君、石崇的宠姬绿珠、晋汝南王妾碧玉、唐明皇宠妃梅妃、杨玉环、薛涛和崔莺莺。

文君琴心

[题解]

卓文君:汉代历史上曾有一代诗赋才子司马相如琴挑卓文君的故事。卓文君因听琴声而倾慕司马相如,与之私奔。

浮生难比草头尘,常把千金视此身。
若使琴心挑得动,不知匪石是何人。

浮生难比草头尘,常把千金视此身——这两句是说:卓文君的出身并非低微之人,人们常常把她看得非常尊贵。浮生:指短暂虚幻的人生。草头尘:草尖上的灰尘,形容渺小轻微。千金:比喻十分宝贵。

若使琴心挑得动,不知匪石是何人——这两句是说:如果当初她是被琴声所挑动,那么,这世界上就不再有心志坚贞的人了(史有司马相如琴挑卓文君之说。诗意谓文君的心不是被司马相如所"挑"动的,而是她爱慕相如之才,主动投怀送抱的)。若使:假使,如果。琴心:寄寓于琴声的心思,多指男女情思。匪石:指对爱情忠贞。

昭君琵琶

[题解]

王昭君:王嫱,号昭君,南郡秭归(今湖北省兴山县)人。美丽而有见识。曾被送往匈奴去和亲。

高抱琵琶障冷风,淋漓衫袖湿啼红。
安边至用和亲计,驾驭英雄似不同。

高抱琵琶障冷风,淋漓衫袖湿啼红——这两句是说:昭君高高地抱着琵琶,遮挡边塞的寒风。她泪水涟涟,打湿了自己的衣衫。障:阻挡。啼红:指泪水。典出晋王嘉《拾遗记》:传说魏文帝喜欢的一个女子叫做薛灵芸,她被入选进宫时,在离开父母,上车就路,被人用了一个玉壶接她的泪水,泪水滴在壶上,就出现了红色,等到了京城,再看那个壶,居然"壶中泪凝如血"。

安边至用和亲计,驾驭英雄似不同——这两句是说:为了安定边境甚至使用和亲的政策,这样驾御英雄的方法似乎有些与众不同。安边:安定边境。和亲:又可称和蕃,指把宗室女作为公主下嫁给外国君王以示两国友好。驾驭:通"驾御",使服从自己的意志而行动。

绿珠守节

【题解】

绿珠:西晋时期,赵王司马伦得知石崇的宠姬绿珠貌美,求之,不许。赵王伦于是派兵杀石崇。石崇对绿珠说:"我现在因为你而获罪。"绿珠说:"愿效死于君前。"于是坠楼而死。

飞絮无凭只趁风,落花也逐水流东。
琉璃瓶薄珊瑚脆,毁不求全妾命同。

飞絮无凭只趁风,落花也逐水流东——这两句是说:飘飞的柳絮没有任何依凭只能在空中随风飞舞。落花无法自主,只能追随流水,向东而逝。飞絮:飘飞的柳絮。无凭:无所倚仗。趁风:随风。

琉璃瓶薄珊瑚脆,毁不求全妾命同——这两句是说:贵重的琉璃瓶和珊瑚树都很容易破碎,我的性命也像它们一样,绝不委曲求全。珊瑚:珊瑚破碎。典出《世说新语·石崇与王恺争豪》,王恺用晋武帝所赐珊瑚树向石崇炫耀,不料石崇挥起铁如意将珊瑚树打得粉碎,王恺心疼不已,以为石崇嫉妒自己的宝物,石崇一笑置之,命左右取来六七株珊瑚树。白居易《简简吟》:"大都好物不坚牢,彩云易散琉璃脆。"

碧玉留诗

【题解】

碧玉:晋汝南王妾,汝南王为她作《碧玉歌》,词中有"碧玉小家女"语。

徒倚闲庭泪暗垂,不须再读寄来诗。
已知一代荣华尽,地下相逢未是迟。

徒倚闲庭泪暗垂,不须再读寄来诗——这两句是说:汝南王徘徊于寂静的庭院中,暗自垂泪。已得知碧玉的死讯,无须再读她的绝笔诗。徙倚:徘徊,留连。闲庭:寂静的庭院。

已知一代荣华尽,地下相逢未是迟——这两句是说:一代芳华就此长逝,黄泉中我们再相会也不算晚。荣华:繁茂的花,借指碧玉。

梅妃嗅香

梅妃:唐明皇宠妃,姓江名采蘋,莆田人,婉丽能文,玄宗因其爱梅,而昵称她梅妃,又戏称为"梅精"。杨玉环入宫后,深怀妒忌之心,逼梅妃进上阳宫,安史之乱后,玄宗回长安,忆起梅妃。派人查访,方知已投井尽节。玄宗在梅妃图像上题诗:"忆昔娇妃在紫宸,铅华不御得天真。霜绡虽似当时态,争奈娇波不顾人。"

梅花香满石榴裙,底用频频艾纳薰。
仙馆已于尘世隔,此心犹不负东昏。

梅花香满石榴裙,底用频频艾纳薰——这两句是说:梅妃的裙裾散发出淡淡的梅花香味,因为她常常用艾纳薰香衣物。石榴裙:朱红色的裙子。亦泛指妇女的裙子。艾纳:也称大艾,菊科,木质草本植物,叶互生,春末开花,产于我国广东、广西和台湾等地。将其叶片蒸馏后所得艾粉,精炼成艾片也称冰片或艾脑香。可以用来薰衣物。

仙馆已于尘世隔,此心犹不负东昏——这两句是说:虽然梅妃香魂已逝,与世相隔,她却仍对唐玄宗痴情不移。仙馆:仙人修道及游憩之所。这里指梅妃死后的去处。东昏:指南朝齐萧宝卷。齐明帝次子,即位后荒淫残暴,曾凿金为莲花布于地上,令所宠潘妃行其上,谓之"步步生莲花"。后,萧宝卷为萧衍所杀。和帝立,追废为东昏侯。这里指唐玄宗。

太真玉环

杨玉环:号太真,蒲州永乐(今山西永济人)。唐玄宗李隆基的贵妃。安史之乱时唐玄宗携杨贵妃出逃西蜀,行至马嵬驿时,六军不发,玄宗无奈下诏将杨贵妃缢死。

欲与君王共辇还,马嵬路狭转头难。

早知怨自恩萌蘖,悔不当时乞赐环。

欲与君王共辇还,马嵬路狭转头难——这两句是说:本想着能和君王一起再回长安,没想到竟在马嵬坡无奈作死别。辇(niǎn):古代用人拉的车,后来多指皇帝、皇后坐的车。马嵬:地名。在陕西省兴平县。安史之乱,玄宗奔蜀,途次马嵬驿,卫兵杀杨国忠,玄宗被迫赐杨贵妃死,葬于马嵬坡。

早知怨自恩萌蘖,悔不当时乞赐环——这两句是说:早知道怨恨是从当初受到宠幸开始的,悔恨自己当初没有请君王让自己早回家乡,以免受马嵬之祸。萌蘖:植物的新芽,比喻事物刚刚发生。

薛涛戏笺

薛涛:唐代女诗人。字洪度,一作宏度。长安(今陕西西安)人。随父宦,流落蜀中,遂入乐籍。辨慧工诗,有林下风致。韦皋镇蜀,召令侍酒赋诗,称为女校书。出入幕府,历事十一镇,皆以诗受知,当时著名诗人元稹、白居易、杜牧等均与其有唱和。暮年屏居浣花溪。著女冠服。好制松花小笺,时号"薛涛笺"。

短长阔狭乱堆床,匀染轻槌玉色光。

岂是无心勿针线,要将姓字托文房。

短长阔狭乱堆床,匀染轻槌玉色光——这两句是说:布匹堆在床上,经过了精心的染色和槌打,颜色温润美丽。短长阔狭:指布匹。匀染轻槌:染布槌布使之颜色均匀质地光滑。

岂是无心勿针线,要将姓字托文房——这两句是说:难道是没有心思就不会做针线活?她只是更喜欢舞文弄墨罢了。姓字:姓氏和名字,犹姓名。文房:指文房四宝,这里特指纸。

莺莺待月

崔莺莺:文学中人物,勇于冲破封建礼教束缚,大胆主动地追求自由爱情。曾于月下私会张生。

闺门出入有常经,女子常须烛夜行。
待月西厢谁倡始,至今传说欠分明。

闺门出入有常经,女子常须烛夜行——这两句是说:闺中女子出入要有一定的规矩。晚上出门应该拿着烛火。常经:通常的行事方式。

待月西厢谁倡始,至今传说欠分明——这两句是说:在西厢房中等待自己的情郎这样的事情到底是从哪一部作品开始记载的,到现在都不是很清楚。待月西厢:《西厢记》记载,莺莺送诗传情,约张生于十五晚上翻墙来西厢房和自己约会,诗云:"待月西厢下,迎风户半开。拂墙花影动,疑是玉人来。"按目前所见最早的关于此事的记载是唐代元稹的《会真记》。

清代高崇瑞《松下清斋集》所言:"天下名山胜水、奇花异鸟,惟美人一身可以兼之,虽使荆、关泼墨,崔、艾挥毫,不若士女之集大成也。"明代是仕女画的艺术成熟阶段,唐伯虎作为一位画家,他也有描绘女性形象的作品。这里的八首诗歌作品说明了他在诗歌领域对女性的关注。

八首作品分别对历史上的八位女子作了刻画和评述,叙述与议论相结合,有高度的艺术概括性。

诗歌中或者使用比兴寄托的手法,以写意为主。如"绿珠守节"中以飞絮、落花兴起绿珠的身世,在飞絮、落花中有象征寄托着绿珠无法自主的命运;或者采用想象的手法,以工笔刻画为主。如"昭君琵琶"中以"高抱琵琶障冷风,淋漓衫袖湿啼红",写出了昭君思念故乡的忧愁心情。

作品或者描写女子的痴情,如卓文君、梅妃;或者写女子的无辜,如王昭君;或者写女子的气节,如绿珠;或者写女子的大胆勇敢,如崔莺莺;或者写女子的喜好诗文,如薛涛。虽都只是五言绝句的短小篇幅,但都能够抓住人物特点进行评议,描写,给人留下较深的印象。

题 竹

此诗名为"题竹",在写竹日辉映的同时,体现出闲雅的生活韵味。

> 修竹当窗白日迟,山僧出定客来时。
> 欲从节下题诗句,妙在无言不在诗。

修竹当窗白日迟,山僧出定客来时——这两句是说:修长的竹子正种在窗外,太阳就要落山了,山僧刚刚打坐完毕就有客人前来拜访。修竹:长长的竹子。出定:佛家以静心打坐为入定,打坐完毕为出定。

欲从节下题诗句,妙在无言不在诗——这两句是说:准备在竹节上题诗,转而想到此中情致在心领神会,就放弃了写诗的想法。陶渊明《饮酒》:"此中有真意,欲辨已忘言。"

唐李群玉有五言《题竹》诗:"一倾含秋绿,森风十万竿。气吹朱夏转,声扫碧霄寒。"围绕竹海的景象来造境起情。唐伯虎这首诗并未写成片竹林形成的万竿攒动的景象,而是写僧舍中的竹子。几竿修竹当窗,袅袅婷婷,潇洒俊逸,绿叶映着夕阳,更添几分静默。山僧刚刚出定,与客人当轩作诗。在这些远离尘嚣、悠远出尘的意象描写中,高古自在的气韵顿然显现了出来。

闻读书声

此诗写诗人在雪夜中所见之景,抒发了听到儿童读书声后内心的喜悦情怀,表现了诗人对诗书传家的认可。

> 公子归来夜雪埋,儿童灯火小茅斋。
> 人家不必论贫富,才有读书声便佳。

公子归来夜雪埋,儿童灯火小茅斋——这两句是说:雪夜归来,积雪深厚。看到茅斋中仍然亮着灯光,映照出小孩儿的身影。公子:古代称诸侯的儿子,后称官僚的儿子,也用来尊称人的儿子。这里指诗人自己。茅斋:茅草搭建的屋舍。斋,多指书房、学舍。

人家不必论贫富,才有读书声便佳——这两句是说:一个家庭无论是贫穷还是富有,只要有人读书就是好的家庭。才:只,只要。

诗记雪夜闻读书声之事。境界清寒高远。"儿童灯火小茅斋"句采用罗列意象的手法,勾画出一幅温馨的雪夜读书图。雪寒之夜,窗户上映照出儿童读书的剪影,站在雪夜之中看着这暖暖的图景,让人心中生起无限感叹:"人家不必论贫富,才有读书声便佳。"体现了"万般皆下品,惟有读书高"的思想。

秋日山居

这是一首写日常生活的小诗,主要描绘秋天在山间居住所经历的事情和所见到的景象。

　　日长深闭草庐眠,席下犹馀纸裹钱。
　　点检鸡栖牢缚草,夜来有虎饮山泉。

日长深闭草庐眠,席下犹馀纸裹钱——这两句是说:白天很长,因此紧闭草庐在家中睡觉,席子底下还压着些馀钱。

点检鸡栖牢缚草,夜来有虎饮山泉——这两句是说:仔细地查点鸡笼,用草牢牢地在外面绑住,晚上有老虎下山来在山泉中饮水。点检:查核,清点。鸡栖:鸡笼。

诗歌以白描的手法,对日常生活淡淡地叙述,不加任何渲染评论,其中却蕴涵着诗人对山间闲散自然生活的无比喜爱之情。白天可以无所顾忌地睡眠,体现出生活的闲适和自在;席下有钱,体现出不用为物质需求去役使形体;夜晚检查鸡笼,虎来饮水,体现人与动物、自然的和谐亲近。诗歌淡而有味,可谓"豪华落尽见真淳"。

为培芝俞君题

这是一首送给一位姓的人的诗歌,此人喜爱种植灵芝草。培芝:种植培养灵芝草。

一片芝田手自耕,重台奕奕起金茎。
摘来合做延年药,跨取胎禽上玉清。

一片芝田手自耕,重台奕奕起金茎——这两句是说:亲自耕种了一片田地,亲手种下灵芝草。如今灵芝草枝叶繁盛,依靠着铜柱向上生长。芝田:传说中仙人种灵芝的地方。重台:药草名,玄参的别名。见明李时珍《本草纲目·草一·玄参》。这里指灵芝草。奕奕:盛貌,众多貌。金茎:用以擎承露盘的铜柱。

摘来合做延年药,跨取胎禽上玉清——这两句是说:采摘下这些灵芝做成长生不死之药服下,就可以骑着仙鹤成仙了。胎禽:鹤的别称。玉清:道家三清境之一,为元始天尊所居,亦以代称元始天尊,这里指成仙。

诗歌就事论事,主要采用叙事的手法。前两句讲俞君种植灵芝的基本情况,谓芝草长势喜人。后两句是想像,说俞君如果采摘下那些他亲手种植的灵芝制成不死仙药,就可以跨上仙鹤,飞升成仙。

题画陶谷

这是唐伯虎为自画《陶谷赠词图》所写的题画诗。陶谷(903—970):字秀实,邠州(今陕西彬县)新平人。本姓唐,避晋祖讳改姓。五代周、北宋时曾任翰林学士、尚书等职。曾官居翰林学士承旨,因人称陶承旨。

信宿因缘逆旅中,短词聊尔识泥鸿。
当时我做陶承旨,何必樽前面发红。

信宿因缘逆旅中,短词聊尔识泥鸿——这两句是说:陶谷为了纪念旅馆中短暂的一段因缘,写了一首短词记录当时这件事情。这两句所述为一段历史。北宋初年,陶谷出使南唐,时南唐国力弱小,而陶谷态度傲慢,在南唐后主面前出言不逊。南唐臣僚忿而设下圈套,使歌妓秦弱兰诱之,共枕席时陶作词赠秦:"好姻缘,恶姻缘,奈何天。才得邮亭一夜眠,别神仙。琵琶只忆相思调,知音少,待得鸾胶续断弦,是何年?"过了几天,陶谷来到南唐的首都金陵。南唐国王李煜在清心堂设筵款待陶谷,李煜命人用玻璃巨杯盛美酒献给陶谷,陶谷傲然不受,李后主双手一拍,秦弱兰站了出来,唱陶某赠词侑酒。陶一见神色大沮,当天就束装北归了。信宿:连宿两夜。逆旅:客舍,旅馆。泥鸿:"雪泥鸿爪"的略语,比喻往事遗留的痕迹。典出苏轼《和子由渑池怀旧》:"人生到处知何似,恰似飞鸿踏雪泥。"

当时我做陶承旨,何必樽前面发红——这两句是说:当时如果我是陶谷,我何必在酒席间感到羞耻脸色发红。陶承旨:即陶谷。

从内容上而言,这是一首咏史诗。前两句重在陈述历史事实。后两句重在对这段历史的评述。诗人在面对当日事件时认为:"当时我做陶承旨,何必樽前面发红。"诗人将自己置身于当日情景,说如果是自己的话,绝不至于会脸红。这两句充分体现出唐伯虎的风流性格,显现出其潇洒不羁,坦荡磊落的人生态度。

题画白乐天

白乐天(772—846):唐代大诗人白居易。字乐天,号香山居士。祖籍太原(今山西)。后迁居下邽(今陕西渭南东北)。曾任补校书郎,调盩厔尉、集贤校理,江州司马,杭、苏二州刺史,刑部侍郎,刑部尚书等职。

> 苏州刺史白尚书,病骨萧条酒盏疏。
> 到老杨枝亦辞去,张娟李态竟何如?

苏州刺史白尚书,病骨萧条酒盏疏——这两句是说:白居易在苏州任上正身患疾病,瘦骨嶙峋,无精打采,连酒都很少喝了。苏州刺史、白尚书均为白居易担任过的官职名。萧条:凋零,冷落。这里指人没有神采的样子。

到老杨枝亦辞去,张娟李态竟何如——这两句是说:等到现在老了,连善唱《杨枝曲》的樊素都辞归了,更不要说其他那些歌妓了。杨枝:指白居易的侍妾樊素。樊素善唱《杨枝曲》,故以曲名人。张娟李态:此指白居易其他侍妾。

诗歌着意刻画白居易年老时的病态及孤独困苦的形象,其中颇多人生寄托。唐伯虎想要通过这首诗歌再次强调他的人生观,即把握年轻时期,及时行乐。否则年老多病,酒不能饮,曲不能听,舞不能赏,人生还有什么意味呢?唐伯虎后期诗歌风格多学白居易,白居易的人生也对唐伯虎有所启发。此诗于浅显的语言中蕴涵着人生哲理。

题美人图

此诗是一首题仕女画的作品,通过对画面上女子神态的描画,体现出唐伯虎对女子生命的惋惜和同情。

> 春色关心万种情,酒杯聊寞可怜生。
> 折花比对佳人面,把臂相同觉命轻。

春色关心万种情,酒杯聊寞可怜生——这两句是说:画面上的女子喜爱春天的景物,看着春天将逝,心中生起万种愁情。手中的酒杯空落寂寞,真是让人怜爱。关心:牵惹心肠。聊寞:无聊寂寞。

折花比对佳人面,把臂相同觉命轻——这两句是说:摘下一朵娇美的花朵放在她的脸畔,她们的美丽相映成辉,可叹红颜薄命,她们的命运也是相同的!把臂:握住对方的手臂,表示亲密。

诗歌前两句为实写,生动地描绘了画面女子的动人姿态。她那如秋水般澄澈的双眸中流露出万种愁情。后两句从画面的女子生发开去,"折花比对佳人面"把女子的美与花的美放在一起,美人如花,花如美人,二美交相辉映,是何等赏心悦目!然而最后一句情感急转而下:"把臂相同觉命轻",可惜红颜薄命,春花将要凋零,美人也终有一天会衰朽。当人们看着美的逝去而无法挽留时,内中只有悲戚和惋惜。更让人伤感的是春花凋谢明年依旧盛开,而美人迟暮,青春将永不再来!短短一首诗歌中体现了诗人对美的凋零的惋惜以及对生命的诸多慨叹。

题牡丹画

此诗为题写牡丹画而创作。

谷雨花枝号鼠姑,戏拈彤管画成图。
平康脂粉知多少,可有相同颜色无?

谷雨花枝号鼠姑,戏拈彤管画成图——这两句是说:谷雨时分盛开的最为繁盛的花要算是牡丹了,于是提起画笔戏画一幅牡丹图。鼠姑:牡丹的别名。彤管:红色的笔,朱笔,这里指画笔。

平康脂粉知多少,可有相同颜色无——这两句是说:平康里有那么多美艳的歌妓,不知道有没有像牡丹这样的国色天香?平康:唐长安丹凤街有平康坊,为妓女聚居之地,亦称平康里。

诗歌以牡丹花入题,点名画面景物,后两句将笔触转向女子。在这样的季节中,牡丹花开,春光宜人,风流才俊们可不能只顾赏花,人生适意应该"赏花赏月赏秋香",也应去寻找那解语之花。诗歌以戏谑的语言出之,轻松活泼,体现出唐伯虎身为才子风流不羁的一面。

题栈道图

栈道:又称"阁道"、"复道",古代沿悬崖峭壁修建的一种道路。有多种形式,主要有在悬崖峭壁上凿孔,支架木排柱来支承的简支梁桥,或在陡壁上凿孔插入木梁,梁上铺木板或再覆土石而成。

栈道连云势欲倾,征人其奈旅魂惊。
莫言此地崎岖甚,世上风波更不平。

栈道连云势欲倾,征人其奈旅魂惊——这两句是说:栈道狭窄,崎岖而上直入云霄,陡峭到似乎要倒下来,远行的人走在这样的路上怎能不心惊胆战,魂飞魄散。征人:远行的人。其奈:怎奈,无奈。旅魂:旅情。

莫言此地崎岖甚,世上风波更不平——这两句是说:不要说这里的道路崎岖,世上的路比这里的路更要艰险得多。

诗作前两句极言画面上所绘栈道的崎岖艰险,颇有李太白《蜀道难》中"西当太白有鸟道,可以横绝峨眉巅"的气势。后两句则由画面转向人生。"莫言此地崎岖甚,世上风波更不平"句表明诗人对人生之路的敬畏。自然的艰险算不了什么,人生路途上的曲折才是真正令人惊惧的!作品能够将画面与人生打成一片,营造深刻的哲理意味,令人咀嚼不尽。

题东庄图

东庄图:明代沈周所绘。设色。原画共二十四帧,明万历年间佚三帧,今存二十一帧。所画为作者友人吴宽之父吴孟融居住的庄园——东庄的景色。墨色浓润,线条圆劲,糅粗笔细笔于一体,别具特色。

> 落叶风中稻满场,平畴相对瀼东庄。
> 膏腴望望应千顷,满地黄金下夕阳。

落叶风中稻满场,平畴相对瀼东庄——这两句是说:秋叶在寒风中飘落,金黄的稻谷堆满谷场。一湾流水分开平坦的田野,从东庄中缓缓地流过。场(cháng):平坦的空地,用来晾晒、收打谷物。平畴(chóu):平坦的田野。瀼(ráng):流入江河的山间溪水。

膏腴望望应千顷,满地黄金下夕阳——这两句是说:有千顷良田沃野,一望无际。夕阳西下之时,金色的阳光洒满大地,映照着金黄的稻谷,满目生辉。膏腴(yú):肥沃。

人言看景不若听景,唐伯虎笔下的东庄的确是一个景色绝美的去处。它不像桃花源那样高古出尘,不食人间烟火,而是一个有着浓郁生活情调的地方。正值秋天,黄叶飘落、稻谷丰收,良田沃野流水绕村。是一个安居乐业的好去处。在景色描摹的同时,诗人没有忘记用色彩来表现这种丰收的喜悦,整个画面笼罩在金黄色的阳光下,显得温暖喜悦而充满希望。诗歌与画面相得益彰,达到了"诗中有画,画中有诗"的艺术境界。

题自画守耕图

守耕图:为唐伯虎所画。画面主体是掩映于苍松柏木中的深深农家院落。远依青山,近临水田,布局疏密有致,意境清远恬淡。

南山之麓上腴田,当守犁锄业不迁。
昨日三山降除目,长沮同拜地行仙。

南山之麓上腴田,当守犁锄业不迁——这两句是说:在南山脚下有一片肥沃的土地。这里的人家祖辈耕作,没有改变农家的本业。麓(lù):山脚。腴田:肥沃的田地。

昨日三山降除目,长沮同拜地行仙——这两句是说:昨天海上仙山降下除拜神仙的文书。在山间隐居耕作的人已经被拜为神仙了。三山:传说中的海上三神山。除目:除授官吏的文书。长沮:传说中春秋时楚国的隐士。曾与桀溺耕田于野,嘲讽孔子热衷于政治而颠沛流离疲于奔命。见《论语·微子》。这里指隐居的高士。地行仙:指隐居修道快乐自适的人。

此诗前两句为实写,简单点明画面内容,依靠着南山的人家在这片肥沃的土地上耕作,怡然自乐,自给自足,世世代代不改祖业。后两句为虚写,出以想像之辞,使整个画面显露出脱俗的艺术效果。作品虚实结合,营构出远离尘嚣的神仙境地。这样的生活也是诗人魂牵梦萦的景象,结构巧妙,意境悠远。

题子胥庙

子胥:即伍子胥(?—前484)春秋末期吴国大夫,军事谋略家。名员,字子胥。封于申地,故又称申胥。楚平王杀其父兄,伍子胥逃亡入吴,助阖闾夺取王位。不久,吴国攻破楚国,掘楚平王之墓,鞭尸三百。吴王夫差时,因力谏停止攻齐,拒绝越国求和,而伍子胥渐被疏远。后,夫差赐剑命伍子胥自杀,并以鸱夷革盛其尸浮于江上。

　　　　白马曾骑踏海潮,由来吴地说前朝。
　　　　眼前多少不平事,愿与将军借宝刀。

　　白马曾骑踏海潮,由来吴地说前朝——这两句是说:伍子胥曾经骑着白马,踏着海潮而来,吴地的人们说原因就在于春秋时期你那些坎坷的遭遇。白马:民间传说因吴国大夫伍子胥死后,尸体被抛入江中,钱塘江涌潮由此而生。涌潮时,人们还能见到子胥白马素车奔驰于潮头之中。吴地:春秋时吴国所辖之地域,包括今之江苏、上海大部和安徽、浙江、江西的一部分。前朝:春秋时期的吴国。

　　眼前多少不平事,愿与将军借宝刀——这两句是说:现在世道不知道有多少不公平的事,希望能借你的宝刀来主持人间公道。

　　伍子胥在春秋时期是一位颇有神话色彩的人物。诗歌前两句即采用传说故事,表现这位传说中的人物,其中有蕴涵着万千气势,他活着的时候有精彩的人生,死了以后同样不同凡响。后两句打通古今,寄托自己对眼前生活的感想,自己但愿能像伍子胥那样拿起宝刀,主持人间公道。赞叹了伍子胥的人生,同时寓有深沉的现实感喟,风格沉雄豪壮。

五　陵

　　五陵:指代富贵之地。指西汉高祖、惠帝、景帝、武帝、昭帝的陵园。汉朝每立陵墓,都把四方富家豪族和外戚迁至陵墓附近居住,最著名的是五陵。后常以五陵指豪门贵族聚居之地。

　　　　五陵昔日繁华地,今日漫天草蔓青。
　　　　蔓草不除陵寝废,当时一寸与人争。

　　五陵昔日繁华地,今日漫天草蔓青——这两句是说:五陵是当年多么繁华的地方,可是今天这里却是草藤疯长,攀爬满地。

蔓草不除陵寝废,当时一寸与人争——这两句是说:坟墓旁边的野草没有人去整理拔除,陵墓旁边也因此而废弃,无人聚集。但是想当年这里的地方可是寸土必争啊!陵寝:古代帝王陵墓的宫殿寝庙,借指帝王陵墓。

诗人《桃花庵》诗中有:"不见五陵豪杰墓,无花无酒锄作田。""五陵"在唐伯虎诗歌中是一个多次出现的意象,而且都表现相同的主题。此诗通过今昔对比的手法,写出了生活的沧桑变换,写出了生命的无奈和短暂,其中同样蕴涵着及时行乐的主题。

马(二首选一)

这是两首题为"马"的诗歌,原作有二,此选其一。但这两首诗歌并非单纯咏马,而是主要展现胡地的风土人情。

　　草软沙平桃李开,春风先到李陵台。
　　雪中一阵乌鸦起,知是胡雏打猎来。

草软沙平桃李开,春风先到李陵台——这两句是说:春风吹拂的塞外,春草柔软,平沙漠漠,桃李花开。春风先吹到了汉代李陵的坟墓前。李陵台:指汉李陵的墓。

雪中一阵乌鸦起,知是胡雏打猎来——这两句是说:冬天尚未融化的雪地上飞起一群乌鸦,是胡人的小孩子来这里打猎了。

诗歌写塞外景象,能够抓住有特点的意象进行表现。如其中所选平沙、李陵台、胡雏均能代表胡地特色。但同时诗人又在这些意象中增添了诸如桃李花、春风等意象,使原本显得刚硬的景象带有一些温柔的美。

题杏林春燕（二首）

【题解】

这是两首题画诗。写春天时节杏子花开,春燕穿梭,黄鹂啼鸣,春色满城的活泼生动景象。

燕子归来杏子花,红桥低影绿池斜。
清明时节斜阳里,个个行人问酒家。

【新解】

燕子归来杏子花,红桥低影绿池斜——这两句是说:燕子归来的时候,杏树正是繁花满枝。红色的短桥在水中低低地投下它的影子,绿色的水塘曲折狭长。

清明时节斜阳里,个个行人问酒家——这两句是说:清明时节夕阳西下的时候,这里的景致如画,行人走到这里,大多都要询问酒家在何处。

红杏梢头挂酒旗,绿杨枝上啭黄鹂。
鸟声花影留人住,不赏东风也是痴。

【新解】

红杏梢头挂酒旗,绿杨枝上啭黄鹂——这两句是说:开满杏花的枝头飘扬着一面酒旗。绿色的杨树枝上,黄鹂鸟婉转啼鸣。酒旗:即酒帘。酒店的标志。啭:啼叫。

鸟声花影留人住,不赏东风也是痴——这两句是说:如此美妙的鸟鸣花色挽留游人驻足欣赏。此时此刻,不懂得欣赏春色,也真是痴呆呀。东风:指春风。这里指美好的春色。

这两首诗歌写尽江南之春,写景犹为出色。第一首最后一句化用杜牧《清明》:"借问酒家何处有?牧童遥指杏花村。"

第二首中"红杏梢头挂酒旗"句则为曹雪芹所激赏,在其所著《红楼梦》中有一段:大家想着,宝玉却等不得了,也不等贾政的命,便说道:"旧诗有云:'红杏梢头挂酒旗'。如今莫若'杏帘在望'四字。"众人都道:"好个'在望'!又暗合'杏花村'意。"此段中宝玉为大观园中题对额时,取唐伯虎"红杏梢头挂酒旗"诗意,以"杏帘在望"题酒幌。

两首诗歌都通过清丽的语言、清新的意境来对江南春色进行细致的描摹刻画，寄托着诗人对江南春天无比热爱之情。

椿萱图

椿萱：亦作"萱椿"。父母的代称。椿，即椿树，指父亲，古代称父为"椿庭"；萱，即萱草，指母亲，古代称母为"萱堂"。

　　漆园椿树千年色，堂北萱根三月花。
　　巧画斑衣相向舞，双亲从此寿无涯。

漆园椿树千年色，堂北萱根三月花——这两句是说：园子中长着一棵千年古椿，庭堂北边种植的萱草三月间开出了美丽的花。此两句象征父母健康长寿。漆园：古地名。战国时庄周为吏之处。庄子曾担任漆园吏，这里借指庄子。据《庄子·逍遥游》中记载，远古时有一种大椿树，以八千年当作春，以八千年当作秋。堂北萱根：语出《诗经·卫风·伯兮》："焉得谖草，言树之背。"谖草就是萱草，古人又叫它忘忧草。背，北，指母亲住的北房。

巧画斑衣相向舞，双亲从此寿无涯——这两句是说：巧妙地画出两个身着彩衣的孩子相向嬉戏的样子，期盼从此以后父母双亲能安康长寿。斑衣：彩衣。亦指服彩衣。《北堂书钞》卷一二九引《孝子传》言老莱子年七十，父母尚在，因常服斑衣，为婴儿戏以娱父母。

诗歌借庄子寓言入题，采用象征手法，以长寿之椿与开花之萱草象征父母。同时点出图画中小孩为让父母高兴而穿彩衣相互嬉戏的景象。诗歌配合图画，表现了孩子期盼父母平安快乐的意图。浓浓的亲情感人至深。

嗅花观音

嗅花观音：观音能广化众生，《法华经·普门品》说他有三十二即应化身，有千手千眼观音、鱼篮观音、白衣观音、杨柳观音、嗅花观音，还有佛身、梵王身、帝释身、居士身、宰官身等。此诗为诗人在天台山国清寺游览时所写。

　　　　拈花微笑破檀唇，悟得尘埃色相身。
　　　　办取星冠与霞帔，天台明月礼仙真。

　　拈花微笑破檀唇，悟得尘埃色相身——这两句是说：观音手拈鲜花，嘴角浮现会心一笑，她早已悟得色即是空的大智慧。拈花微笑：比喻彻悟禅理。《五灯会元》记载：世尊在灵山会上，拈花示众。是时众皆默然，唯迦叶尊者破颜微笑。世尊曰："吾有正法眼藏，涅槃妙心，实相无相，微妙法门，不立文字，教外别传，付嘱摩诃迦叶。"檀唇：红唇。多指女子嘴唇。色相身：即肉身。

　　办取星冠与霞帔，天台明月礼仙真——这两句是说：我打算置办好衣物，到国清寺来陪伴清风明月礼拜得道的仙人。星冠：道士的帽子。霞帔：道士服。天台：在浙江省东部天台、宁海、奉化等县市间，山上有隋代古刹国清寺，为佛教天台宗发源地。仙真：道家称升仙得道之人。

　　诗歌写国清寺中嗅花观音庄重典雅的形象。前两句着重对欣赏对象的描摹，形态毕现，活灵活现。后两句主要写观赏者看到观音像后自己内心的艺术感受。从这首诗歌的语言中可以看出诗人借用道家语言来表述佛教名词，佛道混同一气的现象。这实质上体现了当时人们对佛道两教往往区分得并不十分清楚。这种现象在佛教传入中国后就一直存在。

题元镇江亭秋色

　　元镇：元代画家倪瓒（1301—1374），江苏无锡人，自称倪迂，号云林，元代中后期的"元季四大家"之一。他的绘画开创了水墨山水的一代画风，善画山水、竹石。画自明代开始便形成了"江南人家以有无倪画判雅俗"的声势。此诗主要缅怀倪瓒。

　　　　不见倪迂今百年，故山乔木领苍烟。
　　　　晴窗展轴观图画，淡墨依然见古贤。

　　不见倪迂今百年，故山乔木领苍烟——这两句是说：倪迂离世到现在已经有一百多年了,从画面上依然可以看到他的故乡山中那高大的乔木弥漫着山间的云气。苍烟:云气。

晴窗展轴观图画,淡墨依然见古贤——这两句是说:在阳光明媚的窗前展开倪迂的一幅图画,于淡淡的墨迹间体会绘画者的精神。古贤:古代贤人。

首句点出其人离世时间的久远,距诗人的时代已经有一百多年。次句概括画面景色,古雅高远,内含飘逸之气。后两句于看似平淡的叙述中蕴涵着诗人对倪迂的景仰追慕之情。

题落花卷

这是一首题画诗。主要写春去之后山林中幽雅清新而又富有诗意的景致及诗人内心的闲散放逸情怀。

空山春尽落花深,雨过林阴绿玉新。
自汲山泉烹凤饼,坐临溪阁待幽人。

空山春尽落花深,雨过林阴绿玉新——这两句是说:在寂寞的深山中春天已经完全离去,林中堆积着落花的残迹。一场山雨过后,林中树叶呈现出碧绿如玉的色泽。绿玉:指碧绿的树叶。

自汲山泉烹凤饼,坐临溪阁待幽人——这两句是说:亲自打来清澈甘冽的泉水烹烧上等好茶。临溪而坐,在亭子中等待那山中隐居的高士。凤饼:又称凤团,印有凤纹的茶饼。幽人:幽隐之人,隐士。

诗歌题画而不拘泥于画,完全是人在画中游的写法,将画面的世界与人生的现实世界融为一体。诗歌前两句写景,一句写落花一句写绿叶。一边残败凋零,凄美动人,一边欣欣向荣,生动活泼。落花用一"深"字修饰,其中寓有诗人无限感叹嘘唏。绿叶着一"新"字修饰,包含无数喜爱和欣喜。后两句主要写人的活动,在这样的山中"汲山泉烹凤饼",那清新宜人的茶香就已经够人陶醉忘俗了。诗人却在品茗的同时临溪而坐,静观落花随流水,细数林间鸟雀飞,等待山涧中的隐逸高士,此时的诗人难道不正是那隐逸的高士么?整首诗歌境界超尘脱俗。

题 桑

【题解】

这是一首为桑树图而作的题画诗。桑:桑树,一种落叶乔木,叶子可以喂蚕。

桑出罗兮柘出绫,绫罗妆束出娉婷。
娉婷红粉歌金缕,歌与桃花柳絮听。

【新解】

桑出罗兮柘出绫,绫罗妆束出娉婷——这两句是说:桑树和柘树都可以用来养蚕织出华丽的绫罗绸缎。用这些丝织品做成漂亮的服饰,女子穿上它显现出袅娜多姿的神采。柘(zhè):柘树,叶饲蚕,我国古时桑柘并称。娉婷:女子容貌姿态娇好的样子。

娉婷红粉歌金缕,歌与桃花柳絮听——这两句是说:身段窈窕的女子扬起她响亮的歌喉,为那灼灼盛开的桃花,随风飘扬的柳絮,唱一曲婉转动听的歌。红粉:称女子。金缕:曲调《金缕曲》。

诗人的想像力是诗歌能否清扬飞动的关键所在。诗人通过一幅桑树图,看到的是桑树养出了蚕,它们吐出的丝织出了华丽的锦缎。这些锦缎为美丽的女子更增添几分华贵和妖娆,她们在春天的和风丽日中一边采摘桑叶,一边唱着动听的歌。这就是神游八极,思接宇宙的想像力带给人们的艺术享受。

题菊花(三首)

【题解】

这是一组题菊花图的诗歌,从不同的角度写了菊花傲立寒霜,高洁华贵,独占秋色的姿态。

九日风高斗笠斜,篱头对酌酒频赊。
御袍采采杨妃醉,半夜扶归挹露华。

九日风高斗笠斜,篱头对酌酒频赊——这两句是说:重阳节这天,秋风凄紧,刮斜了头上的斗笠。在篱笆旁一起吟赏秋菊,多赊来些酒喝。九日:农历九月九日,重阳节。《艺文类聚》引《续晋阳秋》说:"世人每至(九月)九日,登山饮菊花酒。"赊:买卖东西时延期付款。

御袍采采杨妃醉,半夜扶归挹露华——这两句是说:满园娇媚的菊花繁茂鲜艳,如同杨玉环华美的衣袍,她似乎是夜晚醉酒归来,到这里饮清露醒酒。"采采"同"彩彩",繁茂、鲜艳。杨妃醉:杨妃,杨玉环,此指贵妃醉酒事。挹(yì):舀,酌。露华:露水。

　　　　佳色含霜向日开,馀香冉冉覆莓苔。
　　　　独怜节操非凡种,曾向陶君径里来。

佳色含霜向日开,馀香冉冉覆莓苔——这两句是说:菊花枝头娇艳的颜色带着秋霜在阳光下灿烂地开放,那袅袅的花香沁人心脾,萦绕在空气中,连青苔也浸染着菊花的清香。莓苔:青苔。

独怜节操非凡种,曾向陶君径里来——这两句是说:喜爱菊花那与众不同高尚非凡的节操,它曾经生长在东晋大诗人陶渊明的东篱之下,为其所喜爱吟咏。节操:气节操守。陶君:指东晋大诗人陶渊明。喜爱菊花,有《饮酒》(其五):"采菊东篱下,悠然见南山。"

　　　　飒飒金飙拂素英,倚栏璚朵入杯明。
　　　　秋光满眼无殊品,笑傲东篱羡尔荣。

飒飒金飙拂素英,倚栏璚朵入杯明——这两句是说:秋风萧瑟,吹落菊花枝头的花瓣。秋风吹拂着依篱盛开的秋菊,一边饮酒,一边欣赏那美妙的姿态。飒飒:象声词,风声。金飙:秋风。素英:白花。璚朵:开放的菊花。璚,同琼,赤玉。

秋光满眼无殊品,笑傲东篱羡尔荣——这两句是说:秋色满目,没有如菊花一般令人珍奇的。它笑傲枝头,令人羡慕它的风姿。殊品:奇异的种类。东篱:指菊圃。尔:你,这里指菊花。

第一首诗歌采用了拟人的手法,把菊花比做雍容华贵的杨玉环,并用贵妃醉酒的典故写菊花娇媚绰约而又暗含无限愁情的风姿。第二首诗歌前两句写菊花傲霜挺立,暗送幽香的姿态,后两句借陶渊明写菊花高洁不阿的峻洁品格。将写形与写神融为一体。第三首诗作采用对比的方法,写菊花独占秋色的姿态。

三首作品写菊花始终与写人写酒写秋色相结合,在设定的氛围中体现花美丽高洁的形象,体现人爱慕沉醉的心情。

题自画墨菊

此作是诗人为自画墨菊图的题画诗。墨菊:菊花的一个品种,花瓣紫黑色。

白衣人换太元衣,浴罢山阴洗研池。
铁骨不教秋色淡,满身香汗立东篱。

白衣人换太元衣,浴罢山阴洗研池——这两句是说:身着白色衣服的人换穿了黑色衣服,好像刚刚从王羲之洗笔砚的池子里洗过澡出来。太元:道教认为人体各部位都有主司之神。其神各有名字。人发居头之上,故其字曰太元。这里指像头发一样乌黑的衣服。山阴:王羲之曾居会稽山阴,洗砚池水尽黑。研:古同"砚"。

铁骨不教秋色淡,满身香汗立东篱——这两句是说:她那傲立秋霜的姿态为秋天增添了许多妖娆。菊花上露珠晶莹剔透,恰似香汗淋漓的女子弱不禁风地依偎在东篱旁。铁骨:指挺拔的枝干,喻刚强不屈的骨气。

诗歌前两句以拟人化的手法写出了墨菊的外形特点,用语形象而富有生趣。后两句首先写墨菊的精神,其次写墨菊的娇美姿态。写其精神则如同大丈夫,具有不畏寒霜的铮铮铁骨,为凄清寒冷的冬天增添许多色彩。写其姿态则如柔弱女子,娇喘微微,香汗淋漓,独依东篱,望断秋水。在宏观外形把握的基础上能够将墨菊身上具有的阳刚之美与阴柔之美完美地结合起来,写出了墨菊的神韵。

题自画渊明卷(二首)

渊明:即陶渊明(365?—427),晋宋时期诗人。一名潜,字元亮,别号五柳先生,卒后亲友私谥靖节。浔阳柴桑(今江西九江)人。出生于没落仕宦家庭。曾祖为东晋开国元勋陶侃。祖父陶茂作过太守,父亲陶逸早死。

满地风霜菊绽金,醉来还弄不弦琴。
南山多少悠然意,千载无人会此心。

满地风霜菊绽金,醉来还弄不弦琴——这两句是说:秋风瑟瑟,霜华满地,菊花盛开灿若黄金。陶渊明在篱前饮酒赏花,似乎有些醉意,又抚弄起他那张无弦琴聊以遣兴。不弦琴:即无弦琴。南朝梁昭明太子萧统《陶靖节传》:"(渊明)不解音律,而蓄无弦琴一张,每酒适,辄抚弄以寄其意。"

南山多少悠然意,千载无人会此心——这两句是说:当年陶渊明从其所看到的南山中不知道体会到多少悠然自在的意趣,千古以来没有人能体会他当年从自然中所获得的怡然乐趣。南山句:陶渊明《饮酒》诗有"采菊东篱下,悠然见南山"的句子。

五柳先生日醉眠,客来清赏榻无毡。
酒赀尽在东篱下,散贮黄金万斛钱。

五柳先生日醉眠,客来清赏榻无毡——这两句是说:陶渊明白天饮酒,醉眠在榻上。客人来和他一起雅玩清赏,可怜他的床榻上连床毡都没有。五柳先生:陶渊明曾作《五柳先生传》以自况,后世即号其为"五柳先生"。

酒赀尽在东篱下,散贮黄金万斛钱——这两句是说:他买酒的钱都在东篱之下,那里散贮着黄金千万。赀(zī):财货。斛(hú):古量器名,十斗为一斛。

这两首诗歌紧紧围绕陶渊明悠远淡泊的情怀,选取有代表意义的菊花、无弦琴、南山等能体现其胸襟的物象,写出了陶渊明的精神境界。第一首作品侧重写陶渊明寄情自然的悠远情怀,千古以来无人能及,语言高古恬淡。第二首作品侧重写陶渊明清贫而志趣高远的生活,"酒赀尽在东篱下,散贮黄金万斛钱"以暗喻的手法出之,意趣出奇。

题自画和靖卷

和靖：即林逋（967—1028），字君复，北宋杭州钱塘（今浙江杭州）人。后人多称呼他为和靖先生。少孤力学，恬淡好古，不求名利，早年放游江淮间，后隐居于西湖孤山，相传二十年足不至城市，以布衣终身。一生未娶，也无儿女，人见其爱梅、养鹤，于是以"梅妻鹤子"来传颂他。喜欢作诗，也善行书。

约阁江梅远近山，一天风月绕柴关。
休言鸟断人踪绝，觅句逋仙正不闲。

约阁江梅远近山，一天风月绕柴关——这两句是说：水边的梅花围绕着阁楼，远山与近山互相辉映，连绵不绝。如此美妙的景致就围绕在我的柴门前。约：缠束。风月：风和月，泛指景色。柴关：柴门。

休言鸟断人踪绝，觅句逋仙正不闲——这两句是说：不要说这里人迹罕至，连飞鸟都极少光临。那神仙一般隐居在此的林逋正在推敲他的诗句呢。觅句：诗人构思、寻觅诗句。逋仙：指林逋。

此诗重在通过环境渲染来写主人公超凡脱俗的品格。作品前三句主要设置环境。这是一个周围有数枝梅花，一湾清水，远近有群山绵延，清风朗月的地方，这里人迹罕至，甚至连飞鸟都不见踪影。这样的环境描写为人物的形象起到了侧面烘托的作用。什么人在这里生活呢，正是那位"梅妻鹤子"的诗人林逋。短短四句，见其精神。

题自画高祖斩蛇卷

高祖：汉高祖刘邦。《史记·高祖本纪》载："高祖被酒，夜径泽中，令一人行前。行前者还报曰：'前有大蛇当径，愿还。'高祖醉，曰：'壮士行，何畏！'乃前，拔剑击斩蛇。蛇遂分为两，径开。行数里，醉，因卧。后人来至蛇所，有一老妪夜哭。人问何哭，妪曰：'人杀吾子，故哭之。'人曰：'妪子何为见杀？'妪曰：'吾子，白帝子也，化为蛇，当道,今为赤帝子斩之,故哭。'"

真人受命整乾枢,失鹿狂秦不足诛。
四海横行无立草,妖蛇那得阻前驱。

真人受命整乾枢,失鹿狂秦不足诛——这两句是说:汉高祖刘邦秉受天命平定天下,诛杀失去帝位的狂暴秦国已如探囊取物。真人:道家称"修真得道"或"成仙"的人。这里指帝王刘邦。乾枢:犹"乾轴",古人认为天体之运行如车有轴,故云。失鹿:失去天下。语出《史记·淮阴侯列传》:"秦失其鹿,天下共逐之。"鹿,喻帝位。

四海横行无立草,妖蛇那得阻前驱——这两句是说:刘邦横扫天下,无人能敌,如飓风吹过,草尚不得立,妖蛇如何能阻止他前进的步伐。四海:指天下。

作品从刘邦的传说故事出发,写其奇特的经历及横扫天下的气势。传说故事为刘邦夺取天下蒙上一层神秘的天命面纱,使其身份多了一些神仙色彩,少了一些凡俗气息。诗歌同时也充分体现了当年刘邦在中原地带歼灭强秦,气吞河山的壮烈景象。

题自画三顾草庐

三顾草庐:《三国志·蜀书·诸葛亮传》载:徐庶见先主,先主器之,谓先主曰:"诸葛孔明者,卧龙也,将军岂愿见之乎?"先主曰:"君与俱来。"庶曰:"此人可就见,不可屈致也。将军宜枉驾顾之。"由是先主遂诣亮,凡三往,乃见。后诸葛亮上后主表云:"先帝不以臣卑鄙,猥自枉屈,三顾臣于草庐之中,谘臣以当世之事,由是感激,遂许先帝以驱驰。"

草庐三顾屈英雄,慷慨南阳起卧龙。
鼎足未安星又陨,阵图留与浪涛春。

草庐三顾屈英雄,慷慨南阳起卧龙——这两句是说:当年刘备屈尊前往南阳,三次请诸葛亮出山辅佐他治理天下。诸葛亮为其诚意所感动,终于满怀激昂之气走出南阳卧龙岗。英雄：刘备等人。慷慨：昂扬而充满正气。卧龙：诸葛亮，号卧龙。汉末隐居隆中（属南阳郡）。

鼎足未安星又陨，阵图留与浪涛舂——这两句是说：三国鼎足的局面尚未安定，诸葛亮就死去了，他部署的八阵图空自承受滔滔海浪的冲刷。鼎足：指三国时期魏、蜀、吴鼎立的局面。鼎，古代的礼器，有三足。星又陨：指诸葛亮的死亡。阵图：即八阵图。作战时的队形及兵力部署。舂：通"冲"，撞击。前一句化用杜甫《蜀相》："出师未捷身先死，常使英雄泪满巾。"后一句化用杜甫《八阵图》："江流石不转，遗恨失吞吴。"

作品前两句写当年刘备三顾茅庐请诸葛亮出山事，后两句写诸葛亮在经历南征北战后未能完成心中大业，撒手人寰，只留下他的军事贡献接受岁月的洗礼。诗歌重在叙事，而叙事背后隐藏的是诗人对诸葛亮无比景仰和追慕的情怀，以及对他壮志未酬身先死的遗憾和悲悯。作品化用杜甫诗句自然妥帖，不留痕迹。

题自画相如涤器图

相如：即司马相如（前179—前118），字长卿。西汉辞赋家。蜀郡成都（今四川成都）人。少好读书、击剑，景帝时，为武骑常侍。景帝不好辞赋，他称病免官，来到梁国，梁孝王死，相如归蜀，路过临邛，结识商人卓王孙寡女卓文君，卓文君喜音乐，慕相如才，相如以琴心挑之，私奔相如，同归成都。家贫，后与文君返临邛，以卖酒为生。武帝即位，读其《子虚赋》，深为赞赏，因得召见。涤器：洗器具。

　　琴心挑取卓王孙，卖酒临邛石冻春。
　　狗监犹能荐才子，当时宰相是闲人。

琴心挑取卓王孙，卖酒临邛石冻春——这两句是说：风流才子司马相如以琴声挑取卓王孙的女儿卓文君，两人一起在临邛县卖酒谋生，卓文君当垆，司马相如洗酒器。卓王孙：卓文君之父，精通冶炼技术，因善于经营，终致豪富，资财无数，家仆众多。临邛：县名，在今四川省。石冻春：酒名。

狗监犹能荐才子，当时宰相是闲人——这两句是说：当时一位为皇帝掌管猎犬的官都能够为皇上推荐有才华的人，宰相真是清闲的无事可做呀。狗监：汉代掌管皇帝猎犬的官。这里指杨得意。他曾经向汉武帝提及司马相如所作《子虚赋》，司马相如因得召见。《史记·司马相如传》："蜀人杨得意为狗监，侍上。上读子虚赋而善之，曰：'朕独不得与此人同时哉！'得意曰：'臣邑人司马相如自言为此赋。'上惊，乃召问相如。"

作品前两句饶有趣味地记述了当年司马相如琴挑卓文君的事，后两句从当时司马相如为汉武帝所赏识的机缘出发，一方面慨叹司马相如的命运之奇，一方面讽刺了当时的宰相有失其职。作品流露出诗人对司马相如一生际遇的唏嘘赞叹。

题自画红拂妓卷

红拂妓：手持红色拂尘的侍妓。相传为隋唐时女侠，姓张，名出尘。原本是江南人氏，由于南朝战乱，随父母流落长安，迫于生计，卖入司空杨素府中成为歌妓。红拂在芸芸众生中，辨识了两位英雄人物，一位是她的夫君李靖，另一位是她的结拜兄长虬髯客，三人结为莫逆之交，一同在风尘乱世中施展才华，被称为"风尘三侠"。后以红拂为妇女中能慧眼识英雄的典型。

　　杨家红拂识英雄，着帽宵奔李卫公。
　　莫道英雄今没有，谁人看在眼睛中。

杨家红拂识英雄，着帽宵奔李卫公——这两句是说：杨家有一位手执红色拂尘的女子最能识别英雄，她见李靖第一面后就连夜戴着帽子去追随他。此两句之事出于张说传奇《虬髯客传》：隋末天下混乱，李靖以布衣谒素，侍妓中有一执红拂者貌美而瞩目靖。当夜靖归旅舍，其女奔之，乃俱适太原。后帮助李靖建功立业。李卫公：即李靖。以功封卫国公。

　　莫道英雄今没有，谁人看在眼睛中——这两句是说：不要说现在没有英雄，即使有英雄又有谁能看在眼里，像红拂那样慧眼识英雄呢。

诗歌前两句写历史上的传奇女子红拂妓慧眼识英雄的事情。后两句由古代联想到诗人当时的社会。世上并非没有英雄，而是缺少像红拂这样的女子。颇有韩愈《马说》中"世有伯乐，然后有千里马。千里马常有，而伯乐不常有"的慨叹。同时体现出对红拂女作为女中豪杰的深深赞叹之情。

题自画濂溪卷

濂溪：即周敦颐(1017—1073)，字茂叔，原名敦实，谥元，称元公。原居道州营道（今湖南道县）濂溪，世称"濂溪先生"，宋代著名思想家，理学的奠基人。著名理学家程颢、程颐都是他的学生。有散文名篇《爱莲说》。

  草苫书斋石垒塘，阑干委曲绕溪旁。
  方床石枕眠清昼，荷叶荷花互送香。

草苫书斋石垒塘，阑干委曲绕溪旁——这两句是说：用草搭建书斋，用石块垒出池塘。绵延曲折的栏杆围绕在溪水旁。苫(shàn)：用席、布等遮盖。阑干：栏杆。委曲：曲折。

方床石枕眠清昼，荷叶荷花互送香——这两句是说：白天惬意地枕着石枕躺在卧榻上，水中暗送来莲花和莲叶的清香，萦绕于鼻端。方床：卧榻。清昼：白天。

周敦颐为人清廉正直，胸襟淡泊，一生酷爱莲花。诗歌正是抓住这一特点进行描写。前两句重在写景。寥寥数笔，勾勒出一幅淡雅清新的书斋图：草斋、石塘、曲栏、清溪，恬淡而清逸。后两句重在抒情。主人公于丽日当空晴空万里，莲叶田田，荷花映日的时候眠于茅草书斋的石枕卧榻之上，享受凉风习习，轻嗅隐约清香，这样的情景如何不让人心旷神怡！

题自画卢仝煎茶图

卢仝(tóng)(约796—835)：唐代诗人，号玉川子，祖籍范阳（今河北涿州），初唐四杰中卢照邻的嫡系子孙。一生不仕，隐少室山。诗人贾岛《哭卢仝》："平生四十年，惟著白布衣。"征谏议不起。韩愈为河南令，爱其诗，厚礼之。后因宿王涯第，罹甘露之祸。著《玉川子诗集》一卷。著名茶诗《走笔谢孟谏议寄新茶》，脍炙人口，千古传诵。

千载经纶一秃翁,王公谁不仰高风。
缘何坐所添丁惨,不住山中住洛中。

千载经纶一秃翁,王公谁不仰高风——这两句是说:千年流传下来的作品就是出自这样一位隐居者的手笔。达官贵人谁不仰慕他高洁的风骨。经纶:整理过的蚕丝。这里特指卢仝的茶诗《走笔谢孟谏议寄新茶》其中的"一碗喉吻润,两碗破孤闷。三碗搜枯肠,唯有文字五千卷。四碗发轻汗,平生不平事,尽向毛孔散。五碗肌骨清,六碗通仙灵。七碗吃不得也,唯觉两腋习习清风生。"最为人所称道。秃翁:指年老而无官势的人。王公:泛指达官贵人。

缘何坐所添丁惨,不住山中住洛中——这两句是说:为什么在坐的卢仝那么悲惨,当时没有住在山中,却偏偏住在洛阳王涯的家里。缘何:因何,为何。添丁:卢仝生子,取名"添丁",意谓为国家添一丁役(服役的壮丁)。唐韩愈《寄卢仝》诗:"去年生儿名添丁,意令与国充耘耔。"后一句暗指当年卢仝宿王涯第事。

此诗写唐代诗人卢仝,用语虽少,却写出了卢仝一生的成就、地位和不幸结局。前两句主要写卢仝的贡献和地位,点出他的传世之作及其高洁的品格。后两句重在写卢仝的结局。其中巧妙地用到卢仝为自己儿子起名之事,更凸显出卢仝不俗的精神境界。对其因宿王涯第而罹甘露之祸的事件,诗人则表现出极大的惋惜。作品中浸透着诗人对卢仝的追慕之情。

题自画桑维翰铁研卷

桑维翰(898—947):字国侨,唐五代河南府洛阳县人。后唐同光三年(925)进士,为河阳节度使石敬瑭的掌书记。五代十国时期,桑维翰任宰相、枢密使、翰林学士。桑维翰权势既盛,四方贿赂,岁积巨万。开运三年(946),契丹军南下,为叛将张彦泽所杀。铁研:即铁砚。

书生豪气压千军,日出扶桑一卷文。
铁研未穿时世改,功名回首信浮云。

书生豪气压千军,日出扶桑一卷文——这两句是说:桑维翰书生意气,豪情万丈,压倒千军。他的文章华美恣肆,恰似日出扶桑一般瑰丽堂皇。扶桑:古代神话中海外的大树,据说太阳从这里出来。《十洲记》记载:"扶桑在碧海中。树长数千丈,一千馀围,两干同根,更相依倚,日所出处。"

铁研未穿时世改,功名回首信浮云——这两句是说:可惜桑维翰当年用过的铁砚还没有残破,时世却已经发生了翻天覆地的变化。回首历史的时候才发现,功名利禄于人而言确如同漂浮在虚空中的浮云。

作品写桑维翰这位在历史上曾经煊赫一时的人。前两句用语豪壮而有气势,后两句则通过桑维翰用过的铁砚这一物体写其生命的脆弱。"铁研未穿时世改"句用对比的手法,揭示出生命的短暂,寄托着诗人无限悲叹。"功名回首信浮云"是全诗的重点所在,诗人正是通过人生的易逝,功名的虚幻,点出"年年岁岁花相似,岁岁年年人不同"这样千古以来的生命哲理。作品中两个比喻的运用非常成功,前者将桑维翰的诗文比做日出扶桑,写尽其文章的宏大瑰玮。后者将功名比做浮云,写尽功名的虚幻不实。

题　画

唐伯虎诗书画无所不精,诗歌多有题画之作。下面这首七言绝句就是一首精美的题山水画小诗。

秋水接天三万顷,晚山连树一千重。
呼他小艇过湖去,卧看斜阳江上峰。

秋水接天三万顷,晚山连树一千重——这两句是说:秋水连天,浩无涯际。傍晚时分,树木掩映在远山之中,重重叠叠,绵延不断。三万顷:顷,百亩为一顷。这里是夸张的说法,形容水域广阔。此二句景色设置异常深远开阔。

呼他小艇过湖去,卧看斜阳江上峰——这两句是说:唤一叶小舟划向湖对岸,躺在西斜的夕阳下欣赏江上山峰。此两句写景中之人,造境闲适慵懒。

题画诗不仅要写出画面的景色,更是要写出画中所包含的精神,诗画两种艺术形式相映成辉,方能达到最高艺术境界。这首作品语言平易晓畅,写秋天傍晚时分的景色,湖光与山色相辉映,自然界中的景色与人物相交融,冷色调与暖色调相调和,近景与远景有序排列,构图浑朴而不失层次感,将现实世界与画中景象打成一片,读者似乎可以身临其境,真可谓"诗中有画"。

题菊花图

这是一首题画诗,以拟人的手法写了菊花徒有好颜色而独立西风的落寞情态。

> 黄花无主为谁容,冷落疏篱曲径中。
> 尽把金钱买脂粉,一生颜色付西风。

黄花无主为谁容,冷落疏篱曲径中——这两句是说:野外的菊花在为谁而打扮自己?她被冷落在稀疏的篱笆中和弯曲的小路上。这两句是拟人的写法。黄花:指菊花。第一句暗用《战国策·赵策》"女为悦己者容"句。

尽把金钱买脂粉,一生颜色付西风——这两句是说:世人都用金钱去买那些庸脂俗粉,像菊花这样的花中高士反而倍受冷落,它美丽的颜色只能随着秋风的到来而凋零。此句读之令人伤感。

菊花在古典文学中或作为隐逸的象征,如陶渊明《饮酒》"采菊东篱下,悠然见南山";或作为勇斗西风的象征,如黄巢《题菊花》"飒飒西风满院栽,蕊寒香冷蝶难来。他年我若为青帝,报与桃花一处开";或作为忧愁的象征,如李清照《醉花阴》"莫道不消魂,帘卷西风,人比黄花瘦"。这首作品以拟人化的手法,写出了菊花作为花中高士却始终难遇知音,郁郁而终的悲剧命运,包含着诗人对世人追逐流俗的无奈和对自己命运的深沉感喟。

咏鸡诗（三首）

题解

这是一组写雄鸡的诗歌。第一首原题为"画鸡"，对公鸡的形象有一个总体上的把握；第二首为"题画鸡"，以诗配画，重在写公鸡之神；第三首为"咏鸡声"，重在写雄鸡报晓的气魄。

　　头上红冠不用裁，满身雪白走将来。
　　平生不敢轻言语，一叫千门万户开。

　　头上红冠不用裁，满身雪白走将来——这两句是说：头上鲜红的鸡冠不用谁去刻意剪裁，它披着一身洁白的羽毛向我们走来。这两句重在从外形上对鸡的把握。这里运用一红一白两种颜色，勾勒出雄鸡的大概形象。

　　平生不敢轻言语，一叫千门万户开——这两句是说：平生轻易不敢鸣叫，一旦啼叫千家万户就都要打开门户，迎接新的一天。这两句写鸡的声音和气魄。

　　武距文冠五色翎，一声啼散满天星。
　　铜壶玉漏金门下，多少王侯勒马听。

　　武距文冠五色翎，一声啼散满天星——这两句是说：雄鸡脚生距，雄壮而勇武，头戴冠，见其文质彬彬，尾巴上长着漂亮的五色羽毛。它一声啼叫，惊散满天星斗。武距文冠：脚生距，见其雄武，头生冠，见其文质。距，雄鸡、雉等的腿后突出的像脚趾的部分。《相鸡经》记载，鸡为"德禽"。其五德曰：头戴冠者，文也；足搏距者，武也。翎：禽类翅膀或尾巴上长而硬的羽毛。前一句写鸡的外形，第二句写鸡的啼鸣。

　　铜壶玉漏金门下，多少王侯勒马听——这两句是说：雄鸡一唱，使得已经有了记时器的富贵人家也要勒马静听。铜壶：古代铜制壶形的计时器。玉漏：古代计时漏壶的美称。金门：代指富贵人家。王侯：谓天子与诸侯。后多指王爵与侯爵，或泛指显贵者。勒马：收住缰绳不让马前进。

　　血染冠头锦做翎，昂昂气象羽毛新。
　　大明门外朝天客，立马先听第一声。

血染冠头锦做翎,昂昂气象羽毛新——这两是说:雄鸡的鸡冠似乎是鲜血染就一般,尾巴上的羽毛好像用彩色锦缎作成,它气度不凡,羽毛光洁。锦:有彩色花纹的丝织品。昂昂:器宇轩昂貌。

大明门外朝天客,立马先听第一声——这两句是说:大明朝廷外面等待朝见天子的朝臣都为之立马驻足。大明门外:即明代朝廷之外。朝天:朝见天子。此句写朝臣不先听天子之言而先闻鸡鸣,写出了鸡的雄武气象。

古书《相鸡经》记载,鸡为"德禽"。其五德曰:头戴冠者,文也;足搏距者,武也;敌在前敢斗者,勇也;见食相呼者,仁也;守夜不失时者,信也。在家禽世界中只有公鸡是"晨官",因而诗歌中咏鸡的诗篇也极多。有的把鸡写成威风凛凛的斗士,如三国刘桢《斗鸡》:"丹鸡被华采,双距如锋芒。愿一扬炎威,会战此中唐。利爪探玉除,真目含火光。长翘掠风起,劲翮正敷张。轻举奋勾喙,电击复还翔。"有的把鸡描绘成黑暗世界中的先知先觉者,如唐代李频《府试风雨闻鸡》:"不为风雨变,鸡德一何贞。在暗常先觉,临晨即自鸣。"有的把鸡比作谨守其职的报信者,如唐徐夤《鸡》:"守信催朝阳,能鸣送晓阴。峨冠装瑞璧,利爪削黄金。"到了明代朱元璋那里,鸡成了能唤来黎明,击败黑暗的雄姿英发的报晓者:"鸡叫一声撅一撅,鸡叫两声撅两撅,三声唤出扶桑日,扫败残星与晓月。"毛泽东也有"一唱雄鸡天下白"的诗句来歌颂雄鸡。

这三首诗歌首先都从鸡的外形入手,抓住其形体特点,写其威武雄健的体貌,其次抓住其不鸣则已,一鸣惊人的气魄。前两句写形,后两句绘神。以极其精练的语言,描画出鸡的特征,犹如一幅素描画,形神兼备。先写其形后写其神,可起到未见写鸡鸣而已见其宏大气象的效果。三首作品均采用侧面描写的方法,写出了雄鸡一鸣的威严雄武。

寻 花

作品以"寻花"为题,具有一定的象征意味。在一次偶然的寻花经历中,诗人追忆到这片开满野花的土地曾经是盛极一时的贵族园林,以此慨叹历史的无情变迁,人生的短暂。

偶随流水到花边,便觉心情似昔年。
春色自来皆梦里,人生何必尽尊前?
平原席上三千客,金谷园中百万钱。
俯仰繁华是陈迹,野花啼鸟漫留连。

偶随流水到花边,便觉心情似昔年——这两句是说:偶然跟随流水走到了花儿盛开的地方,立刻感觉自己的心情也似乎回到了很久以前。

春色自来皆梦里,人生何必尽尊前——这两句是说:美好的景色从来都只是在梦中出现,人生又怎能天天饮酒作乐,快活自在。自来:由来,历来。尊:酒杯。

平原席上三千客,金谷园中百万钱——这两句是说:战国时期平原君赵胜门下曾有三千宾客,盛极一时;晋石崇曾有用百万钱造的园林,富贵一时,然而这一切都已经随着时光的流逝不复存在了。平原:指战国时赵国平原君赵胜。《史记·平原君虞卿传》记载:"平原君赵胜者,赵之诸公子也。诸子中胜最贤,喜宾客,宾客盖至者数千人。"客:门客,宾客。金谷园:指晋石崇于金谷涧中所筑的园馆,位于河南洛阳西北。泛指贵族园林。

俯仰繁华是陈迹,野花啼鸟漫留连——这两句是说:人生转眼之间繁华刊落,唯有野花和小鸟依然在曾经繁华过的旧迹中留连。俯仰:低头和抬头,指时间的短暂。陈迹:旧迹。

此诗颇具禅意。诗人在一片繁华的废墟背后看到的是一个曾经鼎盛一时的时代及其中不可一世的历史人物,然而人生如梦,无喜亦无悲,一切都将成为过往。诗歌紧扣一个"寻"字,点出诗人偶然面对历史遗迹时内心无尽的历史沧桑之感。

题 画

这是唐伯虎年轻时期的作品,描写了江南春季明媚的景色、穿梭的游人和热闹的集市。诗歌辞藻华美,诗风柔媚。

鞋袜东城路,清和四月时。游姬香满袖,明月水平池。
画烛留饧市,酸风飐酒旗。少年行乐地,不许众人知。

鞋袜东城路,清和四月时——这两句是说:正是农历四月的时候,天气清明和暖,人们在东城路上踏青。清和:天气清明和暖。

游姬香满袖,明月水平池——这两句是说:踏青的女子们走过,春日的花香盈满她们的衣袖。傍晚时分明月当空,春水盈池。游姬:指踏青的女子。

画烛留饧市,酸风飐酒旗——这两句是说:糖市上燃起了有画饰的蜡烛,傍晚春日仍有寒意的风吹动酒家店外的旗子。画烛:有画饰的蜡烛。饧(xíng):用麦芽或谷芽熬成的饴糖。酸风:指刺人的寒风。飐(zhǎn):风吹物体使其颤动。

少年行乐地,不许众人知——这两句是说:这是专供年轻人游玩的地方,别人是不知道的。

作品以清新华美的笔调勾画了一幅江南春日游乐图。选取意象极有表现力,诗人选取了游姬、明月、春水、画烛、饧市、酒旗等意象,来表现江南春天来临时充满活力的自然景物和年轻人快活欣喜的情感。"酸风"一词的使用非常传神地写出了春寒料峭的情景。袁宏道评此诗仅用一个字"好",以此表达他对这首作品的激赏和赞叹。

伯虎绝笔

此诗写于明嘉靖二年癸未(1523),时唐伯虎五十四岁。十二月初二日以病卒,卒前取绢一幅,书绝命辞七绝一首,掷笔而逝。此诗即唐伯虎在临死前写下的绝笔诗。

生在阳间有散场,死归地府也何妨。
阳间地府俱形似,只当漂流在异乡。

生在阳间有散场,死归地府也何妨——这两句是说:人活在这个世界上终有离开的时候,死了以后到了地府又有什么不妥呢?

阳间地府俱形似,只当漂流在异乡——这两句是说:阳间和地府是完全一样的,我就只当做是在他乡漂泊好了。

唐伯虎一生命途坎坷,穷困不达,虽有满腹才情却终不为所用,历尽人间艰辛,倍尝孤苦滋味,他以其智慧之眼,看透人间世事,终究形成狂狷放诞、桀骜不平的特点,寄情于诗文书画之中。但是诗人深藏于心的苦闷又有谁能了解?诗人自己曾说"世人知我不在此",那么真正的诗人在哪里呢?

此诗以四绝出之,语言浅切直白。前两句告诉人们,人终究有一死,到另外一个世界去有什么不好呢?也许诗人以为此生实在痛苦,死,反而是最好的解脱方法。后两句诗人写自己对死的准确看法:"只当漂流在异乡"。人在这个世界上又何尝不是一种漂泊?诗人说:我就只当是去异地他乡了。诗人终究看透了生死,一个伟大的灵魂就这样走了。此诗虽短,但结合唐伯虎的一生来解读,则回味深远,含不尽之意于言外。

言 志

诗人在这首作品中表现了一种洒脱不羁的生活态度。唐伯虎在诗文书画方面均有突出的艺术成就,可惜其才华终不能为朝廷所用。诗人在坎坷的命运磨砺中形成了桀骜不驯的独立人格,这首短诗正是其人格的写照。

不炼金丹不坐禅,不为商贾不耕田。
闲来写就青山卖,不使人间造孽钱!

不炼金丹不坐禅,不为商贾不耕田——这两句是说:我既不笃信神仙法术去求仙术,也不信佛念经。我不去做生意也不去耕田。此两句写诗人的人生态度。炼金丹:指修仙求道。坐禅:信佛念经。商贾:经商。耕田:务农。

闲来写就青山卖,不使人间造孽钱——这两句是说:我一有空闲就画上几幅画来卖,不像世人那样花昧着良心赚来的钱。此句体现出唐伯虎对自己艺术创作的热爱和自豪。写就青山卖:指卖画。

这首七言绝句表达了诗人的人生态度,虽说后期唐伯虎多学习禅法以求缓解内心的伤痛,但实际上诗人并没有完全笃信佛教,他有自己独特的处世原则。没有任何一种外在的形式能够束缚住诗人广博洒脱的心。他对丹青有着狂热的激情和自信,这自信也渗透进作品中,一直影响着世世代代能够读懂他作品的人。

咏莲花

莲花:荷花。这是一首咏物诗,咏颂了荷花的高洁和清香,其中充满着对命运不多加眷顾荷花的不平。同时也是诗人对自己虽如荷花一般孤芳自赏,却终不得命运厚爱的人生的寄托。

> 凌波仙子斗新妆,七窍虚心吐异香。
> 何似花神多薄幸,故将颜色恼人肠。

凌波仙子斗新妆,七窍虚心吐异香——这两句是说:荷花轻盈地在水中绽放,宛如不食人间烟火的仙子,一朵比一朵娇美。她们轻盈地张开花蕊,轻吐出迷人的清香。凌波仙子:多指水仙。宋代黄庭坚《王充道送水仙花五十枝,欣然会心,为之作咏》中有"凌波仙子生尘袜,水上轻盈步微月"的诗句来写水仙。这里指的是荷花,说荷花姿态之美,就如同在水中亭亭玉立的仙子一般轻盈窈窕。七窍:本指人脸上的眼、耳、口、鼻,这里指荷花的花蕊。

何似花神多薄幸,故将颜色恼人肠——这两句是说:看起来花神似乎是真的薄情,故意没有给她多彩的裙装,用这淡淡的色彩让欣赏者烦恼。薄幸:薄情,负心。这里是说花神不眷顾荷花,没有给她美丽的色彩。

莲花,也称荷花,有"芙蓉"、"芙蕖"、"红蕖"、"菡萏"等称谓。文学作品中写荷花的不在少数,有的重在写其品行,如宋代周敦颐《爱莲说》:"予独爱莲之出淤泥而不染,濯清涟而不妖,中通外直,不蔓不枝,香远益清,亭亭静植,可远观而不可亵玩焉。"以此象征君子出淤泥而不染的高洁品德;有的重在写其姿态,如宋代杨万里的"接天莲叶无穷碧,映日荷花别样红"与"荷花入暮犹愁热,低面深藏碧伞中"两句,以及清人沈钧福诗:"鲜荷出水好丰神,一片风摇连理身。同梦绾回丫髻影,双眼妒杀有情人。"这些都是写荷花的好作品。

唐伯虎在这首七言绝句中则主要描写了荷花超凡脱俗的姿态。她们淡妆素裹,倾吐异香,重在孤芳自赏,何需他人注目。寥寥数语,画出荷花之神,读之令人唇齿生香,心生爱怜。

题　画

【题解】

这是一幅配合画面而创作的题画作品。作品描述了一个远离尘世,颇具神仙意味的桃花源式的世界。

　　湖上仙山隔渺茫,世尘不上渡头舨。
　　白萍开处藏渔市,红叶中间放鹿场。
　　落日沉沙罾有影,新霜着树橘生香。
　　遥闻逋老经行处,芝草葳蕤满路傍。

【新解】

　　湖上仙山隔渺茫,世尘不上渡头舨——这两句是说:画面上的水波中似乎可以看见远处若隐若现的仙山,在渡头上看不到一丝尘世的影子。

　　白萍开处藏渔市,红叶中间放鹿场——这两句是说:在水草分开的地方可以看到深藏其中的渔市,在红叶掩映中是一片宽阔的放鹿场。白萍:水中的浮草。

　　落日沉沙罾有影,新霜着树橘生香——这两句是说:夕阳在遥远的沙丘后西沉,水中映照着鱼网的影子,秋日霜华浓重,经霜的橘子似乎从树上散发出阵阵清香。罾(zēng):一种用木棍或竹杆做支架的鱼网。

　　遥闻逋老经行处,芝草葳蕤满路傍——这两句是说:似乎远远地听人们说起,当年林逋走过的地方现在已经生满了枝叶茂盛的灵芝草。逋老:北宋诗人林逋。林逋,字君复,钱塘(今杭州)人。隐居西湖孤山,二十年不入城市。终身不娶,养鹤种梅,人称"梅妻鹤子"。芝草:灵芝,服之能成仙。葳(wēi)蕤(ruí):枝叶繁盛貌。

【新评】

　　唐伯虎作品多有题画之作,且都能在艺术上与画面融为一体。唐伯虎在写诗时会不自然地使用绘画技法,题画诗更是如此。此诗能够打通融会想象与现实之间的界限,将画面上的实物与诗人的想象空间结合起来。达到虚与实的完美融合。"山"、"渡头"、"白萍"、"渔市"、"红叶"、"鹿场"、"落日"、"罾"、"橘树"等都是画面上可以看到的景物,而其中的神仙韵味、罾的影子、橘的香味、路旁的芝草则完全是诗人想象空间中的产物。这些想象最终成为诗歌与画面的灵魂所在。作品中高古、恬淡、脱俗的气韵全由此生。另外诗歌的色彩感强。有灰色的远山、白色的萍草、红色的秋叶、玫瑰色的夕阳、橙黄的橘子,这些不仅能概括画面,而且具有极强的感染力。色彩的运用强化了原作夕阳牧歌式的生活图景的表现力。

失 题

　　这首诗歌中描绘出的是一种田园牧歌式的乡村生活。体现出诗人对农村恬淡自适生活的无比热爱之情。

　　乐在村中住，为识村中乐。矮屋竹筊盖，低墙藤萝络。
　　明窗铺笔砚，烂饭饱藜藿。邻里别鸡豚，昏晓喧鸟雀。
　　灶烟袅屋颜，瓶汤鸣床脚。老酒煮黄精，小菜簇乌药。
　　土空窨蓣栗，墙居寄杯橐。秋叶红愈骄，春花香作恶。
　　无火借石敲，有井当庭凿。有盐斋富贵，无灯书寂寞。
　　夫妻八尺床，风雨一双屐。于人无忮求，于世无乞索。
　　天下方太平，乡里免漂泊。君能知此趣，吾诗所以作。

　　乐在村中住，为识村中乐——这两句是说：喜欢居住在村中，因为深知其中的乐趣。

　　矮屋竹筊盖，低墙藤萝络——这两句是说：用细竹搭建成矮小的屋子，低低的院墙上藤萝缠绕。筊(xiǎo)：细竹。络：缠绕。

　　明窗铺笔砚，烂饭饱藜藿——这两句是说：在明亮的窗户前摊放着毛笔和砚台。吃着米饭和野菜就很满足了。铺：铺开，摊放。烂饭：加水较多而煮成的又软又烂的饭。藜藿：藜和藿，本为两种野菜。这里指粗劣的饭菜。

　　邻里别鸡豚，昏晓喧鸟雀——这两句是说：邻居们把鸡和猪赶到院子里让它们觅食。早晚都可以听到鸟雀的鸣叫。鸡豚：鸡和猪。喧：声音大而乱。

　　灶烟袅屋颜，瓶汤鸣床脚——这两句是说：灶堂内升起袅袅的炊烟飘荡在房前屋后。床脚下烧滚的开水冲击壶盖，鸣鸣鸣叫。屋颜：同"屋檐"。

　　老酒煮黄精，小菜簇乌药——这两句是说：陈年老酒煮黄精来喝，小菜炖乌药做菜吃。黄精：多年生草本植物，上等药材，可浸酒。乌药：植物名，可以入药。

　　土空窨蓣栗，墙居寄杯橐——这两句是说：用土窨来储存粮食。在家生活，寄情于饮酒读书。土空：土窨。窨：把物品贮存在地洞里。蓣(yù)："薯蓣"，又名"山药"，多年生草本植物，块根可吃。栗：果仁味甜，生吃熟吃均可。泛指粮食。墙居：室内用具,古称"簧",亦名"箫局"、"火笼"。由熏炉和罩在外面的笼子组成。熏炉以青铜等制,笼子竹制。可焚香熏衣被及燃木炭取暖。橐(tuó):用来盛书的工具。有底曰囊,无底曰橐。

秋叶红愈骄,春花香作恶——这两句是说:秋日红叶似火娇纵放逸,春天花香扑鼻熏人欲醉。

无火借石敲,有井当庭凿——这两句是说:用石块敲击取火。院子中有甘甜的水井。

有盐齑富贵,无灯书寂寞——这两句是说:有了盐,即使吃酸菜都是富贵的生活。没有灯,书也寂寞无趣。齑(jī):切碎的腌菜或酱菜。人们常用"齑盐自守"来比喻坚持过清贫淡泊的生活。但诗人在这里则说只要有盐,吃酸菜都是幸福的日子。体现了诗人安贫乐道的生活态度。

夫妻八尺床,风雨一双屩——这两句是说:夫妻仅凭八尺床头、一双草鞋,一起度过生命中无数个风雨阴晴的日子。屩(juē):草鞋。

于人无忮求,于世无乞索——这两句是说:于人从不嫉恨贪求,于世从无乞怜索取。忮(zhì)求:嫉害贪求。语出《诗经·邶风·雄雉》:"不忮不求。"乞索:索取。

天下方太平,乡里免漂泊——这两句是说:天下正当太平盛世,村中的人们免于漂泊流离之苦。

君能知此趣,吾诗所以作——这两句是说:你若能体会到其中的乐趣,我的诗就没白写。

此诗采用赋体手法,铺陈渲染村中生活的恬淡多趣。其中写到了村中的居住:"矮屋竹篾盖,低墙藤萝络";写到了村里的日常生活:"明窗铺笔砚"、"墙居寄杯橐",和饮食起居"烂饭饱藜藿"、"老酒煮黄精,小菜簌乌药";写到了村中的景色:"秋叶红愈骄,春花香作恶";写到了自己在村中与妻子相依相伴的简朴生活:"夫妻八尺床,风雨一双屩。"村中生活在诗人笔下变得趣味盎然、恬淡清新、如诗如画、有声有色,寄托着诗人于简朴中求真味的生活态度。

题东坡小像

东坡:指宋代大诗人苏轼(1037—1101)。字子瞻,又字和仲,号"东坡居士",眉州眉山(即今四川眉州)人,是宋代著名的文学家、书画家,与其父苏洵、弟苏辙并称"三苏"。

乌台十卷青蝇案,炎海三千白发臣。
人尽不堪公转乐,满头明月脱纱巾。

乌台十卷青蝇案,炎海三千白发臣——这两句是说:苏轼当年因为几卷诗文遭到小人谗害,酿成乌台诗案。他被贬谪到偏僻炎热的南方,可怜为国事担忧而愁白了头发。乌台:这里指"乌台诗案"。乌台,御史台。汉代时御史台外柏树上有很多乌鸦,所以人称御史台为乌台。宋神宗元丰二年(1079),苏轼被监察御史告发,后在御史台狱受审,史称"乌台诗案"。后被贬谪至黄州、惠州、海南等地。青蝇:谗言或进谗佞人的代称。炎海:泛指南海炎热的地区。苏轼返回朝廷时已年过花甲,不久离世。

人尽不堪公转乐,满头明月脱纱巾——这两句是说:南方偏僻地区的生活不是人们所能忍受的,可苏轼却仍能保持通达乐观的精神气象。明月当空时他竟脱下自己的头巾,散发高歌。堪:忍受。纱巾:纱制头巾。

这是一首题画诗,重在写乌台诗案对苏轼的影响及苏轼在面对困境时的通达乐观精神。苏轼的一生,倍受波折,曾几遭贬谪,一般人内心难以承受,但他却能始终坦然乐观地面对。其《浣溪纱》有:"谁道人生无再少?门前流水尚能西!休将白发唱黄鸡!"这些诗歌体现了诗人在困境中豪不气馁的人生态度。

佳人插花

这是一首题画诗。主要描摹画面上女子的情态及其隐秘的内心情怀。

春困无端压黛眉,梳成松鬓出帘迟。
手拈茉莉腥红朵,欲插逢人问可宜。

春困无端压黛眉,梳成松鬓出帘迟——这两句是说:春天让人精神倦怠,佳人的眉梢上还可见出些许倦意。她在闺房中慢慢地梳头,做成一个漂亮的松鬓发型,方才迟迟掀开门帘出来。春困:春日精神倦怠。无端:毫无来由,平白无故。黛眉:用黛色画成之眉。特指女子之眉。黛,青黑色的颜料。松鬓:明朝汉族妇女的发型式样。

手拈茉莉腥红朵，欲插逢人问可宜——这两句是说：佳人手拿一朵红色的茉莉花，想要插在发髻上却又有些犹豫，因此见到人就问合不合适。茉莉：开花多为白色，清香宜人。《广群芳谱》描写茉莉："茉莉开时香满枝，钿花狼藉玉参差。茗杯初歇香烟烬，此味黄昏我独知。"本诗中所写为红色茉莉花。

此诗能以生花之笔，写出画面上女子的内心情感，使其含情含态，形象玲珑丰满。第一句以女子的黛眉写其春日慵懒的姿态，仅此一句，风流尽现。第二句写女子梳妆打扮，一个"迟"字，照应了第一句中的"春困"。第三、四两句写女子的动作。从其手拈茉莉，欲插不插，向人询问这些细节，我们可以深刻体会到女子酷爱美丽的内心世界。

荷花仙子

这是一首题画诗。作品主要写了荷花仙子美丽出尘的姿态。

一卷真经幻作胎，人间肉眼误相猜。
不教轻踏莲花去，谁识仙娥玩世来。

一卷真经幻作胎，人间肉眼误相猜——这两句是说：荷花仙子那绝尘轻盈的姿态，一定是神仙境界中的一卷经书幻化而成的凡胎。俗世中的人们不知道，因此胡乱猜测她的来历。真经：道教的经书。

不教轻踏莲花去，谁识仙娥玩世来——这两句是说：如若她不是踩踏着莲花飘逸而去，有谁会知道那是天上美丽的仙女到人间来游玩呢。

作品落笔处无半点烟尘气。写荷花仙子用了绝妙的想像，她就是神仙境界的真经幻化而成，其不食人间烟火气跃然纸上。写荷花仙子的形象富有动态感："不教轻踏莲花去，谁识仙娥玩世来"，那轻盈的眼波流转，那飘飘的裙裾飞扬，似乎时刻要轻点莲花，飞舞而去。是一首清丽的诗歌，是一幅清远的图画，是一曲清雅的仙乐。

◎词

望湘人
春日花前咏怀

【题解】

这是一首诗人后期的作品。这首诗歌由诗人在花前饮酒而惹起了对光阴飞逝的无限遗憾,并通过对人生的感悟,将主题再次归于饮酒赏花。望湘人:词牌名。春日花前咏怀:词题。

想盘铃傀儡,寒食裹蒸,曾尝少年滋味。冻勒花迟,香供酒醒,又算一番春计。镜里光阴,尊前明月,眼中时事。有许多闲事闲非,我说与君君记。　　道是荣华富贵,恁掀天气概,霎时搬戏。看今古英雄,多少葬身无地。名高惹谤,功高相忌。我且花前沉醉,管甚个兔走乌飞,白发蒙头容易。

【新解】

想盘铃傀儡,寒食裹蒸,曾尝少年滋味——这三句是说:回忆起用盘铃伴奏演出的傀儡戏和寒食节做的好吃的食物,这些都是我已经失去的美好的少年时光。盘铃傀儡:以盘铃伴奏演出的傀儡戏。寒食:节名,在清明前一天。古人从这一天起,三天不生火做饭,所以叫寒食。裹蒸:清明前后,采野菜煮熟捣浆,和糯米粉作团,中裹馅料,底垫楮树叶或新竹箬,笼蒸而成,别有清香,且能助消化,旧为寒食节食品。

冻勒花迟,香供酒醒,又算一番春计——这三句是说:天气寒冷,今年花开得迟,案上插着的香还没有燃尽,我的酒就醒了,思量这个春天该如何度过。冻勒花迟:勒,收住缰绳不让骡马等前进。这里的意思是:因为天气寒冷使得花开得迟。

镜里光阴,尊前明月,眼中时事——这三句是说:在镜子里看着自己一天天老去,喝酒赏月,阅尽世事。镜里光阴:是说在镜子里看着自己一天一天老去。

有许多闲事闲非,我说与君君记——这两句是说:我经历了许多世事,现在说给你,你仔细听着。

道是荣华富贵,恁掀天气概,霎时搬戏——这三句是说:说是富贵荣华,气势那么大,却很快就像演戏一样结束了。恁(rèn):这么,如此。霎时:很快。搬戏:演戏。

看今古英雄,多少葬身无地。名高惹谤,功高相忌——这四句是说:纵观古今英雄,多少人都死无葬身之地。名气太大就会惹人诽谤,功名过高就会惹人嫉妒。

我且花前沉醉,管甚个兔走乌飞,白发蒙头容易——这三句是说:我权且在花前饮酒沉醉,管他时光飞逝,老去容易。兔走乌飞:谓日月运行,光阴流逝。兔,月中玉兔。乌,日中金乌。

此作用语浅俗直白。上片通过对幼时美好快乐生活的回忆,抒发时不我待的情感。中有无限感慨,无限伤感。下片主要议论人生,兴起对古今英雄人物的慨叹,表达自己但愿于花前沉醉的人生态度。这首词作与其《花下酌酒歌》、《一年歌》、《一世歌》等主旨相似,表现了一个时期诗人的处世态度。

过秦楼

题莺莺小像

此词作于正德六年辛未(1511)。时诗人模仿宋人陈居中临唐人画崔莺莺像并有此题词。过秦楼:词牌名。题莺莺小像:词题。莺莺:元代王实甫《西厢记》中的女主人公崔莺莺。敢于大胆追求自己的爱情。在普救寺中与张生敷衍出一段流传千古的爱情故事。

潇洒才情,风流标格,脉脉满身春倦。修荐斋场,禁烟帘箔,坐见梨花如霰。乘斜月,赴佳期,烛尽墙阴,钗敲门扇。想伉俪鸾皇,万千颠倒,可禁姣颤? 尘世上,昨日朱颜,今朝青冢,顷刻时移事变。秋娘命薄,杜牧缘悭,天不与人方便。休负良宵,大都好景无多,光阴如箭。闻道河东普救,剩得数间荒殿。

潇洒才情,风流标格,脉脉满身春倦——这三句是说:画面上的女子真是体态潇洒,才情满腹,品格风流。她脉脉地凝视着你,身上似乎有着春日的倦怠。才情:才思,才华。标格:品格,风格。脉脉:凝视貌。

修荐斋场,禁烟帘箔,坐见梨花如霰——这三句是说:寒食时节,透过窗帘,她看到在为父亲做超度法事的院子中,一树梨花花瓣若雪霰一般飘落。修荐:做超度法事。斋场:斋祭的场院。禁烟:指"禁烟节",即寒食节。帘箔:帘子,多以竹、苇编成。霰:雪珠。

乘斜月,赴佳期,烛尽墙阴,钗敲门扇——这四句是说:莺莺当日乘着斜月,去赴情人的约会,蜡烛在墙角燃尽,她的金钗碰在张生的门上,发出脆响。

想伉俪鸾皇,万千颠倒,可禁姣颤——这三句是说:想当初莺莺到张生那里去了以后,他们的欢会该是多么沉醉。伉俪:夫妇。这里指张生和崔莺莺。鸾皇也写作"鸾凰",指夫妻或情侣。

尘世上,昨日朱颜,今朝青冢,顷刻时移事变——这四句是说:红尘之中,昨天还是青春美丽的容颜,今天却已经魂飞魄散。顷刻之间世事发生万千变化。朱颜:青春容颜。青冢:本指汉代王昭君的坟墓。这里泛指坟墓。

秋娘命薄,杜牧缘悭,天不与人方便——这三句是说:想当初唐代时候的杜秋娘真是命运不济,穷老而终,杜牧没有看到她青春貌美的时候,真是造物弄人。秋娘:即杜秋娘,唐代金陵(今南京)人,十五岁时嫁给了李锜作妾。元和间李锜反叛被杀,秋娘籍没入官,得宠于宪宗。宪宗死后,穆宗即位,命秋娘为皇子漳王的傅母。后漳王获罪被废,秋娘终得赐归故乡,穷老以终。杜牧路过金陵时,曾作有《杜秋娘》诗并序,感其穷且老。缘悭:缘分薄,无缘。

休负良宵,大都好景无多,光阴如箭——这三句是说:不要辜负了良辰美景,美好的时刻大多很快就逝去了,光阴如箭一般飞逝。

闻道河东普救,剩得数间荒殿——这两句是说:听说当年河东郡的普救寺现在只剩下了几间荒凉的佛殿。河东:河东郡,在今山西运城。普救:普救寺,崔莺莺和张生产生爱情的地方。

此作是一首题画词,诗人用简短的笔墨,对当年流传一时的才子佳人小说作以评价。赞赏莺莺美丽大胆的同时,慨叹岁月流逝之速,使读者在画面上不仅看到了这位美丽的女子,同时也看到了当年那场惊心动魄的爱情,也看到了当历史的车轮无情地碾过,一切美丽的东西都会灰飞烟灭的悲剧人生,使得画面具有历史的深沉感和人生的哲理意味。

一剪梅(二阕)

下面这两首词作描写闺中女子的思念情感。一剪梅:词牌名。

其 一

红满苔阶绿满枝,杜宇声声,杜宇声悲。交欢未久又分离,彩凤孤飞,彩凤孤栖。　　别后相思是几时,后会难知,后会难期。此情何以表相思,一首情词,一首情诗。

红满苔阶绿满枝,杜宇声声,杜宇声悲——这三句是说:长满苔藓的石阶旁开满红花,传来一声声杜鹃鸟的鸣叫,杜鹃的叫声是如此让人伤悲。苔阶:生有苔藓的石阶。杜宇:即杜鹃鸟。传说中的古代蜀国国王,周代末年始称帝,号曰"望帝"。效法尧舜禅让之义,让位给自己的臣子后升西山而隐。后因失国之悔而死,其魂化为鸟,名曰"杜鹃",或称"子规",日夜悲啼,泪尽,继之以血。在这里诗人用了"苔阶"二字异常传神,写出了女子在一个人独守时的孤单寂寞,她甚至连房门都没有出过几次,否则怎会连台阶上都长满苔藓。

交欢未久又分离,彩凤孤飞,彩凤孤栖——这三句是说:我们在一起快乐地生活还没有多长时间就又一次分开了。你孤单地走了,一个人生活在异地他乡。彩凤:即凤凰。唐代李商隐《无题》:"身无彩凤双飞翼,心有灵犀一点通。"

别后相思是几时,后会难知,后会难期——这三句是说:离别以后我要苦苦地思念你多久呢,不知道什么时候相会,不知道要盼到什么时候。

此情何以表相思,一首情词,一首情诗——这三句是说:如何表示我对你的思念之情呢,写一首情词,寄一首情诗。

其　二

雨打梨花深闭门,孤负青春,虚负青春。赏心乐事共谁论。花下销魂,月下销魂。　　愁聚眉峰尽日颦,千点啼痕,万点啼痕。晓看天色暮看云,行也思君,坐也思君。

雨打梨花深闭门,孤负青春,虚负青春——这三句是说:春日细雨,打落梨花满地,深深地遮掩重门。辜负了春日的美好时光,虚度了人生的青春年华。雨打梨花:宋代李重元《忆王孙》:"萋萋芳草忆王孙,柳外楼高空断魂,杜宇声声不忍闻。欲黄昏,雨打梨花深闭门。"孤负:即辜负。青春:指春天,亦指年轻的时候。

赏心乐事共谁论,花下销魂,月下销魂——这三句是说:欢畅的心情和快乐的事情和谁一起分享呢,无论是花前还是月下,都莫不教人如此黯然神伤。销魂:心神沮丧,失魂落魄。

愁聚眉峰尽日颦,千点啼痕,万点啼痕——这三句是说:眉头因愁而整日不展,流下千万滴相思之泪。颦:皱眉。

晓看天色暮看云,行也思君,坐也思君——这三句是说:无聊之至,整日等待你的消息,早晚看着天空入神,没有一时停止对你的思念。

此二首写闺情的词主要将主人公的情感放在春天来展现。

第一首以"红满苔阶绿满枝,杜宇声声,杜宇声悲"来交代女主人公因情郎离家而极少外出的情况,然而即使不出外也难锁住春色满园,杜宇的声音传入耳中,惹起女子的埋怨。可怜短暂的分别之后,又是一个没有期限的漫长等待。此作能于细微处见精神。

第二首作品开始即援引宋人李重元《忆王孙》中诗句"雨打梨花深闭门"入题,此句意境杳渺深远,包含无限春愁,以哀景表现哀情,将读者引入抒情氛围。以下写春花秋月则是以乐景写哀情,又备加增添了女主人公内心无尽的愁情。下片写相思之泪,写女主人公日日等待的情态,将相思之态刻画入骨。

黄莺儿

咏美人浴

此曲写女子洗浴情景,用词浮艳华美,有宫体诗影响的痕迹。黄莺儿:曲牌名。咏美人浴:曲题。

衣褪半含羞,似芙蓉,怯素秋。重重湿作胭脂透,桃花在渡头,红叶在御沟,风流一段谁消受?粉痕流,乌云半鬑,缭乱倩郎收。

衣褪半含羞,似芙蓉,怯素秋——这三句是说:那美丽的女子半褪衣衫,眉目含羞,恰似一朵水中盛开的芙蓉,在秋日的寒风中瑟瑟摇曳。芙蓉:荷花。素秋:秋季。古代五行之说,秋属金,其色白,故称素秋。

重重湿作胭脂透,桃花在渡头,红叶在御沟,风流一段谁消受——这四句是说:她那绯红的脸颊好像用胭脂浸染过,那姿态仿佛是渡头上盛开的灼灼桃花,又恰似一片由皇宫漂浮而出的水中红叶。眉宇中自然流露出一段风流,有谁能真正欣赏呢。胭脂:一种红色颜料。桃花句:指桃叶渡,南京古名胜之一。桃叶是东晋大书法家王献之的妾,因王献之当年曾在此迎接过爱妾桃叶,古渡口由此得名。王献之当年曾作《桃叶歌》:"桃叶复桃叶,渡江不用楫。但渡无所苦,我自迎接汝。"从此渡口名声大噪。红叶句:指红叶题诗事。此事在诸多唐人小说中记载,稍有出入。《云溪友议》记述,宣宗时,卢渥到长安应举,于御沟旁,见一片红叶,上题:"流水何太急,深宫尽日闲。殷勤谢红叶,好去到人间。"后宣宗裁减宫女,卢渥娶了一位被遣出宫的姓韩的宫女。后来得知此女即为题诗红叶上者。消受:享用,受用。

粉痕流,乌云半鬌,缭乱倩郎收——这三句是说:水打湿了她的妆容,乌黑的头发纷乱地垂下来,似乎要等待她的情郎去为她梳理。鬌(duǒ):下垂。缭乱:纷乱。倩:请。

作品采用华美的辞藻,细腻的笔触,描写了一位女子洗浴的情景。能够抓住人物的情态去描摹刻画,运用了妥帖的比喻和典故增添描绘女子的动人。写女子含羞带娇,采用"似芙蓉,怯素秋"的比喻,她如同一朵在秋风中瑟瑟颤抖的荷花,娇媚摇曳,妩媚多情,生动形象地写出这位女子楚楚动人的情态。写她在水中的情景则用"桃花在渡头,红叶在御沟"来描绘,一方面借典故增加诗歌的语言张力,一方面也形象地写出了女子明艳照人的美。

桂枝香

春情四阕

此曲有四阕,通过写春天季节变换中的景物变换,抒发了主人公内心隐约寂寞而又伤感的春情。桂枝香:曲牌名。

东风寒峭,才识春光来到。殷勤点检梅梢,早见南枝白了。倩偷香浪蝶,倩偷香浪蝶,应是未曾知晓,却在何方闲闹?好良宵,罗浮夜半啼青鸟,错梦梨花燕语娇。

东风寒峭,才识春光来到——这两句是说:春寒料峭,方才知道春天已经来到。寒峭:寒气逼人。春光:春天的风光、景致。

殷勤点检梅梢,早见南枝白了——这两句是说:急切地去查看梅枝,才发现向阳的枝头已经开花了。殷勤:关注,急切。点检:检查,查看。

倩偷香浪蝶,倩偷香浪蝶,应是未曾知晓,却在何方闲闹——这四句是说:四处寻找游荡的蝴蝶来采花,恐怕它们都还不知道梅花盛开的消息呢,不知在哪里悠闲地游玩。倩:请。偷香:谓女子爱悦男子。这里是拟人的说法。《世说新语·惑溺》记载:晋贾充女午悦韩寿,其婢为致意,韩乃踰墙与之私通。午偷武帝赐充异香赠韩。此香着体,数月不散,终被充发觉,遂以午嫁韩。浪蝶:纵横飞舞的蝴蝶。比喻寻花问柳的浪荡子弟。这里同样是拟人的说法。

好良宵,罗浮夜半啼青鸟,错梦梨花燕语娇——这三句是说:美好的夜晚,如同当日赵师雄游罗浮山时梦见梅花美人和绿衣童子一般,我也作了一个美梦,却错把梅花梦成了梨花,燕子在其中穿梭,声音婉转动听。罗浮句:典出唐代柳宗元《龙城录》:"隋开皇中,赵师雄游罗浮。日暮,于林间酒肆旁舍见美人,淡装素服出迎。师雄与谈,言极清丽,芳气袭人。与之扣酒家共饮,一绿衣童子歌舞于侧。师雄醉寐,但觉风寒相袭。久之,东方既白,起视,乃在大梅花树下,上有翠羽啾嘈。月落参横,但惆怅而已。"

> 春花满眼,数尽红深紫浅。晓来风度湘帘,娇怯莺声流转。唤起春情万千,唤起春情万千,点点有谁消遣,空把雕阑倚遍。悄无言,啼残玉颊芳容减,抛却金针懒去拈。

春花满眼,数尽红深紫浅——这两句是说:满眼春花烂漫,数尽姹紫嫣红的花儿开满院。

晓来风度湘帘,娇怯莺声流转——这两句是说:拂晓时分,微风轻轻吹拂竹帘,传来黄莺娇怯的鸣唱。湘帘:用湘妃竹做的帘子。

唤起春情万千,唤起春情万千,点点有谁消遣,空把雕阑倚遍——这四句是说:此情此景,唤起内心无边的春愁,有谁能替我排遣!空自在院中徘徊,把栏杆依遍。消遣:排遣。雕阑:雕花的栏杆。

悄无言,啼残玉颊芳容减,抛却金针懒去拈——这三句是说:默默无语,泪水浸坏了妆容,玉颜消瘦。内心烦恼不已,女工也懒得做了。

> 残红满地,又是春将归去。可怜一夜东风,吹落桃花千树。那愁蜂怨蝶,那愁蜂怨蝶,孤负寻香情绪,空逐飘飘飞絮。满天涯,无端芳草迷行骑,难挽韶光住片时。

残红满地,又是春将归去——这两句是说:落花满地,春天又要离去了。

可怜一夜东风,吹落桃花千树——这两句是说:可惜一夜东风吹落了桃花千树。

那愁蜂怨蝶,那愁蜂怨蝶,孤负寻香情绪,空逐飘飘飞絮——这四句是说:连平日里那些狂蜂浪蝶也只能心生忧愁埋怨,空有寻香的心思,却只能追逐那飘零的飞絮。孤负:同"辜负"。对不住。

满天涯,无端芳草迷行骑,难挽韶光住片时——这三句是说:天际间到处都是青青芳草,遮掩了远行者的踪迹,却无法挽留春天美好的时日多停留片刻。行骑:行走的马。韶光:美好的光阴(多指春天)。

　　子规啼切,空叫东风寒夜。春光已去多时,犹道不如归也。故添人怨嗟,故添人怨嗟,不念我芳容消,愁对孤灯明灭。月初斜,听残玉漏声将歇,欲梦阳台路转赊。

子规啼切,空叫东风寒夜——这两句是说:在东风吹拂,仍有些寒意的春日夜晚,杜鹃鸟空自悲切啼鸣。子规:杜鹃鸟的别名。也被称作啼鹃、蜀鸟、蜀鹃、杜宇。传说周朝末年,蜀王杜宇,号望帝。死后魂魄化为杜鹃鸟。暮春至初夏,常昼夜不停地啼叫,其啼声悲切凄厉。据明代李时珍《本草纲目·禽部》载:"其鸣若曰:'不如归去'。"

春光已去多时,犹道不如归也——这两句是说:春天已经离开有些时日了,它却依然啼叫着"不如归去"。

故添人怨嗟,故添人怨嗟,不念我芳容消,愁对孤灯明灭——这四句是说:杜鹃的啼叫似乎故意在增添人们的怨恨叹息。它怎么也不体谅我因春愁而形容消瘦,独自忧愁地对着明灭的孤灯,哀怨叹息。怨嗟:怨恨叹息。

月初斜,听残玉漏声将歇,欲梦阳台路转赊——这三句是说:明月西斜,独自听着计时的漏壶逐渐滴尽,想在梦中与他欢会竟然也是那样困难。玉漏:计时的漏壶。梦阳台:指男女合欢。战国时楚怀王游高唐,梦与女神相遇,女神自荐枕席,后宋玉陪楚襄王神游巫山,写《高塘赋》:"妾在巫山之阳,高丘之阻,且为朝云,暮为行雨,朝朝暮暮,阳台之下。"

四首曲子均写春愁。突出特点之一在于情景交融,一切景语皆情语。"春花满眼,数尽红深紫浅。晓来风度湘帘,娇怯莺声流转。""残红满地,又是春将归去。可怜一夜东风,吹落桃花千树。""子规啼切,空叫东风寒夜。春光已去多时,犹道不如归也。"无处不寄托着那剪不断,理还乱的春愁情怀。

另外一个突出特点在于叠句的手法的采用,使作品中本就缠绵的情感更加沉郁感人。并且使语言具有韵律感,读之一唱而三叹。作品语言清新浅白,抒情却缠绵深宛。

◎ 文

祭妹文

题解

此文写于明弘治七年甲寅(1494)，唐伯虎时年二十五岁，在此年中，他的父亲、母亲、妻子、妹妹相继去世。这是唐伯虎在其妹去世后为其创作的一篇悼亡文章。

呜呼！生死人之常理，必非有赖而能免者；唯黄耇令终[1]，则亦归责于天，而不为之冤隐。然疾痛之心，久亦为之渐释也。吾生无他伯叔，惟一妹一弟；先君丑寅之昏[2]，且弟犹稚，以妹幼慧而溺焉[3]。迨于移床[4]，怀为不置，此寅莫齿之疚也！尔来多故，营丧办棺，备历艰难，扶携窘厄；既而戎疾稍舒[5]，遂归所天[6]。未几而内艰作[7]，吊赴断来，无所归咎。吾于其死，少且不俶[8]，肢臂之痛，何时释也？今秋尔家袭作蓍龟[9]，以有此兆宅。来朝驾车，幽明殊途，永为隔绝。有是庶物，用为祖饯[10]，尔其有灵，必歆吾物[11]，而悲吾词也。於乎尚飨[12]！

[1]黄耇(gǒu)令终：长寿者得到善终。黄耇，年老高寿的人。令终，善终。
[2]丑寅之昏：因我糊涂愚昧而不喜欢我。丑，以……为丑，不喜欢。昏，糊涂，愚昧。
[3]溺：溺爱，宠爱。
[4]移床：老人病危，从寝室移至厅堂，按男左女右的位置放在厅侧临时搭的床上（不能放房脊梁下），称为移床。这里指妹妹去世。
[5]戎疾稍舒：大病稍愈。戎，大。
[6]所天：旧称所依靠的人。指丈夫。
[7]内艰：指母丧。
[8]俶(chù)：善，美好。
[9]蓍(shī)龟：用于占卜的蓍草和龟甲。
[10]祖饯：犹祖奠。出殡前夕设奠以告亡灵。
[11]歆(xīn)：飨，嗅闻。指祭祀时神灵享受供物。
[12]於乎：呜呼。尚飨：也作"尚享"。旧时用作祭文的结语，表示希望死者来享用祭品。

人生之痛楚，莫过于亲人的离去，唐伯虎在二十五岁的年龄时就要在短时期内面对亲人的接连离去,这样的痛苦让诗人如何承当!作品以之抒胸臆的方式对家庭的不幸遭遇及妹妹去世前及去世后的情景做了交代,字字句句饱含血泪,可谓有声当彻天,有泪当彻泉。情真意切,真挚感人。

莲花似六郎论

题解

作品是一篇论说性的文字,主要以武后时期内史杨再思"莲花似六郎"入题,指出当时朝廷之中,臣不臣、君不君的丑恶现象,并进一步指出"莲花似六郎"论的谬误之处,但作者在文章最后并未只是就事论事,而是由此生发开去,指出宫廷生活的有伤风化并不能只是指责其中的某些人,关键原因在于"创业垂统之所致也"。由此显出作者的见地之高。

尝读史,唐武氏幸张昌宗[1],或誉之曰:"六郎面似莲花。"内史杨再思曰[2]:"不然,乃莲花似六郎耳。"呜呼!莲花之与六郎,似耶不似耶?纵令似之,武氏可得而幸耶?纵令幸之,再思可得而谀耶?以人臣侍女主,黩也[3],昌宗之罪也;以女主宠人臣,淫也,武氏之罪也;以朝绅谀嬖幸[4],诌也,再思之罪也。

古之后妃,吾闻有葛覃之俭矣[5],有樛木之仁矣[6],有桃夭之化矣[7],未闻有美男子侍椒房也[8]。汉吕氏始宠辟阳侯[9],其后赵飞燕多通侍郎宫奴[10]。沿及魏晋,而淫风日以昌矣,然未有如武氏之甚也。自白马寺主而下[11],其为武氏之所幸者,非一人矣,然未有如昌宗之甚也。彼其手握王爵,口含天宪[12];吹之则春葩顿萎,嘘之则冬叶旋荣,以故憸夫小人[13],争为谀媚。

后尝衣以羽衣,吹以玉笙,骑以木鹤,号曰"王子晋"[14],则人皆子晋之矣。俄而称子晋为六郎,则人皆六郎之矣。俄而谀六郎为莲花,则人皆莲花之矣。然未有如再思之甚也,故独曰"莲花似六郎"。夫莲花之脱青泥,标绿水,可谓亭亭物外矣,岂六郎之淫秽可比耶?彼似之者,取其色耳。若曰:"莲之红艳,后可玩之而忘忧矣;莲之清芳,后可挹之而蠲忿矣[15];莲之绰约,后可与之而合欢矣;金茎之露,可共吸焉;玉树之花,可共歌焉;蔷薇之水,可共浴焉。上林春暖,莲未开也,对若人而莲已开[16],可以醒海棠之睡矣;太液秋残[17],莲已谢也,对若人而莲未谢,可以增夜合之香矣。一切奉宸游[18],娱圣意,非莲花其谁与归?"此其尊之宠之之意极矣,而再思犹谓不然。将以莲出乎青泥,垢也。若六郎似有仙种,不啻天上之碧桃乎[19]? 莲依乎绿水,卑也;若六郎自有仙根,不啻日边之红杏乎?莲有时而零落,非久也;若六郎颜色常鲜,不啻月中之丹桂乎?以莲之近似者,人犹宝焉,惜焉,雍焉,植焉,而况真六郎乎?是故芙蓉之帐,仅足留六郎之寝;菡萏之杯,仅足邀六郎之欢;步步生莲,仅足随六郎之武[20]。柳眉浅黛,藉六郎以描之;蕙带同心,偕六郎以结之。镜吐菱化,想六郎而延伫;户标竹叶,望六郎而徘徊。此再思之意也。

不惟是也,艺莲者护其风霜[21],防其雨露,剪其荆棘,培其本枝。今六郎恩幸无比而群臣若元忠者,非其荆棘乎,则窜之,如易之者;非其枝叶乎,则宠之。赐以翠裘,恐露陨而莲房冷也;傅以朱粉,恐露落而莲衣褪也,此再思之意也。

不惟是也,枝有连理,花有并头。以六郎之美,莲且不及,宜后之缠绵固结而不可解矣。是故九月梨花,后以为瑞也,再思则以九月之梨,不若六郎之莲;"百花连夜发,莫待晓风吹",后以为乐也,再思则以百花之奇,不若一莲之艳;"不信比来常下泪,开箱验取石榴裙",后以为悲也,再思则以落花常在伴,而石榴可无泪。极而言之,桃李子之丕基可夺也[22],六郎之恩宠,必不可一日而夺;黄台瓜之天性可伤也[23],六郎之情好,必不可一言而伤。使后与昌宗,如茑萝相附[24],如葭莩相依[25],如藕与丝之不断,夫然后惬再思之意乎? 甚矣其谄也!

嗟乎! "伊其相谑,赠之以芍药"[26],刺士女之淫奔也;"期我乎桑中,要我乎上宫"[27],刺公族之淫奔也;"墙有茨,不可扫也;中冓之言,不可道也"[28],刺国母之淫奔也。况武氏以天下之母,下宠昌宗,污秽淫媟[29],无复人礼。此尤诗人所痛心,志士所扼腕也。是故对御而褫之[30],有如植桃李之怀英矣;置狱而讯之,有如赋梅花之广平矣;始许而终拒之,有如蓬生麻中之张说矣。此皆所谓正人如松柏也。若再思者,所谓小人如藤萝也。己面似高丽,则高丽之;人面似莲花,则莲花之;不知五王之兵一入,二竖之首随悬,一时凶党,如败荷残芰,零落无馀;而池沼中之莲花自若也,尚安得六郎之面,与之相映而红哉?

嗟乎! 福生有基,祸生有阶。唐之先高祖私其君之妃,太宗嬖其弟之妇,高宗纳其父之妾,闺门无礼,内外化之,是故人臣亦得以烝母后[31];而当时谄谀之子如再思者,若以为礼,固宜也。一传而韦氏,三思其莲花矣;再传而杨氏,禄山其莲花矣。蓬莱别殿,化为麀聚之场[32];花萼深宫,竟作鹑奔之所[33]。而题诗红叶者[34],且以为美谈矣。此皆创业垂统之所致也,于武氏何尤[35]?于昌宗何尤?于再思何尤?

注释

〔1〕武氏:即武则天(624—705)。唐高宗后,武周皇帝。十四岁时被唐太宗选入宫内为才人,太宗死后为尼。不久被高宗召为昭仪,公元655年立为皇后,逐渐把持朝政,与高宗并称"二圣"。后又相继废中宗、睿宗,690年自称圣神皇帝,改国号为周,史称武周。张昌宗:武则天宠臣。定州义丰(今河北安国)人,行六,美姿容。神功元年,以太平公主荐,与其兄易之同入侍宫中,为武则天男宠。拜云麾将军、行左千牛中郎将,旋进右(一作左)散骑常侍。圣历二年,为控鹤监内供奉。历司仆卿,俄改春官侍郎。与兄易之专权乱政,时人侧目。

〔2〕杨再思(?—709):唐郑州原武(今河南原阳西南)人。武则天时为宰相,佞而多智,时人以其无耻,称其为"两脚狐"。

〔3〕黩(dú):污浊。

〔4〕朝绅谀嬖幸:指杨再思阿谀张昌宗事。朝绅,指朝廷大臣。嬖幸,被宠爱的人。

〔5〕葛覃之俭矣:《葛覃》为《诗经·周南》篇名,写女子的德行躬俭。《毛诗序》:"《葛覃》,后妃之本也。后妃在父母家,则志在于女功之事,躬俭节用,服澣濯之衣,尊敬师傅,则可以归安父母,化天下以妇道也。"

〔6〕樛(jiū)木之仁矣:《樛木》为《诗经·周南》篇名,写女子的仁德。《毛诗序》:"《樛木》,后妃逮下也。言能逮下而无嫉妒之心焉。"

〔7〕桃夭之化矣:《桃夭》为《诗经·周南》篇名。朱熹集传:"文王之化,自家而国,男女以正,婚姻以时。"后因以"桃夭之化"谓男女完婚之礼。

〔8〕椒房:本指后妃居住的宫室。这里为后妃的代称。

〔9〕吕氏始宠辟阳侯:指汉代吕后宠幸辟阳侯审食其事。吕氏,汉高祖刘邦之妻吕雉。辟阳侯,指审食其。沛县人。楚汉战争期间,与吕后一起被楚军俘虏,结下深厚感情。高祖六年,因为吕后谏争,没有什么战功的审食其被封为辟阳侯。等到刘邦死后,二人更无顾忌,互相往来。《汉书·朱建传》:"辟阳侯行不正,得幸吕太后。"

〔10〕赵飞燕:西汉舞人。原为阳阿公主家歌舞伎。舞艺高超,舞姿轻盈,故名"飞燕"。成帝时入宫为婕妤,后立为皇后。

〔11〕白马寺主:指薛怀义。《新唐书·后妃上》:"怀义,鄠人,本冯氏,名小宝,伟岸淫毒,佯狂洛阳市,千金公主嬖之。主上言:'小宝可入侍。'后召与私,悦之。欲掩迹,得通籍出入,使祝发为浮屠,拜白马寺主。"

〔12〕口含天宪:谓言出即为法令。形容把持国政,有生杀予夺之权。天宪,指朝廷法令。

〔13〕憸夫:指奸佞的人。

〔14〕王子晋:即王子乔。汉刘向《列仙传·王子乔》:"王子乔者,周灵王太子晋也。好吹笙,作凤凰鸣。游伊洛之间,道士浮丘公接以上嵩高山。三十余年后,求之于山上,见桓良曰:'告我家:七月七日待我于缑氏山巅。'至时果乘白鹤驻山头,望之不得到,举手谢时人,数日而去。"喻洒脱不凡之人。

〔15〕蠲(juān):除去、驱出、去掉。同"捐"。

〔16〕若人:这个人。若,此,这个。

〔17〕太液:古池名。唐太液池,在大明宫中含凉殿后,中有太液亭。

〔18〕宸游:帝王之巡游。

〔19〕不啻:无异于,如同。

〔20〕武:足迹。

〔21〕蓺:种植。

〔22〕此句是说:李氏的天下可以夺取。桃李子,谐音"逃李子",即逃亡的李氏子弟。丕基,巨大的基业。

〔23〕黄台瓜,李贤见武后一再废杀其子女,乃作《黄台瓜辞》以谏武氏,词曰:"种瓜黄台下,瓜熟子离离,一摘使瓜好,再摘令瓜稀……"后终亦为武氏所杀。

〔24〕茑萝:茑与女萝,两种寄生植物。用来比喻与别人的依附关系。

〔25〕葭莩:芦苇秆内的薄膜。亲戚的代称。

〔26〕伊其相谑,赠之以芍药:《诗经·郑风·溱洧》中的句子,古代男女交往,以芍药相赠,表达结情之约或惜别之情。《毛诗序》说:"《溱洧》,刺乱也。兵革不息,男女相弃,淫风大行,莫之能救焉。"

〔27〕期我乎桑中,要我乎上宫:《诗经·鄘风·桑中》中的句子,是一首写男女幽会的情歌。《毛诗序》说:"《桑中》,刺奔也。卫之公室淫乱,男女相奔,至于世族在位,相窃妻妾,期于幽远,政散民流而不可止。"

〔28〕墙有茨四句:《诗经·鄘风·墙有茨》中的句子,讽刺了卫国宫廷内部宣公夫人宣姜与公子顽私通的丑恶与无耻。《毛诗序》谓:"《墙有茨》,卫人刺其上,公子通乎君母,国人疾之,而不可道也。"中冓(gòu),内室,指闺门以内。冓,同"构"。

〔29〕淫媟(xiè):猥亵。

〔30〕褫(chǐ):本指剥去衣服,后泛指剥夺。

〔31〕烝:与母辈通奸的淫乱行为。

〔32〕麀(yōu)聚:比喻父子共妻,有如禽兽。《礼记·曲礼上》:"故父子聚麀。"孙希旦集解:"聚,共也。麀,牝兽也。父子共麀,言其无别之甚。"

〔33〕鹑(chún)奔:《诗经·鄘风·鹑之奔奔》篇的略称。写卫公子顽与父亲卫宣公的夫人宣姜姘居生子的事。后以之喻"私奔"之意。

〔34〕题诗红叶:指红叶题诗事。此事在诸多唐人小说中记载,稍有出入。《云溪友议》记述,宣宗时,卢渥到长安应举,于御沟旁,见一片红叶,上题:"流水何太急,深宫尽日闲。殷勤谢红叶,好去到人间。"后宣宗裁减宫女,卢渥娶了一位被遣出宫的姓韩的宫女。后来得知此女即为题诗红叶上者。

〔35〕尤:过失。

　　这篇文章论点明确,论据充足,论证严密。文章开头提出内史杨再思的观点,为后文论述树立了靶子,使后面的行文有的放矢。论述过程中首先铺陈渲染武则天对张昌宗的宠爱程度,及张昌宗权势地位之高之重,使读者见出宫廷生活的荒淫无度。接着作者以历代诗歌中讽刺宫廷荒淫生活的诗歌为例,充分说明历来宫廷之中都是如此,并非武则天一朝而已。论述至此,论点的提出水到渠成:一切荒淫的源头并非某几个人,而是"创业垂统之所致"。作品论述过程中语言简洁犀利,驳中有立,见解深刻。

竹斋记

此文是应友人吴明道所求而写的一篇题室散文。文章紧紧围绕"竹"字展开，写其品行之脱俗有节，有如君子，这样把人的品德与竹的品德相对应，人竹合一，也从侧面赞扬了吴明道的君子风度。

草木花果之以人为喻者甚多，若松称大夫[1]，桂子称仙友，牡丹称王，海棠称为神仙，兰草称虞美人，龙眼称为荔枝之奴，惟竹称君子。

世之王公大人，朋友异人，神仙仆隶，其笃厚淳悫者固多[2]。至若暴戾残慝[3]，诡怪颛蒙者[4]，中亦不少。若一律而求为君子所归，岂可得也。然而上自王公，下逮仆隶[5]，其中人品，千态万状。其见君子，则必敬必信，以其笃厚淳悫，而不暴戾残慝、诡怪颛蒙我也。虽辄以王公大人之势，要以朋友之信义，眩之以神仙之奇瑰诡怪、粉白黛黑，亲之以异人之姿，执之以仆隶之劳，皆不可得敬之信之如君子者，则人何患而不为君子？岂若花果草木之生质，有一定之限而不可变者，人固不若是也。

歙之吴君明道[6]，字存功，别号竹斋，君子人也，丐余记斋。余谓存功其知以笃厚淳悫自处，而远去夫暴戾残慝、诡怪颛蒙者欤？何不以松桂花草颜其斋[7]，而特以竹？将见人之敬信，自王公大人以及乎仆隶无有间然者。吾尝闻野人之说曰："门内有君子，门外有君子。"至存功与竹，迭为宾主，皆号君子，门内门外之辨，随时而定，此非所能知。若其自信以从君子之所归，则断然矣。余故为之记。

[1]松称大夫：司马迁在《史记·封禅书》中记载：秦始皇在泰山遇上暴风雨，避雨于松树下，因封松树为"五大夫"，号五大夫松。

[2]笃厚淳悫(què)：忠实厚道，敦厚诚实。悫，恭谨。

[3]暴戾残慝(tè)：粗暴乖张，残酷凶恶。慝，邪恶。

[4]诡怪颛(zhuān)蒙：奇诡怪诞，愚昧不堪。颛蒙，愚昧。

[5]逮：至，到。

[6]歙(xī)：县名。

[7]颜其斋：指为书斋所起的名称。颜，门楣上挂的匾额及题在上面的字。这里用为动词。

这篇文章在写作中主要运用了类比和对比的手法。首先作者把真君子的"笃厚淳悫"与其他人的"暴戾残愿、诡怪颛蒙"做对比,显示出君子的待人态度和处世风格。接着作者指出,人的品格就如同草木的品格一样难以改变。其次作者指出吴明道的处世态度正是"笃厚淳悫"的君子风格,并将他与竹相类比,一个是门内的君子,一个是门外的君子。至此,人的品格与竹的品格合而为一,妥帖自然。作品中有褒扬而不见谄媚,笔力老辣,进退有度。

菊隐记

题解

这是一篇为配画而创作的文章。文章主要论述了君子与隐显之间的关系。无论归隐或显达者若能心怀天下,有济物之心,则为君子。否则与枯草木无别甚至连草木都不如。

君子之处世,不显则隐,隐显则异,而其存心济物[1],则未有不同者。苟无济物之心,而泛然杂处于隐显之间,其不足为世之轻重也必然矣。君子处世而不足为世人轻重,是与草木等耳。草木有可以济物者,世犹见重,称为君子;而无济物之心,则又草木之不若也。为君子者,何忍自处于不若草木之地哉?吾于此,重为君子之羞。草木与人,相去万万,而又不若之,则虽显者,亦不足贵,况隐于山林邱壑之中耶[2]?

吾友朱君大泾,世精疡医[3],存心济物,而自号曰"菊隐"。菊之为物,草木中之最微者,隐又君子,没世无称之名。朱君,君子也,存心济物,其功甚大,其名甚著,固非所谓泛然杂处于隐显之中者,而乃以草木之微,与君子没世无称之名以自名,其心何耶?盖菊乃寿人之草,南阳甘谷之事验之矣[4],其生必于荒岭郊野之中,唯隐者得与之近,显贵者或时月一见之而已矣。而医亦寿人之道,必资草木以行其术,然非高蹈之士,不能精而明之也。是朱君因菊以隐者。

若称曰:"吾因菊而显。"又曰:"吾足以显夫菊,适以为菊之累,又何隐显之可较云?"余又窃自谓曰:"朱君于余,友也。君隐于菊,而余也隐于酒。对菊命酒,世必有知陶渊明、刘伯伦者矣[5]。"因绘为图,而并记之。

[1]济物:犹济人。指治国安民。

[2]邱壑(hè):深山与幽壑。多借指隐者所居。

[3]疡(yáng)医:周代医官之一。后世指治疮伤的外科医生。

[4]南阳甘谷之事:典出晋代葛洪《抱朴子》:"南阳县山中有甘谷,谷中皆菊花,花坠水中,居人饮之多寿,有及一百四五十岁者。"

[5]刘伯伦:即刘伶,字伯伦。西晋文学家。尝作《酒德颂》。是魏晋时期风流名士的代表。

文章属于随笔性质的杂文,笔法较为自由。文章首先提出自己的论点,指出何为君子,所谓君子应心怀天下,有济物之心,否则草木不如。接着以自己的一位朋友朱大泾能够治病救人,却以"菊隐"自号为例,论述了真君子的人格之高洁不俗。最后文章指出自己写此文的原因。文章论证严密,语言浅近通俗,纵横捭阖,游刃有馀。

《作诗三法》序

这是唐伯虎论述作诗方法的一篇小短文。唐伯虎的早期诗歌创作多注重法度,见出其人谨慎严密的一面,而后期创作由于受到生活的打击及佛禅思想的影响,多倾向于率性随意。此文应为其早年时期所创作,分别从字、句、章三个角度论述了作诗的方法。

诗有三法,章、句、字也。三者为法,又各有三。章之为法:一曰"气韵宏壮";二曰"意思精到";三曰"词旨高古"。词以写意,意以达气[1];气壮则思精,思精则词古,而章句备矣。为句之法,在模写[2],在锻炼[3],在剪裁。立议论以序一事[4],随声容以状一物,因游以写一景。模写之欲如传神,必得其似;锻炼之欲如制药,必极其精;剪裁之欲如缝衣,必称其体,是为句法。而用字之法,实行乎其中。妆点之如舞人[5],润色之如画工,变化之如神仙。字以成句,句以成章,为诗之法尽矣。吾故曰:诗之为法有三,曰章、句、字;而章句字之法,又各有三也。闲读诗,列章法于其题下;又摘其句,以句法字法标之。尽画虎之用心,而破碎灭裂之罪,不可免矣。观者幸恕其无知,而谅其愚蒙也。

〔1〕气:指诗人的个性和气质。
〔2〕模写:描摹,摹状。照原样描绘。
〔3〕锻炼:锤炼,加工。
〔4〕序:叙述,通"叙"。
〔5〕妆点:装饰,打扮。这里指修饰文字。

作品虽小,结构谨严,作为一篇论述创作的文字,从其中可以见出论述者自身扎实的文字功底。文章前两句为文章第一部分,从宏观上统领全文。接着在第二部分中分别从章、句、字三个角度论述作诗的方法。其中多采用比喻,使得抽象的理论变得具体而生动传神,行文也突破了谨严呆滞的窠臼。最后,作者在第三部分对全文进行了总结:"字以成句,句以成章,为诗之法尽矣。"

与文徵明书

此文创作于明弘治十三年庚申(1500)。前一年,唐伯虎曾与江阴徐经一同前往京城参加会试,不料因科场舞弊案受累下狱。次年出狱后被发往浙江为小吏,唐伯虎耻不就。并在此年因故休掉继室。后离开故乡出游。这封给好友文徵明的信当作于此时。

寅白徵明君卿[1]:窃尝听之,累吁可以当泣[2],痛言可以謦哀[3]。故姜氏叹于室,而坚城为之隳堞[4];荆轲议于朝,而壮士为之征剑[5]。良以情之所感,木石动容;而事之所激,生有不顾也。昔每论此,废书而叹;不意今者,事集于仆。哀哉,哀哉!此亦命矣!俯首自分,死丧无日,括囊泣血[6],群于鸟兽。而吾卿犹以英雄期仆,忘其罪累,殷勤教督,謦竭怀素[7]。缺然不报,是马迁之志,不达于任侯[8];少卿之心,不信于苏季也[9]。

计仆少年,居身屠酤[10],鼓刀涤血。获奉吾卿周旋。颉颃婆娑[11],皆欲以功名命世。不幸多故,哀乱相寻,父母妻子,蹑踵而没[12],丧车屡驾,黄口嗷嗷[13],加仆之跌宕无羁,不问生产[14],何有何亡,付之谈笑。鸣琴在室,坐客常满,而亦能慷慨然诺,周人之急[15]。尝自谓布衣之侠,私甚厚鲁连先生与朱家二人[16],为其言足以抗世,而惠足以庇人,愿赍门下一辛，而悼世之不赏此士也。芜秽日积，门户衰废，柴车索带，遂及蓝缕。犹幸藉朋友之资，乡曲之誉，公卿吹嘘，援枯就生，起骨加肉，猥以微名，冒东南文士之上。方斯时也，荐绅交游[17]，举手相庆，将谓仆滥文笔之纵横，执谈论之户辙。歧舌而赞，并口而称。墙高基下，遂为祸的[18]。侧目在旁[19]，而仆不知；从容晏笑，已在虎口。庭无繁桑，贝锦百匹[20]；谗舌万丈，飞章交加[21]。至于天子震赫，召捕诏狱。身贯三木[22]，卒吏如虎，举头抢地[23]，涕泗横集[24]，而后昆山焚如，玉石皆毁[25]；下流难处，众恶所归[26]。缋丝成网罗[27]，狼众乃食人，马氂切白玉[28]，三言变慈母[29]。海内遂以寅为不齿之士，握拳张胆，若赴仇敌。知与不知，毕指而唾，辱亦甚矣！整冠李下，掇墨甑中[30]，仆虽聋盲，亦知罪也。当衡者哀怜其穷[31]，点检旧章，责为部邮[32]。将使积劳补过，徇资干禄。而邅篠戚施[33]。俯仰异态；士也可杀，不能再辱。

嗟乎吾卿！仆幸同心于执事者，于兹十五年矣！锦带县髦[34]，迄于今日，沥胆濯肝，明何尝负朋友？幽何尝畏鬼神？兹所经由，惨毒万状。眉目改观，愧色满面。衣焦不可伸，履缺不可纳。僮奴据案，夫妻反目；旧有狞狗[35]，当户而噬。反视室中，甌瓴破缺[36]；衣履之外，靡有长物[37]。西风鸣枯，萧然羁客；嗟嗟咄咄[38]，计无所出。将春掇桑椹，秋有橡实，馀者不逮，则寄口浮屠[39]，日愿一餐，盖不谋其夕也。吁欷乎哉！如此而不自引决，抱石就木者[40]，良自怨恨，筋骨柔脆，不能挽强执锐，揽荆吴之士，剑客大侠，独当一队，为国家出死命，使功劳可以纪录。乃徒以区区研摩刻削之材[41]，而欲周济世间，又遭不幸，原田无岁[42]，祸与命期，抱毁负谤，罪大罚小，不胜其贺矣！

窃窥古人，墨翟拘囚，乃有薄丧[43]；孙子失足，爰著兵法[44]；马迁腐戮，《史记》百篇[45]；贾生流放，文词卓落[46]。不自揆测[47]，愿丽其后[48]，以合孔氏不以人废言之志[49]。亦将檃括旧闻[50]，总疏百氏[51]，叙述十经[52]，翱翔蕴奥[53]，以成一家之言。传之好事，托之高山，没身而后，有甘鲍鱼之腥而忘其臭者[54]，传诵其言，探察其心，必将为之抚缶命酒，击节而歌呜呜也[55]。

嗟哉吾卿！男子阖棺事始定，视吾舌存否也[56]？仆素侠侠，不能及德，欲振谋策，操低昂，功且废矣。若不托笔札以自见，将何成哉？辟若蜉蝣，衣裳楚楚[57]，身虽不久，为人所怜。仆一日得完首领，就柏下见先君子[58]，使后世亦知有唐生者。岁月不久，人命飞霜，何能自戮尘中[59]？屈身低眉，以窃衣食，使朋友谓仆何使？后世谓唐生何？素自轻富贵犹飞毛，今而若此，是不信于朋友也。寒暑代迁，裘葛可继，饱则夷犹[60]，饥乃乞食，岂不伟哉？黄鹄举矣[61]，骅骝奋矣[62]！吾卿岂忧恋栈豆，吓腐鼠邪[63]？此外无他谈，但吾弟弱，不任门户[64]，傍无伯叔，衣食空绝，必为流莩[65]。仆素论交者，皆负节义。幸捐狗马馀食，使不绝唐氏之祀。则区区之怀，安矣，乐矣，尚复何哉！唯吾卿察之。

〔1〕徵明：即文徵明（1470—1559），明代著名书画家，长洲（今江苏吴县）人，号衡山居士，与当时的祝允明、唐寅、徐祯卿合称为吴中四才子。君卿：对对方的敬称。

〔2〕可以当泣：语出古乐府《悲歌》："悲歌可以当泣"。

〔3〕譬：如同。

〔4〕"故姜氏"二句：用孟姜女哭长城故事。姜氏，孟姜女。坚城，长城。隳（huī）毁坏。堞（dié）：城墙上像齿状的矮墙。

〔5〕"荆轲"句：用荆轲为燕太子丹刺秦王故事。荆轲，战国时期著名刺客。刺秦王不成，被杀。征剑，指燕太子求天下之利匕首，得赵人徐夫人之匕首。见《史记·刺客列传》。

〔6〕括囊泣血：不轻易说话，只能无声痛哭，泪尽血出，极度悲伤。括囊，原指束闭口袋。比喻闭口不言，不轻易说话。泣血，无声痛哭，泪尽血出。形容极度悲伤。

〔7〕磬（qìng）竭怀素：竭尽满腔的真情。磬竭，竭尽，用尽。

〔8〕"是马迁"二句：马迁，即司马迁。任侯，即任安，字少卿，曾写信给司马迁，让司马迁借为中书令的方便"推贤进士"。司马迁给任安回信，即《报任安书》。书中告诉任安自己隐忍苟活是为了完成《史记》，已无法"推贤进士"。

〔9〕"少卿之心"二句：少卿指李陵，字少卿，曾写《答苏武书》。书中述说了自己暂降匈奴的原因。

〔10〕屠酤：屠户和卖酒者。

〔11〕颉颃（jié háng）婆娑：是说唐、文二人书画文章旗鼓相当，如双鸟同飞，不相上下。颉颃，鸟飞上下的样子。语本《诗经·邶风·燕燕》："燕燕于飞，颉之颃之。"婆娑：盘旋上下的样子。

〔12〕蹑踵：踩着脚后跟，意谓相接。

〔13〕黄口嗷嗷：小孩子不断啼哭。黄口，小孩。嗷嗷，哀号啼哭声

〔14〕生产：谋生的手段。

〔15〕周：同"赒"，救济，接济。

〔16〕鲁连：鲁仲连，战国时齐人。常为人排难解纷而不受报酬。《战国策·赵策》载，其为赵国解除邯郸之围，事成后不受封赏。朱家：秦汉之际的游侠，鲁人，好结交豪士，以任侠得名。

〔17〕荐绅：同"缙绅"。指官僚，士大夫。

〔18〕祸的：危害的目标。

〔19〕侧目：斜着眼睛看人。形容愤恨。此指仇恨自己的人。

〔20〕贝锦：绣有贝形花纹的锦缎。《诗经·小雅·巷伯》："萋兮斐兮，成是贝锦。彼谮人者，亦已大甚。"郑玄笺："喻谗人集作己过以成于罪，犹女工之集采色以成锦文。"后以贝锦喻故意编造的谗言。

〔21〕飞章:急报的奏章。

〔22〕三木:加在犯人颈、手、足上的刑具。

〔23〕抢地:触地,撞地。也作"枪地"。司马迁《报任安书》:"见狱吏则头枪地。"

〔24〕洟(yí)泗:鼻涕。

〔25〕"而后"二句:是说监牢中的苦楚,如同昆山燃起炽热的火焰,把一切美好的东西都毁灭掉了。语出《尚书·胤征》:"火炎崐冈,玉石俱焚。"

〔26〕"下流"二句:语出《论语·子张》:"纣之不善,不如是之甚也。是以君子恶居下流,天下之恶皆归焉。"下流,指卑下之位。

〔27〕缋(huì):同"绘",绘画,这里指纺织。

〔28〕马氂(máo):马尾。氂,同"牦"。语出《淮南子·说山训》:"执而不释,马氂截玉。"

〔29〕三言变慈母:用曾参杀人故事。《战国策·秦策二》载:有与曾参同姓名者杀人,人告曾母,曾母曰:"吾子不杀人。"织自若。顷之又有人告,其母尚织自若。后有一人又告之,其母惧,投杼逾墙而走。后以此典喻人言可畏。

〔30〕"整冠李下"二句:在李树下整理帽子,往蒸饭的陶甑中取墨。均指容易使人生疑的事。乐府《君子行》:"瓜田不纳履,李下不正冠。"掇,拾取。甑,瓦制的煮器。

〔31〕当衡者:犹当政者,指主持政治的人。衡,古代车辕头上的横木。

〔32〕部邮:犹"部传",州郡属吏。

〔33〕蘧篨(qúchú)戚施:喻谄谀献媚的人。语出《诗经·邶·新台》:"燕婉之求,蘧篨不鲜……燕婉之求,得此戚施。"蘧篨,亦作"蘧蒢"、"蘧除",指谄谀献媚的人。戚施,蟾蜍的别名。蟾蜍驼背无颈,不能仰视,故喻谄谀献媚的人。

〔34〕锦带县髦:指当官。锦带,锦制的衣带。县,同"悬"。髦:马鬃。

〔35〕狞狗:凶猛的狗。

〔36〕甌瓿(biā nōu):瓦器。

〔37〕靡有长物:没有多馀的物件。靡,没有。长物,多馀的东西。

〔38〕嗟嗟咄咄:悲叹声,表示感叹或失意。

〔39〕浮屠:佛寺。

〔40〕"如此而不自引决"二句:像这样却不自杀。引决,引颈自杀。抱石,抱石沉水。就木,进棺材。

〔41〕研摩刻削之材:这里指读书人。研摩,揣摩。刻削,雕刻,这里指书写。

〔42〕原田无岁:田地没有收成,暗喻自己没能取得什么成就。原田,平原上的田地。无岁,没有收成。

〔43〕墨翟:即墨子,春秋战国时期思想家。墨家学派创始人。他曾被囚于宋。著有《墨子》,中有《节葬》篇,反对厚葬,提倡薄葬。

〔44〕孙子:即孙膑。战国时齐人,军事家。他与庞涓同学兵法于鬼谷子,后庞涓忌妒孙膑才能,加以陷害,被处膑刑(古代削去膝盖骨的酷刑)。孙膑逃到齐国,做了军师,破杀庞涓。著有《孙膑兵法》。

〔45〕"马迁"二句:史学家司马迁为李陵事遭腐刑(宫刑),忍辱完成了名著《史记》。

〔46〕贾生:指汉代文学家贾谊。汉文帝时任太中大夫,对国事多所建议,遭当政大臣周勃等人的反对,被贬为长沙王太傅,遂写了《吊屈原赋》等名文以抒愤。卓落,高超不凡。

〔47〕揆测:测度,估量。

〔48〕丽:附着。

〔49〕孔氏:指孔子。语见《论语·卫灵公》:"君子不以言举人,不以人废言。"

〔50〕檃(yǐn)括:本指矫正竹木邪曲的工具。这里指把原有的文章就其内容、情节加以剪裁或修改。

〔51〕百氏：指诸子百家。

〔52〕十经：指儒家的经书。

〔53〕蕴奥：深奥的道理。

〔54〕有甘鲍鱼之腥句：作者自谦，是说有读者乐意阅读自己的文章而不怕其陈腐。鲍鱼，气味腥臭的咸鱼。《孔子家语·六本》："与不善人居，如入鲍鱼之肆，久而不闻其臭，亦与之化矣。"

〔55〕"必将"二句：语出李斯《谏逐客书》："夫击瓮叩缶弹筝搏髀，而歌呼呜呜快耳目者，真秦之声也。"抚缶，敲打瓦器。呜呜，歌呼声。

〔56〕视吾舌存否：典出《史记·张仪列传》：楚相疑张仪盗璧，"掠笞数百，不服，释之。其妻曰：'嘻！子毋读书游说，安得此辱乎？'张仪谓其妻曰：'视吾舌尚在不？'其妻笑曰：'舌在也。'仪曰：'足矣。'"这里用张仪的典故表示自己虽然遭受挫折但仍将奋斗到底。

〔57〕"辟若"二句：谓生命就同蜉蝣一般低微而短命，无所作为。语出《诗经·曹风·蜉蝣》："蜉蝣之羽，衣裳楚楚。"辟，同"譬"。蜉蝣是一种小飞虫，寿命极短，朝生暮死。

〔58〕"仆一日得完首领"二句：是说我若能全身而死。首领，头和颈。柏下，因墓上种柏，故以柏代墓。先君子，指死去的父亲。

〔59〕何能自戮(lù)尘中：怎么能够在尘世之中受辱。自戮，自杀。这里指自取其辱。

〔60〕夷犹：谓从容不迫。

〔61〕黄鹄(gǔ)：形似鹤，色苍黄。《史记·留侯世家》："鸿鹄高飞，一举千里。"

〔62〕骅骝(huáliú)：赤色的骏马。

〔63〕"吾卿岂忧恋栈豆"二句：我怎么能够只顾及眼前这些几乎毫无价值的利益。栈豆，马房的豆料，喻现成的利益。吓(hè)腐鼠，典出《庄子·秋水》："鸱得腐鼠，鹓雏过之，仰而视之曰：'吓！'"吓，以怒斥声保住。腐鼠，喻指令人恶心，毫无价值的东西。

〔64〕不任门户：不能担当起持家的重任。不任，不能胜任。

〔65〕莩(piǎo)：同"殍"，饿死的人。

新评

这篇作品感情真挚，催人泪下，与司马迁《报任安书》情感颇为相似。作品首先以长歌当哭入手，为全文定下悲痛的基调，用历史上的孟姜女、荆轲与自己的处境类比，点出自己处境之艰难。接着作者回忆了自己在生活上出现难以预料的灾难时那些曾经的朋友、家人及世人对自己的态度："海内遂以寅为不齿之士……知与不知，毕指而唾"，"僮奴据案，夫妻反目；旧有狞狗，当户而噬"。此时，只有文徵明没有忘记他，依然在用一颗友情之心温暖着作者冰冷的情怀。第三部分，作者讲到了在受到如此的奇耻大辱后自己坚持活下去的原因，是希望能够得到世人的正确评价。最后，作者托付文徵明为自己照顾惟一的亲人弟弟。

文贵于写真情实感。唐伯虎以其艺术家敏感的心灵，真真切切地体会到人生的悲痛，人情的冷暖，写来尤其沉痛凄绝。语言朴素，一气而下，字字血泪。

◎ 附　录

唐伯虎年谱简编

明宪宗成化六年庚寅(1470)，一岁

　　二月初四，唐寅生于苏州吴县阊门内吴趋里皋桥。因生于庚寅岁，故名寅，初字伯虎，更字子畏，号六如。父广德，业贾，母邱氏。

　　时年沈周四十四岁，吴宽三十六岁，朱存理二十七岁，文林二十六岁，王鏊二十一岁，梁储二十岁，曹凤十四岁，杨循吉十三岁，都穆十二岁，祝允明十一岁。

　　十一月初六日，文徵明生。

成化八年壬辰(1472)，三岁

　　文林举吴宽榜进士，授永嘉知县。林字宗儒，长洲人。子即徵明。宽亦长洲人。字原博，号匏庵，本年会试廷试第一。成、弘间，以文章德行负天下重望。

明成化九年癸巳(1473)，四岁

　　江阴徐经生。

成化十年甲午(1474)，五岁

　　王鏊乡试第一。鏊字济之，号守溪，吴县人。

成化十一年乙未(1475)，六岁

　　王鏊会试第一，廷试第三，授翰林院编修。

成化十二年丙申(1476)，七岁

　　弟申生。申字子重。

成化十四年戊戌(1478)，九岁

　　从师习举业。

成化十五年己亥(1479)，十岁

　　文林以丁忧返吴。徐祯卿生。

成化十八年壬寅(1482)，十三岁

　　闭门读书，不交一友。

　　文林起复，知博平县，子徵明随侍。徵明初名璧，字徵明。后以字行，更字徵仲，号衡山。为人和而介，工诗文书画。

成化十九年癸卯(1483)，十四岁

　　于祝允明定交约在本年。允明字希哲，号枝山，长洲人。文章有奇气，尤工书法。好酒色六博，不修行检。

成化二十年甲辰(1484),十五岁

　　杨循吉举进士,授礼部主事。循吉字君谦,号南峰,吴县人。

成化二十一年乙巳(1485),十六岁

　　入县学为生员。交友文徵明,并常陪其父文林游宴。

成化二十二年丙午(1486),十七岁

　　为府学生员,与张灵交友。灵字梦晋。文思敏捷,善画,人物高远。嗜酒傲物。

　　文徵明随父文林至滁州太仆寺任。

成化二十三年丁未(1487),十八岁

　　曾与祝允明题沈周为王鏊画鏊舟园图。鏊,王鏊从兄,不仕。

明孝宗弘治元年戊申(1488),十九岁

　　与徐延瑞之次女完婚。

　　文徵明返吴,入长洲县学为生员。

弘治二年己酉(1489),二十岁

　　与文徵明、祝允明、都穆倡为古文辞。宜兴杭濂亦来共游。穆,吴县人。字元敬,好学不倦,善为文。濂字道卿,工诗文。

弘治三年庚戌(1490),二十一岁

　　读书作画,有《对竹图》曾题周臣听秋图卷。臣字舜卿,号东村,吴县人。工山水。寅初从之学画。后名盛,求者众,颇假臣手。

　　应朱存理嘱,录所作送春诗于沈周画扬花卷中。存理字性甫,号野航,长洲人。笃学,以课徒为业。周字启南,号石田,长洲相城人。世以高隐称。诗文书画为世所重。文徵明以省父去滁州。

弘治四年辛亥(1491),二十二岁

　　念文徵明甚,作诗以寄,徵明有答。

　　撰刘嘉育墓志铭。嘉育字协中,吴人。能诗。与寅及文徵明为挚友。子稚孙,后娶徵明兄女。

　　秋,文徵明自滁返里。

弘治五年壬子(1492),二十三岁

　　文林自南京太仆寺丞移病归。每因寅之请谒,规其过失,不少假借。爱其才艺,不厌说项。盖所从往还如祝允明、钱同爱辈皆流连声色,惟文徵明独能自外。然情尚不同,而交情不替。同爱字孔周,长洲人。博学工文,好结纳,喜蓄书。

　　二月既望,为王观画款鹤图。观字怖颙,号款鹤,长洲人,善医。

　　秋,祝允明举于乡。

弘治六年癸丑(1493),二十四岁

　　时父广德已先卒,母、妻及子相继而逝。

撰沈隐君墓碣文。隐君名诚,长洲老儒。以教读为生。

秋,文徵明至江浦从庄昶学,冬归。昶嗜古博学,世称定山先生。

弘治七年甲寅(1494),二十五岁

感时伤遇,作《昭恤赋》。

正月,撰秦裕伯像赞。裕伯字景容,大名人。博辩善论说。元末官福建行省郎中。国初徵授侍读学士,出知陇州,卒于任。

与徐祯卿定交。祯卿字昌国,吴县人。貌寝,性颖利,家无蓄书,而无所不通。寅荐之沈周,杨循吉,由是知名。以与祝允明、唐寅、文徵明号"吴中四才子"。所撰新倩籍,首为唐寅,次文徵明云。

有《白发诗》,文林有和作。

时寅颇嗜声色,文徵明有秋夜怀唐寅及简唐寅诗。诗有"人语渐微孤笛起,玉郎何处拥婵娟"及"高楼大叫秋觔月,深幄微酣夜拥花"句。

撰《吴东妻周令人墓志铭》及《徐君墓志铭》。吴东,文徵明妻兄。徐君,直隶(今河北省)永年人,读书不仕。

都穆在无锡华昶家教读。昶字文光。

王宠生。

弘治八年乙卯(1495),二十六岁

秋,文徵明来访,二人商酌画法,皆推李晞古画为初学楷模。

深秋,登鹦鹉皋岑,玩桂香亭畔。

十二月,邢参、文徵明等来皋桥,观所藏书。

作《桂香亭》图并题、《许天赐妻高氏墓志铭》。

弘治九年丙辰(1496),二十七岁

不事举业,祝允明劝之,乃闭门读书。

祈梦于九鲤湖,梦有人赠墨一担。

画《俞节妇刺目图》约在本年。写《广志赋暨连珠》数十首,撰《上吴天官书》、《中州览胜序》。

弘治十年丁巳(1497),二十八岁

因与张灵行为放狂,科考皆下第,经苏州知府曹凤立荐,黜灵而寅得隶名末。

弘治十一年戊午(1498),二十九岁

春,应杨循吉邀请,与沈周、韩襄、朱存理、徐祯卿等在虎丘为文林赴温州任饯行。有诗文相赠。

秋,与文徵明同试应天,约在此时与顾璘相识。

乡试,座主洗马梁储校寅卷,奇之,谓:"解元在此矣。"遂中第一。梁储还期,以唐寅文示学士程敏政,敏政亦奇之。

撰《送文温州序》、《金粉福地赋》、《领解后谢主司》。

冬,与徐经同入京城会试。

弘治十二年己未(1499),三十岁

正月,上元日于京城看鳌山灯有诗。

因科场舞弊案被累下狱。后被黜为浙藩吏,耻不就。

秋归里,继室与唐寅反目。

十一月二十七日,撰文具仪往祭文林。

弘治十三年庚申(1500),三十一岁

因故休去继室。致文徵明书,历叙款曲,告以欲远游东南,以弟申为托。

秋有诗寄文徵明,徵明次韵有"用世以销横槊气,谋身未辨买山钱"句。时唐寅有治别业之意。

弘治十四年辛酉(1501),三十二岁

远游闽浙赣湘等省,在九鲤祈梦,梦仙人授墨。

弘治十五年壬戌(1502),三十三岁

倦游归里,得疾,愈后整理旧籍。文徵明有月夜怀念诗,有"若非纵酒应成病,除却梳头即是僧"句。

弘治十六年癸亥(1503),三十四岁

与弟子重异炊分食。文徵明规劝之,有《答文徵明书》。

治圃于屋北桃花坞,中植桃树。

撰《潘孺人任氏墓志铭》。

弘治十七年甲子(1504),三十五岁

二月,与祝允明、文徵明游东禅寺。寺僧天玑能诗,与寅等往来唱和。寺有红豆树一棵,寅与沈周、文徵明常于花时修文酒之会。

与蔡羽、文徵明、徐祯卿放舟虎丘。

春,沈周作落花诗十首,寅作和诗三十首。四月,画坐临溪阁图赠姚丞。

弘治十八年乙丑(1505),三十六岁

游齐云山有诗并联句。

二月,画南游图卷赠琴师杨季静往金陵。三月,桃花坞小圃桃花盛开,作桃花庵歌。十月八日,题沈周《匡山新霁图》。十一月十日,陪王鏊等游虎丘,题名剑池石壁。十二月上旬作《寒林高士图》。

明武宗正德元年丙寅(1506),三十七岁

再赴九仙山祈梦,梦有人示以"中吕"二字,不解其意。

正月,画张果老像。春,画兰亭图。谷雨日,行书所作七言排律一首。四月,作《出山图》赠王鏊,时鏊以吏部左侍郎召入京。五月四日,画《关山行旅图》。九月,有《兵

胜雨晴》诗。

正德二年丁卯（1507），三十八岁

桃花坞小圃中次第筑桃花庵、梦墨亭、学圃堂、寤歌斋等约在此年前后。桃花庵初成，与沈周等小集同赋。

徐经卒，年三十五岁。

正德三年戊辰（1508），三十九岁

正月灯夕，访蟊谿，留宿数日，作图并诗。二月十六日，画杏花草阁图。三月十日，与文徵明等同集竹堂寺。与文徵明各有图。春，画《许由挂瓢图》。四月，画《骤雨图》并题。六月，侄长民殇。九月葬，为撰墓志。八月，有诗及画送戴昭还休宁。秋，画《夏山欲雨》卷。又画《板桥曳杖》及《绝壁流泉》两扇面。

正德四年己巳（1509），四十岁

有答文徵明元旦诗。

于桃花庵作《四十自寿》诗及图。

二月，应谭维时请，画《槐阴高士图》寿其岳父。三月，祝允明为王闻撰《存菊解》于文徵明画存菊图卷后，寅亦有诗。四月，补《竹炉图》。八月二日，沈周卒，年八十三。九月十五日，往吊沈周之丧。二十日，与陈良器观陈颐画《盆石菖蒲图》，因题。

正德五年庚午（1510），四十一岁

至吴江史氏，阅所藏画数日，归而追忆为图十一幅，四月二十五日题而赠之史德弘。

夏，仿李唐作山水。秋，作画《寿黄古溪》并题。

为王献臣作《西畴图》。

正德六年辛未（1511），四十二岁

有《竹堂寺看梅和王鏊韵》七绝诗，即书于所作墨梅图上。

四月二十二日，仿宋人设色作《斗茶图》。

模宋陈居中临唐人画崔莺莺像并题《过秦楼》词。

与文徵明等追和孙一元夜泛石湖诗。

题姚广孝画墨竹。

十二月，画《赏梅图》并题。

正德七年壬申（1512），四十三岁

正月，与王鏊及鏊子延陵等观吴王墓门于虎丘剑池，题名石壁。五月十五，赋七律一首，饯日本彦一郎还国。中秋，于韩君束斋为题倪瓒画册。九月，画《山静日长》图册。十月，王鏊来访，有赠诗，时梅花一树将放，诗及之。是年，宁王朱宸濠来聘。

正德八年癸酉（1513），四十四岁

三月，画《山静日长》图十幅。四月二十六日，为张冲化云槎免。又曾为冲父画

《宾鹤图》。五月，画《倦绣图》并题。

正德九年甲戌(1514)，四十五岁

三月，与刘璘等观文徵明画扇皆有题。四月，陈淳画花石扇，寅与祝允明等皆有题。重阳日，在梦墨亭为丁文祥撰三也罢说，祝允明为撰记。

曾应宁王之聘到南昌。撰《许牲阳铁柱记》、《荷莲桥记》。

正德十年乙亥(1515)，四十六岁

在江西宁邸，见宸濠所为多不法，知其必反，乃佯狂自处。宸濠使人馈物，寅裸形箕踞讥诃。使者以告，遂遣之归。

二月中旬，游锦峰上人山房，为画梅枝。三月中旬回吴。

正德十一年丙子(1516)，四十七岁

书近作诗赠吴县知县李经，又为画山水并题。

常州知县高第来访，失于迎迓，赋诗以谢。

重阳日，文徵明等来集桃花坞。

作《长洲高明府过访诗》、《送徐朝咨归金华序》、《吴德润夫妇墓表》。

正德十二年丁丑(1517)，四十八岁

清明日，追和倪瓒江南春并书。三月，于梦墨亭作画并题。夏，避暑石湖，临李公麟《饮仙图》并书《饮中八仙歌》，祝允明题。八月，于学圃堂画《秋树豆藤图》。十一月十五日，夜宿广福寺有诗。

题文徵明赠杨进卿飞鸿雪迹图。

有送吴县知县李经诗。

正德十三年戊寅(1518)，四十九岁

二月社日，为徐子芳画所撰秋庭记。春，与昆山郑若庸等至丹阳，与孙育同修禊。四月中旬，于丹阳孙氏七峰精舍画《丹阳景图》，并题七绝八首。八月十四夜，梦草制一联，又有梦下科场诗。

作《吴孺人墓铭》。

正德十四年己卯(1519)，五十岁

有《五十自寿诗》。

制七律一首及柱国少傅守谿先生七十寿叙以寿王鏊。

正月，绘《琵琶行图》，后三年文徵明书琵琶行诗于上。三月画寻梅图扇面及唐人诗意画轴。春，画荷净纳凉扇面及山水卷并题。中秋，无锡华云邀过剑光阁玩月，诗酒盘桓月馀，为约略山静日长一则为十二幅，三月始毕。秋，作《会琴图》并题。

为西洲作画，即录《五十自寿》诗于上。又书《漫兴等诗八首》以赠。

沈德徵、郁子江、顾延茂置酒禅寺招饮，赋诗以谢。

有送王守赴京会试诗。

此年四月,宁王朱宸濠举兵。王守仁败擒之。

正德十五年庚辰(1520),五十一岁

二月,画《采莲图》。三月,画《吹箫仕女图》。四月十六日,泊舟梁溪,为心菊书《水龙吟》二首。五月,于学圃堂画黑牡丹。七月十六日画《溪桥听笛图》于桃花庵。八月画《落花图》并《落花诗》。秋,设色画蕉石扇面。十月二十日,画古梅数枝并题。冬,书旧作七绝二首于寤歌斋。

正德十六年辛巳(1521),五十二岁

修禊日,于学圃堂画归牧图扇面。

三月,画《观杏图》。又画《携琴访友图》卷。春,画《菖蒲寿石图》。夏,结夏福济院,作画并赋诗遣兴。八月,在文徵明家,于玉磐山房画《潇湘八景》册。又于梦墨亭作《品茶图》卷。重阳日,为张诗画竹于扇。九月,画《松涛云影图》并题。秋,戏画鸡。冬,在桃花庵画雪景扇并题。

明世宗嘉靖元年壬午(1522),五十三岁

元旦,有诗。正月,书《一年歌》及《人日试笔》诗于扇。另画墨竹于另一面并题。又,作奇峰古木图。清明,行书落花、漫兴等诗卷。三月,于寤歌斋画梅鹤扇面。四月,王宠来访,为书五柳先生传于所藏赵孟頫画陶潜像上。寅自有跋并书签。八月十六日,撰《治平寺造竹亭疏》。重阳后,画松林书屋扇面。十月于学圃堂画竹林七贤图扇面。

送吴县知县刘辅宜调知沛县诗。

嘉靖二年癸未(1523),五十四岁

元旦,有诗。春,向王延喆借阅沈周三画,与文徵明各有跋。春小病,四月病起。四月十六日,画锺进士像于桃花庵。六月,画松林讲道扇面。中秋,于学圃堂摹杜堇绝代名姝十幅,评论作跋。十月,跋刘松年层峦晚兴图卷。

行书七律二十一首赠姚舜咨。

撰陈孝子歌,颂元季孝子陈立兴事,已赋百四十六句。后钱贵补五十四句。

往访王鳌山中,见壁间揭苏轼书满庭芳词,下有"中吕"二字。惊而颂其词,有"百年强半,来日苦无多"句,默然归。

十二月初二日以病卒。卒前取绢一幅,书绝命辞七绝一首,掷笔而逝。葬横塘王家村。祝允明撰墓志铭。继妻沈氏,生女一,许字王国士。

附注:本年谱主要参考周道振、张月尊先生的《唐伯虎全集辑校》(中国美术学院出版社2006年版)中的唐伯虎年表,结合冉云飞先生的《唐伯虎全集白话全译》(巴蜀书社1995年版)中的唐伯虎年谱编写而成,在此谨致诚挚的谢意。

唐伯虎著作主要版本

1. 唐伯虎集二卷　明嘉靖十三年甲午袁袠刻本　袁袠有序
2. 唐伯虎先生集二卷　明万历二十年壬辰何大成刻本　何大成有序
3. 唐伯虎先生外编五卷　明万历三十五年丁未何大成刻
4. 解元唐伯虎汇集四卷　明万历四十年壬子曹元亮刻
5. 袁中郎先生批评唐伯虎汇集四卷　明刻年，未详
6. 唐伯虎先生外编续刻十二卷　明万历四十二年甲寅何大成刻
7. 六如居士全集七卷　清嘉庆六年唐仲冕刻
8. 唐伯虎诗文全集　陈书良编　华艺出版社 1995 年版
9. 唐伯虎全集　周道振，张月尊辑校　中国美术学院出版社 2002 年版
10. 唐伯虎文集　刘洪仁选注　四川美术出版社 2005 年版
11. 唐伯虎诗文书画全集　陈伉，曹惠民编注　中国言实出版社 2005 年版

唐伯虎研究重要著述

1. 《唐伯虎》　魏华编著　山西教育出版社 2006 年版
2. 《唐伯虎诗选》　宋戈编　辽宁大学出版社 1987 年版
3. 《唐伯虎三种》　许旭尧选注　浙江古籍出版社 1987 年版
4. 《明唐伯虎先生寅年谱》　杨静鑫　台湾商务印书馆　1980 年版
5. 华灯烛影话"烂开"——唐寅《落花诗之一》讲谈　杨敬轩　名作欣赏 1984 年 4 期
6. 论唐寅诗歌的艺术特色　宋戈　辽宁大学学报　1985 年第 3 期
7. 高情逸韵　风流千古——从题画诗看唐伯虎的思想风貌　林坚　盐城师范学院学报　1985 年第 3 期
8. 漫议唐伯虎　俞明仁　杭州大学学报　1986 年第 4 期
9. 唐寅思想初探　王文钦　苏州大学学报　1987 年第 3 期
10. 唐寅和晚明的浪漫思潮　周月亮　读书　1987 年第 12 期
11. 唐伯虎的遭遇及其对艺术思想的影响　段炳果　艺术百家　1989 年第 1 期
12. 唐寅诗与《列子》享乐主义　王乙　昆明师范高等专科学校学报　1989 年第 3 期

13. 一个文学史不该忘却的作家——唐伯虎文学创作试论　朱万曙　安徽大学学报　1990 年第 3 期
14. 略论唐寅　周怡　齐鲁艺苑　1990 年第 4 期
15. 唐伯虎与天台桃源　周琦　任志强　东南文化　1990 年第 6 期
16. 妙在能使人思——明·唐寅《无题》诗赏析　张善庆　潍坊教育学院学报　1993 年第 1 期
17. 英雄主题的复苏——从《三笑》到《唐伯虎点秋香》　诸葛护荧　电影评介　1994 年第 3 期
18. 唐伯虎故实考略　马旷源　云南师范大学学报　1996 年第 1 期
19. 论唐寅诗风对《红楼梦》诗词创作的影响　雷广平　社会科学战线　1996 年第 2 期
20. 夜读唐伯虎诗文集随笔　杜哲森　美术研究　1997 年第 3 期
21. 唐伯虎诗趣　王梅格　新闻爱好者　1998 年第 11 期
22. 论唐寅诗歌中的"畸人"特质　张春萍　学术交流　2000 年第 1 期
23. 佛教与唐寅诗歌思想内涵　张春萍　河南师范大学学报　2000 年第 2 期
24. 论唐寅思想的多面性和整体性　王富鹏　嘉应大学学报　2000 年第 4 期
25. 佛教对唐寅诗歌的影响　张春萍　青海师专学报　2000 年第 4 期
26. 读唐寅咏花诗　戴诚　沈剑文　苏州铁道师范学院学报　2000 年第 3 期
27. 谈谈唐伯虎和他的劝世诗　丛彬彬　南通职业大学学报　2001 年第 4 期
28. 唐伯虎及其艺术成就　王永江　齐齐哈尔大学学报　2001 年第 5 期
29. 不朽的唐伯虎　黄恽　江苏地方志　2002 年第 1 期
30. 论唐寅的佛道出世人格　王富鹏　魏建钦　韶关学院学报　2002 年第 10 期
31. 唐寅生命意识的解读　王晓辉　南通师范学院学报　2003 年第 2 期
32. 论唐寅的儒侠入世人格　王富鹏　韶关学院学报　2003 年第 4 期
33. 唐寅与唐寅诗　孙植　广西右江民族师专学报　2004 年第 1 期
34. 论唐寅诗的情志内容及其人格表现　孙植　重庆大学学报　2004 年第 2 期
35. 唐伯虎与《红楼梦》　雷文学　成杰　武汉理工大学学报　2004 年第 3 期
36. 文学史写作的一个挑战——唐伯虎之文化意义论析　马宇辉　南开学报　2004 年第 4 期
37. 论《唐伯虎点秋香》中"唐伯虎"文学形象的生成　蒋兵　江南大学学报　2005 年第 6 期
38. 唐寅、文徵明文化性格比较论　沈金浩　深圳大学学报　2005 年第 6 期

39. 论唐寅性格的女性化特征及成因　王富鹏　韶关学院学报　2006年第2期

《唐伯虎集》名言警句

△好花难种不长开,少年易过不重来。人生不向花前醉,花笑人生也是呆。(《花下酌酒歌》)(第001页)
△桃花坞里桃花庵,桃花庵里桃花仙。桃花仙人种桃树,又摘桃花换酒钱。(《桃花庵歌》)(第002页)
△别人笑我忒疯癫,我笑他人看不穿。不见五陵豪杰墓,无花无酒锄作田。(《桃花庵歌》)(第002页)
△春夏秋冬捻指间,钟送黄昏鸡报晓。请君细点眼前人,一年一度埋荒草。(《一世歌》)(第005页)
△我也不登天子船,我也不上长安眠。姑苏城外一茅屋,万树桃花月满天。(《把酒对月歌》)(第007页)
△昨夜海棠初着雨,数朵轻盈娇欲语。佳人晓起出兰房,折来对镜比红妆。问郎花好奴颜好,郎道不如花窈窕。佳人见话发娇嗔,不信死花胜活人。将花揉碎掷郎前,请郎今夜伴花眠。(《妒花歌》)(第014页)
△杜曲梨花杯上雪,灞陵芳草梦中烟。(《怅怅词》)(第016页)
△饮如长鲸吸巨川,吞天吐月鼋鼍吼。吟似行云流水来,星辰摇落珠玑走。天长大纸写不尽,墨汁蘸干三百斗。(《烟波钓叟歌》)(第021页)
△江南人住神仙地,雪月风花分四季。(《江南四季歌》)(第023页)
△劝君一饮尽百斗,富贵文章我何有?空使今人美古人,纵有浮名不如酒!(《进酒歌》)(第028页)
△色连太液珠迷海,影照扶桑雪作林。(《霜中望月,怅然兴怀》)(第060页)
△世人多被鸡催起,自不由身为利名。(《睡起》)(第061页)
△东君类我皆行客,萍水相逢又一巡。(《江南送春》)(第063页)
△春尽愁中与病中,花枝遭雨又遭风。鬓边旧白添新白,树底深红换浅红。(《和沈石田落花诗》其九)(第069页)
△人行烟霭长桥上,月出蒹葭漫水中。(《松陵晚泊》)(第073页)
△暗笑无情牙齿冷,熟看人事眼睛酸。(《和雪中抒怀》)(第076页)
△蕉叶共听窗下雨,蟹螯分弄手中杯。(《雨中小集》)(第077页)
△食禄有方生乐土,太平无象是丰年。(《春日城西》)(第079页)

△笑舞狂歌五十年,花中行乐月中眠。漫劳海内传名字,谁论腰间缺酒钱。诗赋自惭称作者,众人多道我神仙。些须做得工夫处,莫损心头一寸天。(《言怀》)(第082页)
△有花无月恨茫茫,有月无花恨转长。(《花月吟效连珠体》其一)(第084页)
△△十分皓色花输月,一径幽香月让花。(《花月吟效连珠体》其五)(第084页)
△万点落花俱是恨,满杯明月即忘贫。(《漫兴》其五)(第088页)
△多愁多感多伤寿,且酌深杯看月圆。(《漫兴》其七)(第088页)
△两岸带烟生杀气,五更弹雨和渔歌。(《蒲剑》)(第094页)
△坐对黄花举一觞,醒时还忆醉时狂。丹砂岂是千年药,白日难消两鬓霜。身后碑铭从此好,眼前傀儡任渠忙。追思浮世真成梦,到底终须有散场。(《叹世》其三)(第096页)
△误入梨花惟听语,轻沾柳絮欲添衣。(《白燕》)(第098页)
△寒梅向暖商量白,旧草吟春接续青。(《闻江声》)(第099页)
△不炼金丹不坐禅,饥来吃饭倦来眠。生涯画笔兼诗笔,踪迹花边与柳边。镜里形骸春共老,灯前夫妇月同圆。万场快乐千场醉,世上闲人地上仙。(《感怀》)(第100页)
△百年障眼书千卷,四海资身笔一枝。(《自笑》)(第103页)
△具区浩荡波无极,万顷湖光尽凝碧。青山点点望中微,寒空倒浸连天白。(《姑苏八咏·洞庭湖》)(第117页)
△鲤鱼风急系轻舟,两岸寒山宿雨收。一抹斜阳归雁尽,白萍红蓼野塘秋。(《题周东村画》)(第128页)
△落叶风中稻满场,平畴相对瀼东庄。膏腴望望应千顷,满地黄金下夕阳。(《题东庄图》)(第140页)
△红杏梢头挂酒旗,绿杨枝上啭黄鹂。鸟声花影留人住,不赏东风也是痴。(《题杏林春燕》)(第144页)
△空山春尽落花深,雨过林阴绿玉新。自汲山泉烹凤饼,坐临溪阁待幽人。(《题落花卷》)(第147页)
△满地风霜菊绽金,醉来还弄不弦琴。南山多少悠然意,千载无人会此心。(《题自画渊明卷》)(第151页)
△约阁江梅远近山,一天风月绕紫关。休言鸟断人迹绝,觅句逋仙正不闲。(《题自画和靖卷》)(第152页)
△真人受命整乾枢,失鹿狂秦不足诛。四海横行无立草,妖蛇那得阻前驱。(《题自画高祖斩蛇卷》)(第153页)
△秋水接天三万顷,晚山连树一千重。呼他小艇过湖去,卧看斜阳江上峰。(《题画》)

(第158页)

△头上红冠不用裁,满身雪白走将来。平生不敢轻言语,一叫千门万户开。(《咏鸡诗》)(第160页)

△血染冠头锦做翎,昂昂气象羽毛新。大明门外朝天客,立马先听第一声。(《咏鸡诗》)(第160页)

△俯仰繁华是陈迹,野花啼鸟漫留连。(《寻花》)(第162页)

△生在阳间有散场,死归地府也何妨。阳间地府俱形似,只当漂流在异乡。(《伯虎绝笔》)(第163页)

△不炼金丹不坐禅,不为商贾不耕田。闲来写就青山卖,不使人间造孽钱!(《言志》)(第164页)

△一卷真经幻作胎,人间肉眼误相猜。不教轻踏莲花去,谁识仙娥玩世来。(《荷花仙子》)(第170页)

图书在版编目（CIP）数据

唐伯虎集／（明）唐寅著；王早娟解评．—1版．—太原：三晋出版社，2008.8（2010.3重印）

（中国家庭基本藏书·名家选集卷）

ISBN 978-7-80598-889-4

Ⅰ．唐… Ⅱ．①唐…②王… Ⅲ．①古典诗歌-作品集-中国-明代②古典散文-作品集-中国-清代 Ⅳ．I 214.82

中国版本图书馆CIP数据核字（2008）第111976号

唐伯虎集

著　　者：（明）唐伯虎	解评者：王早娟
责任编辑：宁志荣	审订者：郭平凡
封面设计：敬人工作室	版式设计：敬人工作室
责任校对：宁志荣	责任印制：李佳音

出版发行：山西出版集团·三晋出版社（原山西古籍出版社）
地　　址：太原市建设南路21号
电　　话：（0351）4956036（咨询）　4922268（邮购）
传　　真：（0351）4922102
网　　址：http://sjs.sxpmg.com
邮　　编：030012
E-mail：sj@sxpmg.com

印刷装订：山西出版集团·山西新华印业有限公司
（本书如有破损、缺页、装订错误，请与承印厂联系调换 0351-4120948）

开　　本：787mm×960mm　1/16
字　　数：250千字
印　　张：14
版　　次：2008年8月第1版
印　　次：2010年3月第2次印刷
书　　号：ISBN 978-7-80598-889-4
定　　价：20.00元

版权所有　翻印必究．本书图文未经书面授权，不得以任何方式转载或公开发表。